Chiara

Occhi di Perla

Immagini di copertina di Chiara Maggi e Laura Franchini
Grafica di copertina © 2021 Barbara Calcei (in arte *Bake*)

Dedicato a Tiberio
e a Genova.

Guida alla lettura

Caro lettore,

sono convinta che leggere un libro debba essere un'esperienza unica e meravigliosa, un viaggio prezioso pieno di sorprese. Per questo motivo ho concepito la lettura di *Occhi di Perla* in maniera alternativa, tanto da poterla definire addirittura 'interattiva'.

Devi sapere che le immagini che descrivo nei miei testi spesso derivano dall'ascolto di particolari canzoni che ispirano la mia fantasia, convogliandola nel mio cervello sotto forma di idea. Alla luce di questo, sarebbe un onore per me poterti coinvolgere in tal senso.

A un certo punto del paragrafo che stai leggendo potresti incontrare uno dei seguenti simboli:

 **Cuffie Attive**  **Cuffie Non Attive**

Le **Cuffie Attive** rappresentano il momento in cui puoi cominciare ad ascoltare la canzone di cui ti segnalerò *Titolo* e *Autore* all'inizio del capitolo (dunque ti suggerisco di preparartela fin da subito, tramite un qualunque strumento per ascoltare la musica oppure applicazioni quali YouTube, Spotify, ecc.); quando, invece, vedrai la **Cuffia Non Attiva** ti inviterò a interrompere la riproduzione del brano.

Io ho scritto il libro così, sognando su diverse melodie e immaginando i miei protagonisti muoversi attraverso uno spazio e un tempo che considerano la musica parte dell'insieme.

Se sei curioso di provare nel leggere le stesse emozioni che ho provato io nello scrivere, sei libero di seguire le indicazioni sopra riportate; altrimenti puoi sempre considerarlo un libro normale. A te la scelta!

Buona lettura,

Chiara Maggi

Prologo

Vi è mai capitato di domandarvi quale potrebbe essere l'ultima cosa che vorreste *vedere* nella vita?

A me mai.

1. Perla

Traccia: *The Earth Prelude* di Ludovico Einaudi

14 agosto 2018

Quella maledetta sveglia non ha suonato. Non è possibile. Non sono mai in ritardo; eppure, da un'ora a questa parte, le lancette del mio orologio hanno cominciato a correre a perdifiato e io dietro a loro, con l'ansia che sento salirmi fino al collo.

«Costume da bagno…?»

«Roger».

«Magliette...?»

«Roger».

«Ehm… pantaloni, gonne, scarpe?»

«Sì, sì, roger… va' avanti, Gem!» imploro mia sorella. Lei prende a scorrere la lista di viaggio dall'alto verso il basso, indicando ogni voce con l'indice.

Poi sbuffa e mi rimprovera scocciata: «Cos'altro vuoi che ti dica? Sto leggendo le stesse cose da venti minuti! Ma non potevi farlo ieri sera questo controllo?»

«Non ha importanza. Se è destino che mi dimentichi qualcosa, sta pur certa che me la dimentico» ribatto io correndo in bagno, dove prendo di corsa il *beauty* per poi lanciarlo a caso nella valigia.

«Stai andando a Varazze, comunque, non in Antartide» prosegue Gemma. Tiene gli occhi puntati sulla mia roba seguendomi da una parte all'altra con il capo, come a un incontro di tennis.

Probabilmente le avrei risposto, probabilmente no, ma a fermare qualsiasi mio possibile impulso ci pensa mia madre che ci interrompe bussando alla porta di camera mia e infilando dentro la testa.

«Perla, sei pronta? Tiberio sarà qui a momenti».

Mi metto le mani nei capelli e mi guardo intorno spaesata: non sono proprio abituata a fare le cose di corsa. Per di più, come se non bastasse, non riesco a trovare il mio crocefisso, regalo dei miei zii per il battesimo. Lo porto sempre con me, ma stamattina non ho proprio idea di dove lo posso aver lasciato.

«Beh, penso che ti aspetterò di là» mi informa Gemma alzandosi dal letto e raggiungendo la porta dopo aver scavalcato una pila di scatole da scarpe in mezzo alla stanza.

Una manciata di minuti più tardi, lo squillo del citofono, improvviso e acuto come l'urlo di un neonato nella notte, mi fa sobbalzare. I secondi prendono a correre ancora più velocemente, rimarcando il mio ritardo e ricordandomi tutte le cose che ancora dovrei fare prima di poter partire tranquilla per la mia vacanza.

Poi sento mio padre chiamarmi dall'altra stanza: «PERLA, TIBERIO TI ASPETTA!»

«E va bene, chi se ne frega degli orecchini» bofonchio ad alta voce, parlando a me stessa. Acchiappo di slancio la maniglia della piccola valigia e quella della mia borsa da spiaggia di paglia e mi affaccio dalla finestra del salotto. Vedo la macchina di Tiberio parcheggiata in doppia fila con le quattro frecce che lampeggiano monotone, così esco di corsa dalla stanza, senza guardarmi indietro, per evitare di scoprire di aver lasciato qualcosa con la consapevolezza di non avere mani a sufficienza per poterla prendere.

«Divertitevi, tesoro» dice mia madre baciandomi la fronte. «Scrivici quando arrivate».

«Mi raccomando, *maniman*[1] torniate in tre» esclama mio padre beffardo, lasciandomi un bacio sulla fronte.

Io sgrano gli occhi e lancio le braccia in aria, mentre mia sorella se la ride.

«SANTO CIELO, PAPÁ!»

«Cosa?» ribadisce lui grattandosi la barba. «Non si è mai sufficientemente cauti in queste cose...»

Io lo interrompo agitando una mano davanti al suo volto e coprendomi gli occhi con l'altra.

«Ora devo proprio andare. Grazie, papà. A presto, mamma. Ciao, Gem!» la saluto alle mie spalle e lei ricambia dal divano. Quando salgo in macchina i miei genitori sono affacciati alla finestra della cucina e mi salutano con la mano.

«Siamo in...»

«Ritardo, lo so» sbuffo passandomi una mano sul volto ancora assonato, allacciando la cintura di sicurezza. «Colpa della sveglia. Non me ne parlare».

Tiberio si mette a ridere, sempre tenendo ben saldo lo sguardo sulla strada.

«Che c'è?» domando io, scompigliandogli i capelli.

«Sei adorabile».

Continua a sorridere quando nota la mia mano scattare verso il collo nudo, dove in genere tengo la mia collana.

«Guarda nel portaoggetti» mi consiglia Tiberio.

Io abbasso lo sguardo curiosa e i miei occhi vengono richiamati da un piccolo oggetto a quattro punte che riposa in mezzo agli altri. È avvolto da una catenella dello stesso argento, che penzola oscillando a ogni imperfezione della strada.

---

[1] *Non sia mai*, in genovese.

«Lo avevo lasciato qui...» mormoro. «Non lo avrei trovato mai».

Tiberio mi guarda e sorride ancora, con quegli occhi nocciola che silenziosamente dicono tutto e di cui mi sono perdutamente innamorata fin da subito.

Aggancio il moschettone della collana e poi poso la mia mano sulla sua, che lui è solito tenere incollata al cambio. La luce del mattino colpisce l'anello che porto all'anulare sinistro e io vengo attratta inevitabilmente dal suo bagliore.

Il traffico scorre tranquillo; dopotutto, di macchine non ce ne sono poi così tante. È da stamattina che piove, infatti, e solo da poco ha smesso di tuonare. Penso che sia per questo che molti genovesi hanno deciso di rimanere rintanati in casa per Ferragosto.

«Annalisa sta preparando il barbecue per domani» asserisce Tiberio allegro.

«Sì, mi avevi accennato qualcosa nel messaggio che mi hai lasciato in segreteria telefonica ieri. Lo farà anche se il meteo mette pioggia tutto il giorno?»

Lui cambia marcia prima di ribattere: «Due gocce contro il gazebo di Annalisa? Scherzi, vero? Tutta Varazze andrà da lei per festeggiare, puoi scommetterci».

«Per che ora ci aspetta oggi?» domando seguendo con il dito una gocciolina che scivola fuori dal finestrino.

Il cd che abbiamo inserito prima di partire propone una traccia dolcissima suonata al pianoforte e, anche se posso solo immaginare quanto Tiberio sia contento di sentire musica classica durante un viaggio in macchina, noto la tenerezza del suo gesto nell'ascoltare tranquillo quella melodia senza dar segni di impazienza.

«Tecnicamente dovevamo essere già lì. A questo punto il prima possibile» risponde poi guardandomi per un brevissimo istante.

«È già arrivato qualcuno?»

«Teresa e Leonardo». Tiberio scala, prima di arrestarsi a un semaforo rosso. «Mi hanno mandato un messaggio mentre ti aspettavo. Comunque penso che anche gli altri siano nelle nostre stesse condizioni. Guarda che tempaccio».

Io annuisco mettendogli una mano dietro il collo.

«Tuo fratello?» domando.

Tiberio ride. «Figurati, lui è partito un'ora fa. *"Voglio batterti sul tempo"*, ha detto. Testuali parole. Non so come faccia Antonella a sopportarlo».

«Penso nello stesso modo in cui io sopporto te» scherzo. Tiberio mi tira un'occhiataccia canzonatoria e quando si ferma al semaforo successivo rosso mi bacia.

La musica continua a suonare in tutta l'auto.

«Tua sorella, invece? Poteva venire con noi».

«Le sarebbe piaciuto e vi ringrazia tutti per l'invito, ma ha organizzato il Ferragosto insieme a Emanuele».

«*Uuuu*» esclama Tiberio, cominciando a mimare con le labbra bacetti nell'aria. «Esplodono scintille tra quei due».

«Sì, certo. A Gemma non passa nemmeno per l'anticamera del cervello. Secondo me non se ne è ancora accorta che Emanuele è pazzo di lei».

«È assurdo» ribatte Tiberio. «Comunque, che ore abbiamo fatto?»

Scosto la custodia del cd che stiamo ascoltando, *"Islands"* di Ludovico Einaudi, e poi leggo l'ora dallo schermo dell'impianto stereo della macchina.

«Undici e ventinove» comunico. «Ergo, non ce la faremo mai».

Tiberio si passa una mano tra i capelli, sbuffando, e comincia a saettare lo sguardo a destra e a manca, come se stesse cercando una soluzione: lui odia arrivare in ritardo, proprio come me.

«L'importante è arrivare prima di Nicola» dico ridendo.

«Sempre in competizione voi due, eh? L'hai già steso una volta, sa perfettamente che puoi farlo ancora, Perlina; in tutti i sensi».

«Ma no dai, lo sai che giochiamo».

Tiberio annuisce e tira un'occhiata al suo orologio da polso.

«Ascolta» esordisco sedendomi quanto possibile di fianco per poterlo guardare meglio. «Prendiamo il Morandi».

Pronuncio quelle parole tutte d'un fiato e lo vedo sgranare impercettibilmente gli occhi. Prima che possa contraddirmi, però, mi sbrigo ad aggiungere: «Andiamo, amore, mi sento terribilmente in colpa per questo ritardo. Se prendiamo il Morandi, in meno di quaranta minuti saremo lì e arriveremo prima».

«No, Perl, non se ne parla, dai».

Mi guarda per pochissimo con aria scoraggiata, e poi torna sulla strada.

«Ma perché no? È la strada più rapida...»

«Lo sai perché».

«Non devi mica attraversare in punta di piedi una corda sospesa nel vuoto» dico ridendo per stemperare la tensione salita. Tiberio ha paura delle altezze in maniera morbosa e l'idea di passare su un ponte, con una alternativa più stabile da scegliere, non lo appassiona minimamente.

«Guarda che quel ponte, come tutti i ponti, è esattamente una corda! Solo che... è una corda per le macchine invece che per gli esseri umani!»

Sento la sua voce incrinarsi appena e noto in lui il tentativo di controllare una paura infantile da cui non è mai riuscito a liberarsi.

«Amore...» lo prendo per mano cominciando a disegnare piccoli cerchi con il pollice. «Se ti chiedessi di farlo per me?»

Lui sbuffa ancora. «Sarebbe un ricatto bello e buono».

Annuisco e rimango in silenzio, in un tacito assenso: non posso costringere il mio ragazzo a fare qualcosa che non vuole. Sarebbe ingiusto da parte mia. Annalisa e gli altri aspetteranno. In fondo, l'importante è arrivare entro Ferragosto e Ferragosto è domani, quindi abbiamo tutto il tempo.

Torno a guardare fuori dal finestrino mentre parte la traccia numero due del cd: *"The Earth Prelude"*.

Nel frattempo la pioggia ha ripreso a scendere più fitta che mai e i tergicristalli fanno fatica a stare al passo, correndo da una parte all'altra instancabili.

«Va bene, ok!» esclama a un certo punto Tiberio, cogliendomi completamente di sorpresa. Senza nemmeno avermi dato il tempo di realizzare cosa sta succedendo, lo vedo sterzare per imboccare la strada che ci porterà dritti sul ponte Morandi.

«Non guardarmi così» dice con un mezzo sorriso dipinto sulle labbra. «Con questa pioggia prenderanno tutti la macchina. Scommetto che se avessimo aspettato un altro po', saremmo rimasti incastrati per chissà quanto».

Io prendo il cellulare felice e comunico ad Annalisa e a mia madre la nostra decisione di velocizzare i tempi: la prima risponde subito con un *'Ok, a tra poco'*, mentre da mia mamma non ricevo nulla.

Quando imbocchiamo il ponte, la pioggia ancora non ha smesso di battere sul vetro e in lontananza si sentono di nuovo quei rombi lontani dei tuoni a cui siamo abituati.

Sono le undici e trentatré e sono lieta di constatare che dovremmo riuscire a farcela senza far aspettare eccessivamente gli altri ospiti, soprattutto perché sul ponte ci sono pochissime macchine… almeno per ora.

Tiberio ingrana la marcia.

«Sarà il Ferragosto più bello della nostra vita!» esclamo emozionata, forse nel tentativo di distrarlo dall'altezza della struttura. Lo vedo rilassarsi al suono della mia voce e il bianco delle sue nocche, dovuto alla pressione sul volante, si attenua leggermente.

La *Visa* rossa che viaggia davanti alla nostra macchina si prende un leggero vantaggio su di noi e Tiberio, con un rinnovato spirito estivo e di divertimento, accelera quel tanto che ci consente di continuare a starle dietro, alla stessa distanza di prima. All'interno la sagoma di un omino indefinito pare non essersi accorta di nulla.

Sento fremere qualcosa sotto di me, ma do la colpa a una possibile imperfezione della strada e, presa dall'improvviso buon umore del mio ragazzo e intendendo assecondarlo in tutti i suoi aspetti, ignoro anche quel piccolo buco allo stomaco che ho da qualche minuto.

Undici e trentacinque.

La macchina davanti a noi ci fa strada tra la pioggia, bucando l'aria, e noi ci teniamo incollati alla sua scia come piloti esperti su un circuito.

Undici e trentasei.

Il mio cellulare vibra e leggo di sfuggita il messaggio di risposta di mia madre.

Mamma: *Cercate di evitare il Morandi!*

Poi Tiberio urla terrorizzato: «PERLA!»

Nel breve spazio di un secondo ho giusto il tempo per sollevare il capo di colpo e accorgermi che la macchina davanti alla nostra è sparita, risucchiata dal vuoto che all'improvviso si è formato al centro del ponte e che adesso sta trascinando giù anche noi.

Tutto rallenta come un orologio scarico che tenta comunque di continuare la sua corsa.

Tiberio stende il braccio destro davanti a me, colpendomi al petto con fare protettivo, come se volesse tenermi incollata al sedile e impedirmi di sfondare il parabrezza. Io vorrei urlare ma non ho aria nei polmoni né voce nella gola, e il grido di terrore mi si incastra tra le corde vocali, perso in un misero gemito.

La forza di gravità afferra con la sua mano la macchina, tirandola a sé, e sento la cintura segarmi collo e gambe mentre mi sollevo dal sedile e sbatto la testa contro il tettuccio. Tutto intorno, una pioggia di polvere e detriti color cemento ci accompagna nella caduta.

"Non è la caduta ad ucciderti, Perla, non è mai la caduta" ripete qualcuno nella mia testa. *"È l'atterraggio"*. Questo vuol dire che ho ancora pochissimi secondi per fare tutto quello che penso sia giusto fare. Ma cosa scegliere fra i milioni di cose che improvvisamente mi vengono in mente? Salutare i miei genitori? Mia sorella? Baciare Tiberio e dirgli che lo amo da impazzire? Pregare? Che altro?

La macchina che ci precedeva sul Morandi arriva per prima a una destinazione totalmente diversa da quella prevista e, fuori da ogni logica, mi soffermo a pensare per un millesimo di secondo a quello che potrebbe essere successo all'omino ignoto che era alla guida dell'autovettura. Ma non c'è tempo per quello, non c'è tempo per niente. Perché ormai stiamo arrivando anche noi.

Il mio sguardo incrocia quello di Tiberio per l'ultima volta e riesco a vedere le sue pupille farsi piccole fin quasi a sparire, mentre le sue iridi belle e nocciola si allargano a dismisura. Poi lui colpisce la testa contro il volante dell'auto, serrando di colpo gli occhi in un mare purpureo.

Il Polcevera, silenzioso torrente in secca estiva sotto di noi, ci accoglie a braccia aperte nel suo greto e, come i fuochi di artificio coronano la fine dell'anno, così il boato causato dagli air-bag corona la fine della nostra inesorabile caduta nell'oblio.

Raggiungiamo l'altra macchina e chissà quante altre, ribaltandoci, e mi ritrovo a testa in giù, con i miei capelli dorati tinti di rosso che mi ballano davanti.

I finestrini fremono un attimo prima di esplodere in mille pezzi e milioni di schegge acuminate mi feriscono il volto; l'ultima cosa che riesco a vedere è la mia collana, con un uomo appeso in croce che penzola nel vuoto davanti a me. Poi la vista mi si spegne e sento il sangue andarmi al cervello.

Penso sia tutto finito.

2. Gemma

14 settembre 2018

Il dolore è una stupida questione mentale. Se sei in grado di gestire la tua mente, tenerla sotto controllo e prevalere sulla sua forza, allora sei in grado di isolare la sofferenza e di domarla. Questo si dice in giro; e se è vero, allora io posso sicuramente definirmi una persona debole.

Quando ero piccola la mia compagna di banco delle elementari mi aveva rubato il fidanzatino: ricordo ancora in che modo assurdo quell'evento mi avesse devastata, così come quando alla fine del liceo nostra nonna morì, lasciando un vuoto indiscutibilmente enorme nei cuori di tutti noi, soprattutto nel mio, insieme a un improvviso quanto illogico senso di colpa di non essere riuscita a salutarla e a trascorrere più tempo con lei quando era in vita. E non parliamo dell'accademia, quando il mio ragazzo mi ha tradita con un'altra; anche in quel caso ho sentito il mondo sgretolarmisi addosso.

Solo adesso, però, mi rendo conto di quanto tutto questo non fosse altro che semplice *niente.*

Rigirandomi un bicchiere d'acqua tra le mani, con i gomiti appoggiati sul tavolo in cucina, non faccio che pensare all'unica costante in tutte le mie piccole tragedie personali: mia sorella Perla. Non c'è mai stata situazione sufficientemente ingestibile secondo lei. In tutte quante ha sempre saputo dove trovare il sole. Una parola. Tanto le bastava per farmi smettere di piangere i miei lacrimoni cristallini e tornare a sorridere come mai avevo fatto prima.

Perla, la mia sorellona, la stessa che da qualche settimana è rinchiusa in camera sua, uscendone poco e parlando ancora meno.

Sinceramente ho temuto questo giorno per tutta la vita, perché questo è quel maledetto giorno in cui è Perla ad avere bisogno di me e io ho paura di non essere pronta per aiutarla a trovare di nuovo la felicità.

Eppure, nonostante l'incidente, sento che Perla è ancora lì, da qualche parte, che si sforza di risorgere, proprio come avrebbe costretto me a fare se le parti fossero state invertite. Ma io non sono come lei e lo so bene: la sorella Saffi più forte è, e rimarrà sempre, Perla.

«Puoi fare più piano?» domanda mia mamma entrando nella cucina. «Sei assordante quando pensi; e smettila di scervellarti, non ce n'è bisogno».

«Ma come no? Io voglio capire come fare ad aiutarla. Non posso starmene qui a guardarla consumarsi da sola in quella stanza».

Lei si avvicina e mi accarezza i capelli, osservandomi con quello sguardo gentile che sono lieta di poter scorgere nei miei occhi quando mi guardo allo specchio.

«Noi dobbiamo solo starle vicini. Non possiamo fare molto di più». Mi mette in mano una scodella di plastica e mi invita a cucinare insieme a lei. Meditando su quelle parole, finisco di bere la mia acqua e poi la raggiungo dietro al bancone.

«E comunque» aggiunge tirando fuori dal frigo l'occorrente, «hai già fatto tantissimo per tua sorella».

«Dici?»

«Certo, tesoro. Sai bene quanto fosse addolorata di non poter andare al funerale di Tiberio».

«Sì» rispondo con un mezzo sorriso, ricordando quel momento, «per un secondo ho pensato che sarebbe uscita dall'ospedale con tutta la flebo».

Mia madre sorride a sua volta mentre comincia a tagliare una cipolla. «Non mi avrebbe sorpresa».

«Ad ogni modo non è sufficiente. Stiamo parlando di un mese fa! Devo inventarmi qualcosa» sbotto rischiando di lanciare una polpetta in aria.

«Penso che abbia solo bisogno di tempo, Gem».

Vedo i suoi occhi velarsi all'improvviso nel silenzio che è piombato.

«Cipolla?» domando dandole un bacio sulla guancia.

«Cipolla» risponde lei, soffiandosi il naso.

Mezz'ora dopo mio padre rientra dal lavoro, baciando me e mia madre sulla fronte.

«Cosa prevede il menù?» domanda tutto contento, annusando l'aria.

«Che tu vada ad avvertire tua figlia che è pronto in tavola».

Papà si frega le mani con un gran sorriso e ci volta le spalle per andare a recuperare Perla. Io e mamma sentiamo quel solito e fastidioso cigolio della porta che si apre e poi lui che bisbiglia qualcosa di indistinto.

Una manciata di minuti più tardi eccolo di ritorno con mia sorella a braccetto, che lo segue molto lentamente, stando bene attenta a dove mette i piedi. Ha ancora un braccio intorno al collo, ma per il resto sembra essersi rimessa piuttosto bene… almeno fisicamente, s'intende. Le ferite che aveva intorno agli occhi sembrano essersi rimarginate, e i capelli biondi riprendono vigore giorno dopo giorno.

Mi capita spesso di analizzare tutti questi suoi aspetti, come la camminata incerta e la paura di centrare qualche mobile con le gambe, e mi rendo conto di quanto io sia diventata apprensiva, anche se non posso farne a meno.

Non oso immaginare quanto sia difficile per lei, ma sono comunque lieta di constatare quanto, dopo poco più di due settimane di ricovero e il restante tempo passato qui in casa a fare esercizio, mia sorella stia diventando sempre più brava a muoversi, a riconoscere gli spazi vuoti e quelli occupati dagli oggetti e a percepire l'ambiente circostante; sono sicura che presto riuscirà a spostarsi di nuovo da sola, senza l'aiuto di mio padre che, a malincuore, devo ammettere essere molto più imbranato di lei.

Non faccio nemmeno a tempo a pensarci su, che il mio caro genitore sbatte contro lo spigolo del solito tavolinetto di cristallo del salone: è lì da più da vent'anni eppure ogni sera è la stessa storia. Mia madre scoppia a ridere genuina e noto che anche Perla, abilmente riuscita a evitare il tavolino di cui ha memorizzato collocazione e grandezza, abbozza una leggera piega del labbro. Ci scommetterei che ha immaginato una scena ben più comica di quella a cui abbiamo assistito noi due.

«Ti serve una mappa, caro?» domanda mia madre, servendo la pasta fumante.

«Penso che per stasera ne faremo a meno, che ne dici Perl?» Sogghignando soddisfatto accompagna la sedia di Perla e le si siede a fianco, di fronte a me, sistemandole una ciocca di capelli biondi fuori posto.

«Nuova ricetta?» domando. Arrotolo alcuni spaghetti intorno alla mia forchetta e, di nuovo, mi ritrovo a osservare mia sorella che con le dita tasta la zona intorno al piatto alla ricerca del tovagliolo, lo sguardo morto perso nel vuoto.

Mamma annuisce e poi si rivolge alla sua primogenita: «Ti piace, Perl? Le polpette sono per te».

Lei non risponde ma annuisce accennando a un sorriso di ringraziamento. Non lo fa con cattiveria, semplicemente da un mese non spiccica quasi più parola; è come se non ci riuscisse e allora comunica tramite ciò che le rimane di funzionante nel volto.

Le prime volte che succedeva, quando Perla era ancora in ospedale, non sapevamo cosa fare: ci chiudevamo nello stesso suo silenzio, piombando nello sconforto e nell'imbarazzo. Mamma piangeva, papà piangeva, io piangevo. Piangevamo tutti quando non eravamo con Perla. Come biasimarci? C'erano volte in cui le lacrime erano di gioia perché, nonostante tutto, mia sorella era ancora qui, sopravvissuta a un incidente che aveva strappato più di quaranta persone alle loro vite; altre, invece, in cui eravamo a pezzi per lei, per quello che le era successo, per quello che le era stato portato via.

Io, poi, spesso piangevo perché conosco mia sorella come le mie tasche e so che in quei primi attimi in cui ha riaperto gli occhi, velati da un'oscurità perenne, ha pensato se forse non sarebbe stato meglio morire anche lei, piuttosto che vivere una vita senza luce e senza Tiberio.

«Io e la mamma abbiamo trovato un corso» dice papà a Perla tra una polpetta e l'altra, «uno di quelli in cui ti aiutano a gestire...» fa un pausa per deglutire e poi riprende: «... le tue capacità».

Lei volta il capo alla sua sinistra, anche se sa di non poter puntare i suoi occhi in quelli di nostro padre per far trasparire tutto il suo disappunto.

«Insomma, penso che ormai sia passato sufficiente tempo per cominciare a tornare alla vita di prima, non ti pare?»

Perla ancora non risponde e io rabbrividisco. Papà pare non rendersi conto o forse fa solo finta per avere il cuore più leggero.

«Caro, forse è meglio se ne parliamo un altro giorno» interviene mia madre.

Perla annuisce piano, tastando il piatto con la forchetta per controllare che non ci siano altre polpette scappate alla sua presa. Poi lentamente si alza e allungando le mani davanti a sé si appoggia al muro che costeggia la cucina per imbroccare il corridoio e tornare mesta nella sua camera. Rimaniamo in silenzio fin quando non sentiamo la sua porta chiudersi con il solito cigolio. Solo a quel punto mio padre parla di nuovo: «Ho detto qualcosa di sbagliato?»

«Non credo sia pronta» risponde mia madre perentoria, facendo trasparire una certa irritazione.

«Non lo sarà mai, se non cominciamo a prendere i giusti provvedimenti».

Io continuo a riempire il bicchiere d'acqua per tenermi falsamente impegnata.

«Avevamo deciso di aspettare» prosegue lei, infilzando l'ultima polpetta rimasta nel piatto.

Mio padre soffia dal naso e guarda me nella speranza di tirarmi in ballo a sostenerlo.

«Forse sarebbe il caso che almeno ne cominciassimo a parlare...» suggerisco, stando bene attenta a scegliere con cura le parole.

«Tua sorella ha subito uno shock, Gemma, e farle pesare la sua cecità più di quanto già non ci pensi la vita non l'aiuterà a rimettersi in piedi!»

Si alza da tavola trasudando risentimento, non necessariamente nei nostri confronti ma molto più probabilmente nei confronti dell'interno universo.

«Secondo me ti sbagli, Ada» le fa eco mio padre, alzandosi a sua volta.

«Non avevo dubbi! Ci fosse una volta che sei d'accordo con me!»

Lui risponde paziente: «È passato un mese ormai ed è ora che Perla riprenda in mano la sua vita, cominciando dal diventare autonoma quanto possibile, data la sua attuale condizione».

Mia madre, che nel frattempo aveva cominciato a sciacquare le stoviglie, frusta il bancone con il canovaccio e lascia cadere rumorosamente un piatto nel lavandino, voltandosi poi come una furia. Respira affannosamente e noto come tenti di calmarsi prima di rispondere: «Quale vita? QUALE VITA, TOM? Il suo ragazzo è morto... lei è cieca! Io mi domando quale vita?!»

Vedo la sua mano tremare, mentre i singhiozzi si fanno largo nel suo petto, scombussolando quel volto meraviglioso che veste di solito.

Tommaso Saffi addolcisce lo sguardo e le si avvicina, stringendola poi in un abbraccio forte, tenero e protettivo. «Quella vita per cui possiamo vantare di avere ancora *due* splendide figlie».

3. Emanuele

«Ciao, Gem. Che dici?» La saluto dopo aver sentito il campanello dietro la porta suonare. Poi la cliente che stavo servendo richiama la mia attenzione.

«Mi scusi».

Apro la cassa e do il resto alla signora di fronte a me, mentre con la coda dell'occhio noto Gemma Saffi ricambiare il mio saluto con la mano e cominciare a curiosare in giro.

Da quando hanno ristrutturato il negozio, quel piccolo bugigattolo di prima è diventato il luogo più bello della zona. Da buon impiegato di fiducia non potevo tirarmi indietro quando Liliana, proprietaria, maniaca del controllo e cromo-ossessiva, mi ha chiesto di aiutarla a mettere tutti gli occhiali da vista e da sole in ordine cromatico, *"dalle vivaci sfumature del rosso a quelle più tenui dell'azzurro"*, come si raccomandò lei prima di lasciarmi da solo in mezzo agli scatoloni con i nuovi arrivi. Che dire, mi ha pagato un extra, e ora i clienti, immersi nel nostro arcobaleno personale, sono decisamente più disposti quantomeno a guardarsi intorno.

Infilo la ricevuta d'acquisto nel sacchetto e consegno la merce alla cliente. «Buona giornata».

Ora che oltre a Gemma non ci sono più persone nel negozio, posso concedermi di osservarla per qualche secondo mentre si prova un paio di occhiali con le lenti a forma di cuore e si guarda allo specchio facendo qualche smorfia da *social influencer*.

«Sono in saldo fino a stasera» le dico facendola sobbalzare.

«Solo fino a stasera? E se li volessi domani?»

«Allora sarebbero in saldo fino a domani» rispondo allargando le braccia e poggiando i palmi delle mani sul bancone.

«Offerta conveniente». Rimette a posto gli occhiali e si avvicina a me. «Ma comunque troppo vistosi per i miei gusti».

«Allora su cosa posso farti una promozione last minute per cui potrei essere licenziato?»

«Andiamo, Liliana conta troppo su di te; e comunque non ti prenderesti mai questo rischio» dice mostrando quei suoi meravigliosi occhi blu per cui perdo la testa ogni maledettissima volta.

«Per te tutto, piccola».

Lei mi scompiglia i capelli canzonatoria: dopo anni e anni che ci conosciamo ancora crede che scherzi. Sono pazzo di lei e non se ne vuole accorgere. Possibile che mi veda ancora come il suo migliore amico?

Non sono il tipo che si fa *friendzonare* così, eppure eccomi qua a sbavare dietro alla giovane Saffi, sicura di sé e indipendente. Se solo sua sorella non l'avesse istruita a proteggersi dagli uomini molesti, mentalmente instabili, cronici spezza-cuore, diciamo dunque dagli uomini in genere, adesso Gemma non sarebbe una *dura con le palle*, e magari mi considererebbe in maniera differente.

«Devo fare un regalo» dice guardandosi intorno e risvegliandomi dai miei sogni proibiti. «Da sole, neri e molto belli».

«Mhh... combinazione interessante. Uomo o donna? Anzi no, non me lo dire».

Ammetto di voler sfruttare quest'occasione al meglio: è un po' che non ho aggiornamenti sulla sua vita sentimentale, soprattutto dopo che il Morandi è venuto giù come un castello di carte ingurgitando Perla e il suo fidanzato. Tiberio, un tipo davvero in gamba, di cui lei si innamorò a vista d'occhio. Ricordo ancora il loro primo incontro in quel locale.

Comunque, da quel giorno di agosto non ho visto Gemma per un po' e posso dire di capirne le ragioni: in genere, tutto ciò che ricorda un passato antecedente a una tragedia è sempre doloroso da vivere.

«Ci stai pensando sul serio o vuoi che te lo dica io?» domanda. Questa volta mi ero davvero incantato a pensare, e per un secondo ho temuto di essermi dimenticato di cosa stavamo parlando. Poi recupero e comincio a scrutarla intensamente come se la stessi analizzando nel profondo e, con aria da detective, dico: «Uomo, sicuramente uomo. Ti sei trovata un fidanzatino?»

«Che ho due anni?» dice arricciando il naso adorabilmente, come solo lei sa fare. «Non mi leggerai mai la mente, per quanto tu possa sforzarti. Donna».

«Uh, allora fidanzatina».

«Hai intenzione di aiutarmi, Sherlock?» sbuffa.

«Elementare, Watson».

«Sei terribilmente prevedibile».

«E tu sei terribilmente...» guardo il soffitto pensieroso, senza sapere come completare la frase. O meglio, vorrei risponderle: "*Sei terribilmente e irrimediabilmente bella*", ma non mi sembra il caso. Se non se ne accorge da sola quando a me sembra così evidente, non ha senso provarci. «Non lo so ancora, ma un giorno te lo dirò» completo strappandole una risata.

Controllo che Liliana non si sia appostata con i suoi occhi da falco pronti a cogliermi in fallo e poi balzo con agilità felina sul bancone, scavalcandolo e raggiungendo Gemma dall'altra parte. La sospingo da un lato, direzionandola verso una parete di occhiali che non aveva notato: lì, sempre cromaticamente disposti, ci sono tutti i prodotti più scuri.

Lei ne afferra uno e se lo prova.

Diamine, devo cercare di distrarmi, altrimenti potrebbe rifilarmi una denuncia per stalking.

«E così, come vanno le cose? Perla come sta?» domando fingendo noncuranza quando il suo profumo arriva alle mie narici.

Gemma si mette di profilo e solleva i capelli con le mani, chiaramente prendendosi tutto il tempo per rispondere. «In via di ripresa… chi la ferma a lei».

Mi guarda per un secondo fugace e poi torna a specchiarsi, mostrando un lieve sorriso sulle labbra. È così chiaro il suo tentativo di sembrare impassibile e spavalda, eppure so che anche lei, come chiunque, se non di più, è rimasta particolarmente sconvolta da quello che è successo un mese fa sul ponte.

Gemma cambia ancora una volta paio di occhiali e se li prova.

Ricordo tutto di quel giorno, anche i dettagli più stupidi e insignificanti. Di tutte le mattine che ho vissuto nella mia vita, per esempio, solo di quel 14 agosto ricordo che cosa avevo mangiato a colazione; e poi pioveva tantissimo e Gemma mi aveva telefonato. Cavolo, se me lo ricordo! Voleva confermare il nostro programma per il giorno di Ferragosto ed era così entusiasta.

Per l'occasione avevo scelto due costumi, uno rosso e uno giallo, e li stavo infilando nello zaino che avevo preparato per andare in spiaggia. Naturalmente, sia io che lei speravamo che smettesse di piovere, altrimenti… beh, immagino che avremmo improvvisato un'alternativa per festeggiare ugualmente. Anche se in realtà il problema non si pose perché, più del resto, ricordo l'unica cosa che probabilmente farei di tutto per dimenticare: quel suono acuto e quasi fastidioso proveniente dalla voce stridula della giornalista del telegiornale mattutino che, stretta nel suo vestito nero, con quell'aria insensibile e apaticamente professionale, avvertiva tutti i cittadini d'Italia che il celebre ponte Morandi di Genova si era sbriciolato all'improvviso.

Lì per lì non si sapeva ancora quante erano le vittime ma, con la mia mente matematica, io stavo già contando, e nelle mie previsioni i numeri non facevano altro che salire e salire e salire...

«A che pensi?» La voce di Gemma spezza il silenzio e mi catapulta di nuovo nella realtà.

«Cosa? Oh, stavo riflettendo su quanto faticoso debba essere nascere donna».

Con un occhio divertito e uno confuso, si volta reggendo ancora in mano il ventisettesimo paio di occhiali nero.

«Voglio dire» riprendo, «a me sembrano tutti uguali! Cosa ci trovi di così diverso tra l'uno e l'altro da doverli provare tutti?»

«Santo cielo, deve essere monotono essere uomo, no?» risponde guardando al cielo.

«*Touchè*».

«Ad ogni modo, penso di averli trovati». Indica il paio che tiene ancora posato sul naso e si guarda un'ultima volta allo specchio. Poi va alla cassa.

«Vuoi una confezione regalo?» chiedo istintivamente.

Ma cosa ho detto? Gemma è visibilmente impallidita, come immagino faccia chiunque ingoi un ghiacciolo tutto in un boccone, e il fatto che conosco ogni singolo elemento del suo volto così perfetto mi permette di notare praticamente subito quel tremolio quasi impercettibile che le ha colpito il labbro inferiore e le mani.

Penso di aver cambiato espressione perché lei si riprende di colpo e, come se non fosse successo nulla, torna a sorridermi, rispondendo: «Non ce ne sarà bisogno… grazie».

«Stai bene?» Andiamo, non posso non chiederglielo.

Lei liquida la domanda con un gesto della mano e prende il sacchetto con gli occhiali che ha comprato.

«Un'altra delle tue costruzioni scientifiche?» domanda poi sviando la conversazione.

Mi volto seguendo la direzione indicata dal suo dito e mi trovo a fissare un portapenne sulla mensola dietro il bancone. Lo prendo e glielo mostro: voglio proprio sapere che cosa ne pensa.

«Ho finito di assemblarlo ieri e non è una costruzione scientifica. Puoi chiamarlo *Progetto Ingegneristico all'Avanguardia nel Presente e nel Futuro*».

Lei alza le mani in segno di resa e si mette a osservarlo attentamente. «Che cos'è?»

«Portapenne Automatico».

«Capisco. Per noi comuni mortali, invece?»

Soffio dal naso e mi abbasso di qualche centimetro per attivare un bottoncino nero sul retro del contenitore; poi prendo una manciata di penne dal cassetto delle scorte di Liliana e ce la infilo dentro. «Esprimi un desiderio, Gem. Quale colore di penna vorresti?»

Gemma socchiude gli occhi e dice: «Una penna blu, per favore».

Per qualche secondo temo che non funzioni: quando ti serve di fare colpo su una ragazza usando solo ed esclusivamente il tuo cervello da ingegnere, è un classico che la tua invenzione faccia cilecca. Per questo credo che sia un caso il fatto che il portapenne esaudisca la richiesta di Gemma senza fare storie.

Cigolando un pochino per attivare tutti gli ingranaggi, da una fessura laterale esce un piccolo braccio di metallo che si piega all'insù fino a raggiungere il groviglio di penne colorate che contiene al suo interno. Le analizza tutte e poi, come per magia, ne sceglie una con il tappo blu, la tira fuori e lascia che Gemma la prenda in mano.

«Non ci credo» la sento sussurrare. «Ma è incredibile!»

«Geniale, vero? È sicuramente il progetto più complesso che ho realizzato finora. Ho avuto l'idea al terzo anno di università».

«Ma come fa a...»

Lo ammetto, il suo interesse è stimolante per me. Ecco perché non riesco a contenermi e anticipo la sua domanda con la mia risposta: «Ho predisposto una piccola telecamera sul braccio metallico che riconosce i colori delle penne. L'ho tarato su rosso, verde, blu e nero, sempre nella speranza che non debba usarlo Van Gogh».

«Non so perché, ma penso che tu possa stare tranquillo su questo».

«Sì, beh, è un bell'oggettino. Però funziona solo sulle penne con il tappo. Cercherò di ottimizzarlo affinché possa riconoscere quanti più tipi di penna possibile».

Gemma si solleva dai gomiti su cui si era poggiata e, continuando a fissare il portapenne, mormora: «Sei davvero sprecato qui dentro».

Posso baciarti, Gemma? Sei così vicina a me che mi basterebbe allungarmi un pochino sulle gambe. Però forse non è il contesto ideale.

«Nah...» rispondo allontanandomi da lei, «un modo per mettere in pratica le mie idee lo trovo comunque. E poi lavorando qui ho la speranza di incontrarti praticamente ogni giorno. Abiti dietro l'angolo, no?»

«Da sempre».

Seguendo l'istinto, addolcisco lo sguardo e le sistemo una ciocca di capelli dietro l'orecchio.

«Molto bene. È ora che torni a casa». Gemma recupera il sacchetto e mi lascia un bacio di sfuggita sulla guancia.

È quasi arrivata alla porta, quando aggiungo: «Fammi sapere se piacciono alla ragazza».

Lei si blocca di colpo e leggo nei suoi occhi una nota di tristezza che riesce abilmente a mascherare. «Temo che non lo saprà mai davvero».

La guardo con fare interrogativo, anche se ormai temo di aver capito per chi Gemma ha comprato gli occhiali, ancora prima che lei stessa me lo confermi: «Sono per mia sorella».

4. Perla

Traccia: *Dancing With Your Ghost* di Sasha Sloan

Sta piovendo, lo so. Non è poi così difficile accorgersene, dopotutto: basta ascoltare con attenzione lo scrosciare dell'acqua fuori dalla finestra, quel suono melodioso e monotono che determina il ritmo di un temporale in corso. Per non parlare poi dell'inebriante profumo di pioggia che c'è nell'aria.

La porta di camera continua a sbattere e io vorrei davvero chiuderla per impedire che la corrente d'aria faccia confusione. Sono settimane ormai che ogni singolo rumore è diventato più forte, ogni voce più chiara, ogni parola più definita, e devo ancora abituarmi al fatto che percepisco diversamente le cose. Invece, rimango seduta esattamente dove sono, sulla cassapanca imbottita sotto la finestra, con una mano poggiata sul vetro freddo, immaginando di tracciare il percorso delle goccioline di pioggia che scivolano sulla superficie fuori da camera mia.

Ormai è quello che riesco a fare meglio: *immaginare*. Eppure sono cresciuta con la consapevolezza di non avere molta fantasia. Voglio dire, fin da quando eravamo bambine, ricordo di non aver mai avuto la stessa sfrenata ambizione di mia sorella di beccare Babbo Natale che scende dal comignolo del caminetto fin dentro casa nostra. Le dicevo sempre di andare a dormire e che sprecava tempo, perché Babbo Natale non si sarebbe mai fatto vedere dalla bimbe a cui stava portando i regali. Altrimenti che sorpresa sarebbe stata?

Anche quando Gemma disegnava quei suoi stralunati cavalli alati, con il corno multicolore e magia che sprizzava da tutti i pori, io e il mio righello aggiustavamo il disegno affinché le ali avessero una struttura sufficientemente resistente, perché altrimenti il cavallo, non concepito per volare, sarebbe crollato a terra senza poterci fare niente.

Guastafeste, mi chiamavano.

Perfino mia nonna mi rimproverava perché diceva che con questo mio comportamento metodico e preciso avrei rovinato la "*bellezza che si trova nel creare il proprio universo sulla base delle nostre necessità*", testuali parole. Io le rispondevo: quale necessità c'è nel creare un cavallo alato e poi farlo precipitare perché le sue ali non lo reggono?

Per me anche le cose inventate devono essere teoricamente realizzabili. Sono noiosa, lo so.

Salgo con una mano al collo e tasto quella parte di pelle dove giace il mio crocefisso: sì, la fede fa parte di una delle mie convinzioni logiche. Come? Penso che ci sia un progetto sotto, qualcosa di ingegneristico che rende noi creature indipendenti e senzienti, il nostro corpo una macchina ben oliata e perfettamente funzionante e il mondo un autoregolatore delle sue potenzialità.

Prendiamo l'essere umano: se qualcosa mina la sicurezza del nostro meccanismo interno, il corpo automaticamente si spegne e noi cadiamo svenuti fin quando tutto non torna a una normalità non pericolosa per noi. Allo stesso modo, se il pianeta ritiene che siamo troppi per abitarlo e che consumeremo tutte le risorse del sistema fino a prosciugarle definitivamente, è normale che la terra tremi aprendosi, i cieli sprigionino tutte le loro forze di vento e acqua, e i mari si ribellino con i loro tsunami. Qualcuno dovrà pur ristabilire l'equilibrio.

Per me questo ha sempre fatto parte di qualcosa al di sopra del nostro controllo.

Perciò sì, crederci non mi sembra tanto strano. Io lo chiamo Dio, gli altri lo chiamino come preferiscono. Non importa quale nome abbia, in fondo parliamo tutti della stessa cosa: spiegabile fino a un certo punto e non comprensibile fino in fondo in tutte le sue parti.

Non sono in vena di fare niente di produttivo, soprattutto perché non credo ci riuscirei. Forse è per questo che penso tanto. Ma una voce improvvisa mi riporta sul pianeta.

«Ciao!» grida qualcuno dall'ingresso di casa. «Sono tornata!»

La voce di mia sorella è dannatamente uguale a quella di nostra madre e ogni volta mi sforzo di capire chi potrebbe essere delle due a parlare. Però, per quanto assurdo possa essere, un ipotetico lato positivo della cecità è che i tuoi sensi diventano più forti per compensare quello mancante; così riesci a scoprire cose incredibili a cui prima non avevi mai fatto caso. Il mio udito, adesso, ha meglio compreso che Gemma possiede una voce più acuta di almeno un tono rispetto a quella di mamma; per questo ci scommetto che è lei.

«Ciao, Perl» dice, infatti, affacciandosi in camera mia. «Come va?»

Meglio, sorellina, meglio.

Giuro che vorrei pronunciare queste parole esattamente come le ho pensate, ma non ci riesco. È come se, dopo l'incidente, la mia voce si fosse intestardita a non voler tornare, nascosta da qualche parte dietro le corde vocali. I medici hanno ripetuto più volte che lo shock subito avrebbe potuto causare problemi psicologici di questo tipo e che l'unica soluzione è aspettare, oppure sottopormi a un evento altrettanto scioccante nella speranza che annulli gli effetti precedenti. Ma direi che per un po' ne ho abbastanza.

Sento Gemma aggirarsi nella stanza e armeggiare con qualcosa di plastica in mano. Sembra un sacchetto e io alzo un dito nella sua direzione nella speranza che capisca a cosa mi sto riferendo.

«Ho fatto un po' di compere. Ti ho...»

«Scusate, ragazze. Perla, hai un secondo?» domanda nostro padre interrompendola. Io annuisco e Gemma ci lascia da soli. Lo so perché la porta di camera si chiude alle sue spalle con un tonfo. Butto giù le gambe dalla cassapanca, invitandolo a sedersi accanto a me.

«Ascolta, tesoro, io e tua madre abbiamo parlato. Siamo entrambi d'accordo sul fatto che sia ora di rimetterti in carreggiata. È passato un mese e non possiamo rimandare ancora per molto la presa di coscienza della situazione. Hai tante cose da fare, impegni... *di vita*».

Istintivamente volto il capo verso di lui, seguendo la sua voce. Quella parola, *vita*, la sento appiccicata al mio corpo nel modo sbagliato.

«Che ne dici, Perlina?»

Non lo so. Avrò il diritto di non sapere cosa fare in questo momento, no? Mi sento così confusa, inerme, prigioniera di questo corpo sopravvissuto che in parte non mi risponde più.

Tutti si aspettano da me qualcosa che non ritengo possibile: gratitudine per essere ancora viva. Ma una parte di me, quella più preziosa e importante, è morta con Tiberio nel greto del Polcevera, e quello che rimane adesso è un guscio vuoto e anche mal funzionante.

Sento la mano di mio padre sfiorarmi una spalla e poi aggiustarmi una ciocca di capelli dietro l'orecchio: chissà se sono ancora biondi come me li ricordo. Sicuramente sono più lunghi, perché mi sbattono sulla schiena ogni volta che cammino.

Annuisco passiva e distolgo lo sguardo perché mi viene da piangere. Quando sono da sola lo faccio spesso, in questo periodo. Anzi probabilmente ho pianto più io in quindici giorni che mia sorella in tutta la sua vita; eppure lo trovo così liberatorio.

Butta fuori ogni stilla di dolore che avvelena il tuo corpo e la tua mente. Me lo ripeto sempre.

«Molto bene, dolcezza!» esclama papà trasportandomi di nuovo alla realtà. Mi batte una mano sul ginocchio e, dopo avermi stampato uno dei suoi baci sulla fronte, conclude: «Domani io e la mamma abbiamo appuntamento con una certa Sabrina Ottonello. Sai, mi sembra una tipa per bene e si occupa di moltissime persone come te».

Ovvero di casi umani, papà? Per fortuna non riesco ancora a parlare, altrimenti confondere parole e pensieri sarebbe stato troppo facile.

Un tuono squarcia il silenzio pochi secondi dopo che mio padre ha lasciato la stanza e io sussulto infastidita. Il non poter vedere i lampi che mi avvisano rende la mia iperacusia ancora più insopportabile.

Mi allontano dalla finestra e raggiungo il comodino, recuperando il mio cellulare. Ero ancora in ospedale quando Gemma me lo consegnò rimesso a nuovo. Emanuele, il suo migliore amico ingegnere, le aveva fatto il favore di attivare il *VoiceOver* e di organizzarmelo di conseguenza, così che fosse un iPhone a prova di non vedente.

Ora, quando voglio, mi legge ogni singola cosa compaia sullo schermo, guidandomi in ogni mia mossa. Certo, avrei potuto impostarlo io, se solo... beh, che dire, mi sembra ovvio. *A l'è cuscì*[2].

Scrosci d'acqua piovono dal cielo ma io mi concentro sul piacere dei prossimi secondi, quando finalmente riuscirò a sentire di nuovo la voce di Tiberio.

Attivo il bottoncino *Play* sul registratore che i miei genitori mi hanno regalato per l'inizio dell'università, lo punto verso il cellulare e la voce registrata di mia sorella dice: «Ehi, Siri! Segreteria telefonica, per favore».

Sempre educata Gemma, anche con le entità virtuali. Dovendo far fronte al mio temporaneo mutismo, farle registrare un messaggio di questo tipo mi è sembrata la soluzione più logica.

«*Non ho trovato nuovi messaggi in segreteria, ma hai un messaggio salvato di Tiberio, lasciato il 13 agosto 2018, alle 16:13*» risponde la voce robotica del dispositivo. «*Vuoi che riproduca il messaggio?*»

Con il registratore in una mano e il cellulare nell'altra, sento mia sorella rispondere un metallico "*Sì, grazie*".

Il freddo dello schermo a contatto con il mio orecchio svanisce subito, sovrastato dal tepore accogliente e gentile che la voce del mio ragazzo risveglia in me.

«*Amore mio!*» esclama. «*Non dirmi che sei ancora in doccia! Ti sto chiamando da almeno venti minuti. Leonardo mi ha detto che si è messo d'accordo con Annalisa per vederci tutti a casa sua a Varazze, per pranzo*».

Le sue parole rimbombano nella mia testa, risvegliando in me il ricordo di quel pomeriggio antecedente la nostra partenza in cui ogni cosa era perfetta e la prospettiva di un Ferragosto meraviglioso con i miei amici si avvicinava a velocità entusiasmante.

---

[2] *È così*, in genovese.

«*Coooooomunque*» riprende Tiberio dall'apparecchio, «*quest'anno si sono dati particolarmente da fare: barbecue di qua, barbecue di là, insomma cibo, amore mio, ciboooo!*»

Una lacrima mi bagna la guancia, ma io sto ridendo. Sono sempre arrivata seconda contro il cibo.

Tiberio parla ancora: «*Ok, sicuramente sta scadendo il tempo del messaggio. Anzi già mi sta salendo l'ansia*» lo sento ridere dall'altra parte. «*Ti amo, piccola. Non vedo l'ora di stare con te. Passo a prenderti domani mattina*».

Un cigolio mi avverte che il messaggio è terminato.

«*Vuoi riascoltare il messaggio?*» domanda una Siri piuttosto servizievole. La sua richiesta, però, sfuma insieme a tutti gli altri pensieri e io mi ritrovo ancora una volta immersa nelle mie lacrime.

«*Dio mio!*» urlo all'improvviso nella mia testa. «*Perché lui no e io sì? Che cosa ti ha fatto?*»

Ho riascoltato quell'ultimo frammento di Tiberio almeno un milione di volte da quando mi sono risvegliata e continuo a pormi la stessa domanda da allora: cosa cambiava tra noi due? Vivere insieme, morire insieme, no?

«*Ti costava tanto salvare anche lui? ERA COSÍ DIFFICILE?!*» crollo sulle ginocchia impotente, ma le mie urla non le sente nessuno aggrappate come sono alla mia gola. La mia bocca emette solo gemiti informi e non mi dà la soddisfazione di dare vita ai miei pensieri.

Con la pelle d'oca sento di essere orribilmente arrabbiata, come non sono mai stata nella mia vita. «*Me l'hai portato via come se io potessi farne a meno. Beh, sai che ti dico? Io non posso. Avresti dovuto prendere anche me insieme a lui perché... perché vivere senza Tiberio è come morire ogni giorno!*»

Niente si muove intorno a me e penso che anche la pioggia abbia smesso di cadere; o forse è solo più silenziosa, in rispetto al mio dolore.

«*Tu avresti dovuto saperlo. Non ti sopporto quando fai così! Non ho neanche più la vista. Non posso... vedere una sua... foto*» gemono ancora i miei pensieri.

Poi mi alzo di scatto e, con gli occhi che mi bruciano dolorosamente, afferro il crocefisso appeso al mio collo e tiro con tutta la forza che possiedo, fino a far cedere il moschettone.

Forse è il caso di prendersi una pausa di riflessione da tutto ciò che era; e Dio non fa eccezione. Mi ha abbandonata quando proprio lui doveva starmi vicino e questo non posso ignorarlo. Non riesco a capirlo ed è frustrante avere la consapevolezza di dover superare certe difficoltà completamente da soli.

La catenella d'argento ballonzola ancora tra le mie dita mentre la stringo con ira, lasciando che mi segni la pelle. Tasto i cassetti della mia scrivania fino a trovare la maniglia di quello più basso, lo apro e caccio la collana dentro, con assoluta noncuranza di dove possa finire.

Ora basta.

Con un calcio chiudo il cassetto e mi raggomitolo per terra nella speranza che un giorno si faccia perdonare.

Non contenta poi, afferro il cellulare di volata e, con un paio di comandi che ho imparato a usare, gli ordino senza mezzi termini di cancellare la suoneria personalizzata che avevo impostato per le sole chiamate di Tiberio: *Let Her Go* di Passenger. Quelle note iniziali, così dolci e melodiche, equiparabili perfettamente alla voce del mio ragazzo, mi sono solo d'intralcio ormai e non voglio più sentirle nella mia vita.

Quando finalmente il VoiceOver dell'iPhone mi avverte che il file musicale da me scelto non è più tra i miei brani e che tutte le suonerie sono state nuovamente ristabilite ai loro valori originali, abbandono il cellulare sul letto e, con la piantina mnemonica della mia stanza, ripercorro tutti gli elementi presenti in essa che in qualche modo potrebbero ricordarmi Tiberio Ferrari.

Parto dalla bacheca di legno appesa sopra la scrivania e sradico le foto che sento al tatto. Che ci sia lui o meno non mi interessa: sono tutte parte del mio passato, dove una Perla Saffi sorridente e dagli occhi azzurri come il cielo aveva facoltà di voltarsi intorno e ammirare qualsiasi cosa le si affacciasse alla vista, compreso l'unico amore della sua vita.

Sento le puntine saltare a destra e a manca e risuonare sul pavimento con un tintinnio.

«Perla!» esclama qualcuno alle mie spalle, cogliendomi di sorpresa. Non so quale espressione potrebbe avere mia sorella in questo momento, ma immagino che sia abbastanza disorientata.

Tra le mani ho ancora qualche rimasuglio di carta fotografica e ho il fiatone come se avessi fatto una gara di corsa. Mi siedo sul letto e scoppio di nuovo a piangere.

Ok, penso di aver raggiunto la depressione. Ci arriviamo tutti a un certo punto della nostra vita, giusto?

L'oscillazione del letto al mio fianco mi avverte che anche Gemma si è seduta e, dopo poco, mi ritrovo a nascondere il volto sulla sua spalla mentre lei mi circonda con le braccia.

«Torno subito» mi sussurra a un orecchio una volta che il mio respiro torna regolare.

Sparisce per qualche minuto e poi eccola di nuovo, come promesso. Mi prende un polso e mi mette in mano qualcosa che mi pare essere una grossa scatola di cartone. Dal rumore che fanno le sue dita, deduco che lei abbia invece un sacco di plastica.

«È il caso di dare una pulita» dice. «Io ciò che si butta, tu ciò che vuoi solo archiviare».

Non le è servito nemmeno che parlassi per capire cosa avevo bisogno di fare. Insieme ci mettiamo subito a lavoro. Come prima cosa la sento armeggiare con le cartacce sul pavimento e con le puntine, che cadono composte in una scatolina sulla mia scrivania.

Apriamo gli armadi, i cassetti, perquisiamo tutte le pareti e qualsiasi cosa troviamo, soprattutto ciò che ha riferimenti con Tiberio e la nostra vita insieme, sparisce nel vortice nero del sacchetto o nella mia scatola. Zampillano via fotografie, poster, medaglie, diplomi di varia entità, bigliettini di auguri, bracciali di perline e chissà quante altre cose che non avrei voluto vedere nemmeno se avessi potuto.

Sacchetto o scatola, all'ora di cena ordine è fatto e, grazie a mia sorella e alla sua comprensione, già sento l'aria pesare meno sulle mie spalle, svuotata di tutti i suoi ricordi.

«Non vedo l'ora di attaccare nuove foto su questa bacheca» dice Gemma, riappendendo la superficie di sughero e legno al chiodo dove risiedeva prima del mio attacco.

Dopo che mia sorella ha lasciato la stanza, mi rimane solo una cosa da fare. Tasto la mensola sopra al letto dove tengo la mia collezione di palline con la neve, e le supero tutte, afferrando una piccola scatolina di velluto. La apro e la fisso come se potessi realmente guardarla. Ma poi, senza pensarci oltre, mi sfilo l'anello che ho portato fino ad oggi all'anulare sinistro e lo inserisco all'interno, rimettendo la scatola al suo posto.

Dopo aver mangiato insieme alla mia famiglia, sigillo la finestra e mi rintano di nuovo in camera, per abbandonarmi alla morbidezza delle coperte. Prima di cedere alla stanchezza, però, chiedo al VoiceOver di aprire Spotify e scelgo una canzone di *Sasha Sloan* che possa conciliare il mio sonno.

Yelling at the sky
Screaming at the world
Baby, why'd you go away?
I'm still your girl[3]

Spengo la luce e cado in dormiveglia quasi subito, mentre il temporale ha ripreso a suonare i suoi bassi. Probabilmente la pioggia sta colpendo la finestra, perché sento in lontananza dei colpi sordi contro i vetri, ma Morfeo si sta avvicinando a me, con le braccia distese in avanti, pronto ad accogliermi nel suo regno.

Eppure qualcosa interrompe la mia corsa disperata verso di lui: la canzone di Spotify gracchia in modo strano, come facevano i giradischi di vecchia data una volta terminate tutte le tracce. Questo particolare apparentemente insignificante riavvolge al contrario la mia discesa nell'oblio e mi ritrovo ad aprire gli occhi cercando il cellulare. Solo adesso mi accorgo che la canzone di Sasha Sloan si è *impallata*. La cantante ripete le stesse parole, una dietro l'altra, senza interruzione, ricominciando sempre dallo stesso punto una volta giunta alla fine del ritornello.

Baby, you're just harder to see than most
I put the record on

---

[3] *Gridando al cielo, urlando al mondo. Piccolo, perché te ne sei andato? Sono ancora la tua ragazza.*

Wait 'til I hear our song
Every night I'm dancing with your ghost[4]

Strano.

Eppure non ho il tempo di indagare più a fondo perché la finestra si spalanca all'improvviso, impigliandomi un urlo in gola. Sento le mie mani tremare per lo spavento e i miei piedi muoversi verso le ante che sono andate a sbattere contro il muro. Mi affretto nella direzione in cui ricordo essere collocata la mia finestra, ignorando perfino la bruttissima sensazione di gelo che sento improvvisamente attanagliarmi le ossa, come fossi immersa in una vasca piena di ghiaccio.

Il profumo di pioggia entra potente nella stanza mentre recupero entrambe le ante sigillandole di nuovo. Provo scioccamente a guardarmi intorno, ordinando mentalmente ai miei occhi di scorgere qualcosa e, nello specifico, qualcosa di insolito. Ma ovviamente non vedevo nulla prima e non vedo nulla adesso, se non un tenue quanto evanescente bagliore più chiaro dettato dalla lampada che ho acceso sul mio comodino.

Con il respiro affannoso, provo a riprendere il controllo della situazione e mi rinfilo nel letto avvolgendomi nelle coperte più di prima, convinta che in questo modo niente possa farmi del male. Poi stringo forte gli occhi, pregando di addormentarmi al più presto. Questa volta lascio anche la luce accesa perché il buio della cecità è ancora più terrificante del buio della notte: il secondo lo controlli, il primo no.

---

[4] *Piccolo, sei solo più difficile da vedere rispetto alla maggior parte. Faccio partire la registrazione, aspetto di sentire la nostra canzone. Ogni notte ballo con il tuo fantasma.*

Una leggera brezza mi accarezza la fronte, facendomi rabbrividire, e sento il mio cuore accelerare improvvisamente, neanche volesse uscirmi a forza dal petto.

Calma, Perla. Sei solo suggestionata.

Faccio un bel respiro e provo a concentrarmi sul ritmo del mio cuore, così che possa rallentare. Ma a poco serve quando qualcosa cade per terra con un piccolo tonfo e il bagliore della lampada si spegne di colpo, facendomi piombare in un buio ancora più profondo di quello per me consueto.

Spaventata, allungo una mano verso l'interruttore che non ha intenzione di riaccendersi portandomi a seguire il cavo fino alla presa di corrente: la spina non è più inserita.

Non chiederei "*Chi c'è?*" nemmeno se riuscissi a parlare. Se fosse un ladro o un assassino, cosa mi aspetterei di sentire in risposta? "*Ciao, Perla, sono qui per rubare in camera tua; spero di non arrecarti disturbo*" ? Oppure, "*Cara Perla, ora ti uccido con questo coltellaccio che ho in mano. Faccio presto, tranquilla*" ?

Così rimango immobile, paralizzata a gambe incrociate, aspettandomi il *peggio peggiore* che riesco a immaginare. Ma per una lunghissima manciata di secondi non succede assolutamente niente e nemmeno il mio acuito senso dell'udito riesce a carpire alcun suono molesto. Fin quando il mio cellulare squilla a volume ancora più alto di quanto ricordassi. Caccio un urlo incontenibile per poi tapparmi la bocca con entrambe le mani.

Ormai tremo come solo una foglia sa fare e non è certo perché il mio telefono sta squillando in piena notte, quanto per il fatto che quelle note iniziali della suoneria colpiscono le mie orecchie come un martello su un chiodo.

Let Her Go di *Passenger.*

Non ho bisogno di invocare il VoiceOver per rispondere: mi guida un istinto spaventato e sconvolto che porta il mio pollice a muoversi in orizzontale sul display per accettare la chiamata in entrata. Le corde vocali nella mia gola fremono e il mio respiro ormai è incontrollabile.

In un gesto lento, avvicino l'iPhone all'orecchio.

«Perla? Perla, mi senti?» Quattro parole che mi portano direttamente sull'orlo di una crisi di panico.

Non può essere.

«Ti... Tiberio?» sento la mia voce pronunciare a chiare lettere.

5. Tiberio

Traccia: *Let Her Go* di Passenger

Beliscimiü[5], che botta. Devo aver picchiato la testa piuttosto forte perché non ho molti ricordi delle ultime ore. Però ho il naso impregnato di pioggia, quell'odore forte che a Genova si sente molto spesso.

Genova. Io sono di Genova, questo me lo ricordo bene.

Correva l'anno… Vediamo, dovrei avere sui ventisei anni, se non sbaglio; sì, ventisei, come diceva la candelina sulla torta di compleanno che Perla mi aveva cucinato. Ho questo nome in mente da quando mi sono risvegliato, ma ancora non ho capito di chi si tratti.

Perla, Perla, Perla. Lo completerei con un *Saffi* se dovessi seguire l'istinto ma…

Perla! Il suo volto adesso è chiaro nella mia mente: un profilo perfetto contornato da meravigliosi capelli oro in cui immergevo il volto ogni volta che ci abbracciavamo. Come ho fatto a dimenticarmi di lei, dei suoi occhi celesti in cui perdersi? Lei che mi ama, lei che io amo, lei che è… un momento, lei dov'è?

In realtà non penso di sapere con certezza nemmeno dove mi trovo io. Sono seduto per terra, su un pavimento nero e lucente in cui riesco a vedere la mia immagine riflessa. Il soffitto invece è bianco e le pareti mi pare quasi che non ci

[5] *Caspita* (più incisivo), in genovese.

siano. Sarei portato a credere che è un bel po' di tempo che sono qui, anche se non saprei quantificare. Non mi rimane che esplorare ciò che mi circonda, tanto per capirci qualcosa. Raccolgo i miei occhiali e li posiziono sul naso come facevo tutte le mattine appena sceso dal letto.

È buffo il fatto che indosso vestiti degli unici colori che non sopporto, che non possono nemmeno definirsi tali: una scialba maglietta bianca a maniche corte e un paio di pantaloni neri senza identità.

«Ehilà? C'è nessuno?» chiedo. Mi risponde il nulla più intenso. Come se sperassi che il deserto potesse parlare! Perla si sarebbe fatta una risata e mi avrebbe sbattuto in faccia l'illogicità della mia domanda.

Perla, amore mio, dove sei? Ora che sei l'unica certezza che ho, l'unica cosa di cui stranamente ricordo ogni singolo dettaglio, devo trovarti.

Comincio a camminare alla cieca, nella speranza di vederla comparire da qualche parte. Ma più procedo più si fa largo dentro di me il timore che tutto questo non abbia a che fare con la realtà, almeno non con quella in cui ho vissuto per tutta la mia vita.

Che sia un sogno? Forse sono ancora nel mio letto e la sveglia non ha suonato, forse devo solo aprire gli occhi. Li chiudo e mi stringo il volto tra le mani, per rendere il buio ancora più buio. Quando li riapro mi sento ancora a disagio, ma almeno il paesaggio è cambiato. Sono in una specie di stanza, circondata da pareti monocromatiche, fredde e indistinte, che mi abbracciano in modo tetro. Solo una di esse sorregge un dipinto: la raffigurazione di un ponte spezzato a metà e una catasta di auto informi e distrutte che giace sotto di esso.

Un polverone di immagini piomba nella mia testa all'improvviso e quasi mi manca il respiro. Io che lancio un dado, il numero dispari, la mia decisione, l'orologio che scorre inesorabile, Perla al mio fianco, la pioggia che sbatte sui vetri, i tergicristalli che fanno fatica, la macchina rossa davanti alla nostra, l'estate, il cambio, il crollo, la paura, il dolore, il sangue, la...

Dimmi che non è vero.

La morte.

Quando torno a guardare la parete, il quadro con il ponte è sparito e al suo posto è comparso un monitor scuro con una singola linea verde, continua e immobile, che taglia lo schermo in due metà perfette. Nell'aria si insinua un acuto suono continuo. A questo punto il mio respiro si affanna e il mio cuore... il mio cuore dovrebbe accelerare, ma non è così. La mano sul petto non distingue nessun battito, nemmeno lieve.

Io sono... io sono morto.

L'incidente... il Morandi... io sono...

PERLA! Non sarà che anche lei...

«Perla, dove sei?! Rispondimi!»

Niente.

Mi porto le mani al corpo, stringendolo, sentendolo. Le mie mani tra i capelli che, per inciso, sono ancora lì dove dovrebbero essere, tirano forte come se volessero dimostrarmi che è solo un incubo terrificante.

«Avanti, avanti» dico tirandoli ancora di più. Ma non sento nulla, né dolore né altro; e mi accorgo che le mie braccia, il mio volto, tutto di me è spoglio di qualsiasi colorito umano. Mi sento improvvisamente invisibile.

Vorrei piangere ma, *belìn*[6], non ci riesco: il mio corpo non risponde a niente. Eppure l'angoscia la sento tutta, come se di me fosse rimasta solamente l'anima.

---

[6] Come il precedente *beliscimü.*

Cosa sono io?

Nel mio delirio di consapevolezza, ancora per qualche secondo, non mi accorgo che sulla parete di destra è comparsa una porta. Bianca e asettica, come tutto il resto, mi invita a oltrepassarla.

Diciamo che non ho tutte queste alternative, no?

Mi avvicino e abbasso la maniglia, e un'ondata di curiosità e paura mi assale facendomi trattenere il respiro, se ancora posso chiamarlo così.

Questa volta chiedere è lecito e inevitabile: «Ehi, chi c'è?», perché niente di quello che vedo è uguale alle precedenti due sale prive di vita che ho superato fino ad ora.

Adesso ci sono piante sui davanzali di un edificio di cinque piani, le cui finestre mi scrutano come tanti occhi guardinghi nella notte. Il profumo della pioggia lo sento più forte, ma le gocce che vedo scendere illuminate dal lampione stradale non mi bagnano e divento un intruso nella vita che conoscevo.

Sì, questo edificio lo conosco bene e anche quelle finestre, e perfino quel vasetto striminzito di gerani rosa al terzo piano. Perla non ha il pollice verde: con lei i fiori hanno sempre avuto la tendenza ad appassire prima del tempo, al solo vederla.

«Sono un cecchino di piante» si lamentava sempre aprendo la finestra in camera sua e osservando i fiorellini di un colore sempre più sbiadito.

E io che rispondevo: «Certo che il lasciarle al sole senza acqua non aiuta».

Sento le mie labbra piegarsi all'insù al ricordo di quei momenti, ma poi lo sconforto di un'incertezza crescente mi piomba di nuovo addosso.

Sono davanti al portone di ingresso dove abita Perla, ma cosa dovrei fare esattamente? Voglio dire, che ci faccio qui?

Come ci sono arrivato? Se sono morto, perché non lo sono e basta, rinchiuso da qualche parte a godermi quello che supponevo fosse un dolce riposo?

Un uomo con un berretto da marinaio corre nel buio, coprendosi la testa con un giornale che stringe tra le mani, fino a fermarsi sotto la pensilina, esattamente dove mi trovo io.

«Oh, salve! Lei è il vicino dei Saffi, vero? Abita nell'appartamento davanti al loro. Me lo ricordo da quando…»

L'uomo si gratta il naso mentre con l'altra mano fa girare la chiave nella toppa del portone ed entra lasciandosela chiudere alle spalle. Non ci credo che le persone si comportino ancora così. Non si è nemmeno degnato di rivolgermi uno sguardo! Però, a pensarci, è possibile che non mi abbia letteralmente visto.

Nel frattempo il portone si è richiuso con uno schioppo e io ho perso una delle possibilità che avevo per raggiungere Perla.

Comunque, sono un'idiota. Andare a trovare la mia ragazza nel cuore della notte senza nemmeno sapere che giorno sia, senza nemmeno sapere cosa *io* sia o cosa dovrei dirle… sempre che lei sia ancora viva. Davvero una grande idea!

La pioggia continua a scendere impassibile ignorandomi deliberatamente, ma un suono flebile e quasi impercettibile attira la mia attenzione; viene proprio dalle finestre di Perla, a quel terzo piano dove il geranio rosa mi guarda pietoso.

Davanti a me c'è una grondaia arrugginita e, per un secondo, l'idea di arrampicarmi mi sfiora la mente, anche se non potrei farlo nemmeno se avessi piena coscienza delle mie facoltà. Insomma, uno che soffre terribilmente di vertigini non si lancia volontariamente in un'impresa di questo tipo sperando di uscirne indenne.

Mi passo una mano tra i capelli, spazientito e indolente. Certo che, se davvero sono morto, potevano lasciarmi un manuale di istruzioni, un libretto con dei disegni, dei compiti a casa… qualunque cosa. Non mi sembra di chiedere tanto!

Perdo la concentrazione per un momento e mi accorgo troppo tardi che il terreno si sta allontanando da me.

«Ma che…!» Grido cercando di aggrapparmi come possibile alla grondaia e rimango appeso a mezz'aria senza idea di come scendere, ma soprattutto di come mi sia ritrovato a fluttuare come una piuma. «Se questo è un sogno è il peggiore che abbia mai fatto» bofonchio soffiando dal naso.

Leggero come sono mi isso sulla grondaia, una mano dopo l'altra. Dopotutto volevo raggiungere quella finestra e l'unica cosa che mi concedo di fare in questo momento è credere fortemente che la forza di questo desiderio abbia agito positivamente sul mio peso corporeo.

Arrivato al terzo piano afferro il parapetto del piccolo balconcino di Perla e, una volta sicuro di avere una presa salda, lascio andare la grondaia. Poso un piede e poi l'altro, ma l'acqua della pioggia l'ha completamente bagnato e io mi ritrovo a slittare in malo modo.

Sai che bella fine? Scivolare dal terrazzo su cui ti stai arrampicando illegalmente.

Pronto a colpire il suolo e a rompermi in mille pezzi, allungo le braccia nel tentativo di recuperare il ferro del parapetto, ma quello mi sfugge e io mi preparo al peggio. I secondi passano e non succede nulla; anzi, non mi sembra nemmeno di essere in caduta libera. Apro solo un occhio che avevo prontamente serrato prima della caduta e noto con sorpresa che sto ancora fluttuando nell'aria senza bisogno di aggrapparmi a nulla.

Però, è bello alto qui.

È chiaro che devo ancora prenderci la mano con questa cosa della morte e del fatto che in qualche modo sono evidentemente ancora legato alla Terra, ma se c'è una cosa positiva nel non avere più un cuore pulsante è che se mi fossi trovato in una situazione del genere da vivo sicuramente sarei morto di infarto. Invece ora, completamente immune alle emozioni del mio corpo, riesco quasi a trovare divertente la visione aerea di questo posto.

Raggiungo nuovamente il balconcino di Perla e mi soffermo un attimo a osservare i petali del piccolo geranio rosa.

«Almeno uno di noi due ha ancora speranza di sopravvivere» dico sorridendo appena. «Non farti intimidire da Perla, mi raccomando». In risposta, quello sputa le goccioline d'acqua che gli si erano posate sopra, tornando poi a giacere malinconico esattamente come prima che arrivassi.

Le ante della finestra sono ben serrate e io poso l'orecchio sul vetro: il suono che mi ha attirato fin qui è chiaro e distinto e riesco perfino a cogliere precisamente le parole della canzone che Perla deve aver messo per riuscire ad addormentarsi. Grazie al cielo è viva!

Non ricordo né titolo né artista, ma le strofe mi suonano familiari in un modo quasi inquietante. Una nota dopo l'altra mi sembra di sentire la cantante raccontare la mia tragica fine in musica.

Baby, you're just harder to see than most
I put the record on

Wait 'til I hear our song
Every night I'm dancing with your ghost[7]

Rimango pietrificato e l'impulso di vedere Perla, di confortarla, di dirle che io sono qui e che sto bene, si fa ancora più intenso. Busso piano alla finestra perché vorrei attirare la sua attenzione senza spaventarla. Le tendine ricamate che adornano l'interno mi bloccano la visuale, anche se so precisamente che davanti a me, oltre lo specchio di vetro, c'è il suo letto addossato alla parete di fondo.

Comincio a ricordare tantissime cose. Precisi dettagli che non sapevo di aver conservato nella memoria e tutti legati alla mia dolce Perla. La sensazione è quella di trovarmi davanti a un grande puzzle senza possedere tutti i pezzi e, man mano che aggiungo quelli in mio possesso, me ne vengono donati altri; e avanti così, fino a che non riesco a completarlo del tutto.

Busso più forte, ma nulla. Forse la canzone attutisce il suono del mio richiamo, forse devo essere più incisivo. Batto ancora, questa volta con la mano.

«Perla! Perla, aprimi, sono io, Tiberio!»

Ma niente.

Per tutta la vita le ho ripetuto quanto fosse ansiogena e quanto il panico si approfittasse di lei in momenti dove non ce ne sarebbe stato bisogno, ma ora, per la prima volta nella mia *vi…* morte, mi accorgo di come potesse sentirsi in quei momenti.

«PERLA! Santo cielo, aprimi!» urlo ancora. Ma ovviamente non mi sente.

---

[7] *Baby, sei solo più difficile da vedere rispetto alla maggior parte. Faccio partire la registrazione, aspetto di sentire la nostra canzone. Ogni notte ballo con il tuo fantasma.*

Lei non mi sente da giorni, forse mesi, non ne sono sicuro. Se le cose stanno così, sa che sono morto e io non ho modo di contattarla. E cosa può esserci di più emblematico per il panico se non la consapevolezza che nessuno può vederti o sentirti o parlarti? Ma *alua* perché *sün ancüa chi*[8]? Se la vita finisce, finisce… o *nü*[9]?

Dall'interno della camera, quelle parole ossessive della canzone mi tormentano e comincio a desiderare ardentemente che si interrompa la riproduzione. Ma più immagino di zittire la cantante, più quella si intestardisce a ripetere lo stesso diabolico ritornello, nel quale vedo riflettermi come lo spettro che ormai ho la certezza di essere. L'ombra scura di Perla si muove, cambiando posizione nel letto.

Io voglio vederla, anzi devo. Devo sapere che sta bene e in qualche modo devo dirle che anche io sto bene. Quindi sta *belìn* di finestra dovrà aprirsi, prima o poi!

Faccio un salto e, come sperato, mi ritrovo ancora una volta fluttuante per aria. Mi allontano dal balconcino per prendere la rincorsa, mentre un lampo illumina il quartiere che dorme. Poi, con tutta la forza che riesco a racimolare, volo veloce contro il vetro, anteponendo tra me e lui la mia spalla destra.

È ora di sfruttare questa cosa che non sento dolore in termini pratici!

Nel momento esatto in cui il rombo del tuono sferza l'aria, io irrompo nella camera di Perla sentendo le ante della finestra sbattere dietro di me contro le pareti. Non credevo di riuscirci, ma modestamente…

---

[8] *Allora perché sono ancora qui?*, in genovese.

[9] *O no?*, in genovese.

Ho poco tempo per realizzare quale sarà il mio prossimo passo, perché Perla mi viene incontro con le mani tremanti e la bocca semiaperta. Vacilla nella stanza come se stesse ricordando qualcosa, poi riprende ad avanzare.

«Perla, amore, finalmente riesco a...» provo a dire con un sorriso smagliante sulla labbra. Allungo le braccia verso di lei ma non ottengo il risultato sperato; al contrario, Perla non mi ascolta, anzi mi attraversa come se non ci fossi e afferra le due ante della finestra per sigillarle di nuovo.

Ora sì che mi sento svuotato. A tutti capita di essere ignorati, qualche volta, ma non mi era mai successo in maniera così esplicita.

Prima che possa sperimentarlo ancora, mi sposto di lato e seguo la mia ragazza in ogni suo movimento. Lei volta il capo da una parte all'altra, probabilmente cercando una spiegazione logica al perché la finestra chiusa si sia spalancata all'improvviso nel cuore della notte, ma poi, non trovando nessuno, si rinfila nel letto dove afferra intimorita le coperte, imbozzolandocisi fino sopra il naso.

«Amore mio, nessuno ti farà del male» le sussurro accarezzandole la fronte, unica parte di corpo sfuggito al suo piumino.

Il bagliore della luce che proviene dalla lampada ancora accesa mi permette di notare a malincuore i segni dell'incidente: cicatrici rossastre le incorniciano lo spazio di pelle intorno agli occhi e un paio di esse, quelle più profonde, le attraversano le palpebre chiuse come lame di spade. Il mio occhio medico scatta poi a un ematoma nero che ha vicino all'attaccatura dei capelli, sulla tempia destra, e alla fasciatura bianca che le avvolge il braccio sinistro.

«Piccola mia, mi dispiace così tanto» dico ancora tra quelle che, se fossi vivo, sarebbero lacrime. Me lo ero ripromesso: un dado, una scelta. Esce pari lo faccio, esce dispari non lo faccio. Così semplice e così perfetto, questo sistema mi aveva sempre permesso di prendere decisioni difficili in maniera del tutto randomica, affidando me stesso al caso o alla fortuna o a Dio, come diceva Perla.

Ma non quella mattina. Il 14 agosto 2018 ho fatto di testa mia, condannando me e la mia ragazza per sempre; e questo non me lo perdonerò mai.

Mi guardo intorno. Questa stanza così familiare per me si tramuta all'improvviso nella più chiara e definita certezza che tutto è finito. Io non esisto più, né sulle pareti, né su quella sgangherata bacheca di sughero dove c'erano le nostre foto. Se aprissi le ante dell'armadio sono convinto che non troverei più i nostri *selfie* deformati e i bigliettini smielati che le regalavo nelle occasioni importanti. Spoglia di noi, questa camera emana una sofferenza profonda e un'invocazione continua a quella dannata mattina d'estate in cui Tiberio Ferrari e Perla Saffi si sono persi, incamminandosi su sentieri paralleli.

Se voglio sperare di trovare un po' di pace devo andarmene da qui, così indietreggio nella dolorosa consapevolezza che Perla, piano piano, sta cominciando a dimenticarmi. Un passo, due passi, tre passi all'indietro con lo sguardo sempre fisso su di lei. Ma a quattro passi non ci arrivo, perché qualcosa mi blocca il cammino facendomi inciampare. Il cavo della lampada si attorciglia intorno alle mie gambe e la spina salta dalla presa, spegnendo la luce di colpo e facendo piombare di nuovo la camera nell'oscurità.

Perla sussulta, chiaramente spaventata, e vedo la silhouette del suo braccio allungarsi verso il comodino nel tentativo di riaccendere la luce. Io rimango immobile seduto per terra: *belandi*[10], sto facendo più danni di quanti me ne ero prefissati.

Adesso anche Perla è ferma e a gambe incrociate guarda nella mia direzione, ma non credo riesca a vedermi. Per una manciata di secondi rimaniamo a fissarci.

«Quanto sei bella» dico. «Vorrei che riuscissi a vedermi, anche solo per un istante».

Mi ritrovo a pregare come non facevo da tanto tempo e a sperare che il call-center divino non sia troppo occupato. «Questa ragazza è la miglior cosa che mi sia mai capitata. Ti prego non portarmela via di nuovo ora che so che è viva».

Punto gli occhi sul cellulare di Perla, unico mezzo di comunicazione presente nella stanza, e con la mente ripenso a quel suono bizzarro che faceva la canzone di Passenger tramutata in suoneria. Perla diceva sempre che la dolcezza di quelle note iniziali le faceva pensare a me, e ricordo ancora il giorno in cui decise di impostarla unicamente per le mie chiamate.

La memoria si tramuta in realtà: il cellulare sul comodino squilla all'improvviso, Perla urla e io sento un briciolo di speranza agganciarsi al mio stomaco.

«Ti prego, rispondi» supplico. Se non può vedermi forse potrà sentirmi. «Ti prego...»

Nella penombra della camera, con il rumore della pioggia che scende, Perla allunga il braccio ancora una volta e sposta il dito sullo schermo, accettando la chiamata in entrata.

Ci siamo, è la mia occasione.

«Perla?» Lei non risponde subito. «Perla, mi senti?»

Finalmente odo il suono della sua voce. «Ti... Tiberio?»

[10] Come i precedenti *belìn* e *beliscimü*.

6. Don Simone

Come primo incarico dopo la mia ordinazione di tre mesi fa, il Vescovo mi ha mandato in questa parrocchia genovese, la cui chiesa, dedicata a Santa Zita, è spoglia e con un'eco frastornante. In un paio di domeniche ho avuto modo di conoscere tutti i volti dei miei parrocchiani e nel resto dei giorni mi sono prodigato per conoscere quelli che ancora non avevo avuto modo di incontrare, andando a trovarli direttamente a casa e portando loro la mia benedizione. Per questo motivo, ora che sono entrato in chiesa, sono più che sicuro di non poter annoverare fra le pecore del mio pascolo le due ragazze bionde appena arrivate.

Rimango a osservarle per qualche istante, fermo davanti all'altare, mentre don Pietro, dietro di me, accende le candele.

«Buongiorno» dice la prima ragazza. Ricambio il saluto con il capo e don Pietro risponde: «Buongiorno». Dopodiché lui si allontana, sparendo nella sagrestia.

La più bassa delle due fa premurosamente accomodare su una delle panche di legno quella che deve per forza essere sua sorella, le sussurra qualcosa all'orecchio, si fa il segno della croce e poi esce dalla chiesa.

Incuriosito, mi avvicino leggermente, rimanendo per qualche secondo fermo immobile a fissarla. Ha profonde cicatrici che le attraversano il volto, alcune ancora troppo scure per essere di vecchia data. Occhi di un azzurro cielo bellissimo fissano davanti a sé, eppure c'è qualcosa che li rende inespressivi, oserei dire privi di vita. Solo osservando meglio mi accorgo che due di quei solchi nella pelle le tagliano le palpebre e parte degli zigomi. A quel punto gli occhi azzurri mi appaiono vagamente più velati, come fossero coperti da un patina color perla. È cieca.

«Hai bisogno di aiuto?» domando tradendo incertezza nella voce. È difficile stabilire come comportarsi in questi casi, soprattutto quando il soggetto in questione è così giovane. Una parola e potrei far crollare un muro invisibile di fragilità umana.

La ragazza volta il capo nella direzione da cui ha sentito arrivare la mia voce.

«Sì. In effetti dovrei parlare con un prete, se possibile. C'è don Pietro?»

Il tono della sua voce è basso e con una mano si tocca la gola, come se non parlasse da una vita, così mi chino per capire bene cosa dice.

«Non al momento. Vuoi confessarti?» domando ancora.

Lei scuote piano il capo. «Non esattamente».

Ho sempre pensato che le emozioni trasparissero dagli occhi di una persona e che da essi fosse possibile leggere fin dentro l'anima, anche dell'individuo più riservato. Questa ragazza non possiede la vista e l'affaccio sulla parte più nascosta di se è mancante, scollegato. Ma allora come è possibile che tutto il resto di lei mi parla ugualmente? Il modo in cui le trema il labbro inferiore, l'ansia dietro il tic con cui si è sistemata la stessa ciocca di capelli già sei volte e le guance arrossate, come se avesse pianto per ore di fila.

Mi permetto di accomodarmi al suo fianco, nella speranza che si senta sufficientemente a suo agio per parlarmi.

Dio mio, cosa le è successo? Avrà pochi anni in meno di me e già ha così tanta sofferenza da condividere.

«Sono don Simone» mi presento.

Lei annuisce e risponde con poco più di un sussurro: «Perla».

«Cosa ti ha portata qui, Perla?»

«È successo qualcosa che… che non riesco a spiegare».

«Di che tipo?»

Lei respira a pieni polmoni, inspirando ossigeno prima di riprendere: «Credo che Dio abbia deciso di punirmi».

Quelle parole mi colgono impreparato. Non è la prima volta che qualcuno mi parla di Dio in termini persecutori, come se dall'alto della sua onnipotenza ogni tanto decidesse di riversare le sue punizioni divine sui peccatori della terra; ma Perla ha usato lo stesso tono che usavo io quando ero piccolo per spiegare a mia madre che avevo litigato con il mio compagno di banco. Quel tono che mi faceva sentire tradito dal mio migliore amico in cui riponevo tutta la mia fiducia.

«Perché dovrebbe?»

«Forse perché sono arrabbiata con lui e ho deciso che non voglio più averci a che fare… per un po'» specifica.

Sempre più confuso la sprono ad andare avanti. «Eppure eccoti qui» dico aprendo le braccia verso l'alto. «Che ne dici di partire dall'inizio?»

In una manciata di minuti, più intensi di quanto mi sarei mai immaginato, mi ritrovo a conoscere una delle vittime del crollo del ponte Morandi, una Perla piena di macerie che più che per la perdita della vista soffre in modo sconsiderato per la perdita dell'unica persona che lei abbia mai amato.

«Il fatto che io sia sopravvissuta all'incidente non vuol dire che non sia morta quella mattina».

«Pensi che sia stato Lui a portartelo via, non è così?»

«Chi altri avrebbe potuto?» ansima. Ha gli occhi lucidi già da un po', ma ancora non ha permesso nemmeno a una lacrima di bagnarle il viso. «So che non è stato Dio a buttare giù il ponte, non lo avrebbe mai fatto, ma di certo non ha nemmeno fatto nulla per impedire che crollasse!»

Rimango impietrito. Troppe sono le cose che, come Perla, non ho mai capito in merito al Signore che tanto mi sono ostinato a seguire e, davanti all'apertura così sincera di questa ragazza, mi trovo vergognosamente in dovere di ammetterlo a me stesso.

«Sai, anche io mi arrabbio spesso con Lui» dico sinceramente. Il modo con cui il suo volto scatta mi fa intuire che le mie parole l'hanno colta di sorpresa. «Non scherzo» riprendo, «sono prete da poco, eppure mi ci arrabbio ancora».

«C-come? Pensavo che le persone di chiesa non dubitassero mai di Dio, che credessero in qualche specie di sentiero su cui camminiamo affidandoci completamente a Lui».

Si sistema ancora una volta i capelli biondi. So che non può vedermi, quindi mi concedo di sorridere e scuotere la testa.

«Certo, è una bella supposizione. Ma in effetti siamo tutti esseri umani. Tu, io, chiunque, e proviamo *cose* da esseri umani; e questo Dio lo sa». Mi passo una mano dietro il collo, riflettendo per qualche secondo. Poi riprendo: «Tuo padre ti permetteva di uscire la sera e di rimanere fuori fino a tardi, quando eri piccola?»

Perla posa di nuovo gli occhi su di me e dischiude le labbra sorpresa.

«Mio…? No, ho avuto il coprifuoco fino a diciotto anni e guai se tornavo un minuto più tardi» risponde.

«Hai mai disubbidito?»

Per un attimo balena sul suo volto l'ombra di un sorriso. «Qualche volta» ammette.

«Immagino le discussioni quando tornavi a casa».

«Immagina bene».

Soffio una risata dal naso per poi insistere ancora un po': «Anche io con mio padre litigavo spesso, molto più di quanto mi piaccia ammettere. Ma continuavamo a volerci bene».

Perla si passa le mani lungo le braccia, in un gesto nervoso. «Anche io e papà. Nessuno dei due riesce a far meno dell'altro più del necessario».

Rimaniamo entrambi in silenzio per un po' fino a che Perla non riprende a parlare, più sicura di sé ma anche più contrariata, in un certo senso: «Oh, no. Ho capito dove vuole arrivare, ma ciò non toglie che *il mio Dio* avrebbe potuto salvare Tiberio».

Sapessi come ti capisco, Perla, e so che spesso ci sembra che Lui non capisca noi; ma noi abbiamo mai provato seriamente a capire Lui?

«Ammettilo» le dico, «anche se tuo padre ha provato a spiegarti i motivi del coprifuoco tu non hai mai compreso a pieno il perché ti impedisse di tornare più tardi, eppure sai perfettamente che era per il tuo bene».

Lei apre la bocca per rispondere, ma poi ci ripensa e torna sui suoi pensieri. «Pensa che Tiberio sia morto… per il mio bene? Che Dio lo abbia fatto per me?»

Sgrano gli occhi orripilato: *ahia*, devo ammettere che la mia inesperienza clericale a volte si fa notare.

«Assolutamente no! Non intendevo questo e mai dovresti pensarlo. Dico solo che, se è veramente tuo Padre, come è, Lui ti vuole bene e potrebbe essere che ci sia qualcosa di più complesso dietro, rispetto a quello che possiamo immaginare noi».

«Non penso di riuscire a capire questo sua *premura*, allora» risponde freddamente. Incrocia le braccia come una bimba arrabbiata, anche se è chiaro che sta solo cercando di nascondere i sussulti del suo petto ogni volta che si sforza di non piangere.

Aspetto che si riprenda dal peso di sopportare quelle rivelazioni improvvise.

«Ad ogni modo, stando alla tua logica, ti avrebbe già punita lasciando morire il tuo ragazzo» riprendo io.

Penso di aver capito che tipo di persona ho davanti: una giovane schietta e sincera, pura nell'animo e che si aspetta delle risposte logiche alle proprie domande, qualcosa che possa darle stabilità e sicurezza. Per questo decido di adottare quel minimo di spudoratezza in più che mi permetterà di comunicare con lei in maniera efficiente: «Perché dovrebbe farlo ancora?»

«Gliel'ho detto, mi sono allontanata da Lui. Forse non avrei dovuto».

«Tu non sei costretta a seguirlo, se non vuoi. E comunque, chi ti dice che Lui si sia allontanato da te?»

Lei stringe i pugni e le palpebre e comincia a piangere, ma così rabbiosamente che le lacrime paiono ustionarle la pelle.

«L'ha fatto, e forse anche prima di quanto pensassi! Insomma, mi guardi, santo cielo» sbotta indicandosi la faccia, «non pensa che io sia una punizione parlante? E comunque, farmi telefonare dal mio ragazzo morto non le pare una punizione?!»

Il fatto che abbia alzato il tono di voce non mi preoccupa più di tanto, considerato che in chiesa non c'è nessuno; anzi, penso che un confronto con il diretto interessato delle sue accuse possa farla stare meglio. Comunque getto un'occhiata sulle panche intorno a noi e poi le poso una mano sul braccio, facendola tornare in sé.

«Come hai detto?»

Annuisce. «Mi ha telefonato ieri notte... Tiberio...» singhiozza. «Mi ha parlato, mi ha chiamata per nome... Credevo di essere pazza ma... stamattina ho trovato la sua telefonata nel registro... nel registro dei *Recenti*. Il VoiceOver del mio cellulare mi ha letto il suo nome!»

Ora sono nei guai, oltre che confuso. È già da un po' che le mie certezze sono crollate e, a questo proposito, mi domando perché Dio abbia voluto che fossi proprio io ad aiutare Perla in una situazione del genere. Io che, allo stato attuale delle cose, sono proprio l'ultimo a poterle dare conforto, anche se forse, per lo stesso motivo, sono proprio l'unico che può capirla più di chiunque altro.

«E cosa vi siete detti?» Pongo la mia domanda in modo del tutto naturale, tanto che suona strana la normalità con cui ho deciso di affrontare l'argomento. Per fortuna Perla è troppo sconvolta per accorgersene.

«Secondo lei? Non è proprio cosa facile parlare con un... fantasma! Sono rimasta immobile, terrorizzata anche, e poi gli ho attaccato in faccia. Non ho chiuso occhio tutta la notte per questa storia ridicola e non ho fatto altro che temere quel cellulare potesse suonare ancora».

Alzo le sopracciglia: in lontananza don Pietro esce dalla sagrestia per un attimo, prima di tornare dentro. Forse sarebbe il caso che chiamassi lui ad aiutarla. Ma che dico? Non posso farlo e uno dei tanti motivi è la convinzione che in fondo sia diventata una mia responsabilità nel momento esatto in cui ho preso posto su questa panca di legno.

Dunque, vediamo. Religiosamente non posso credere ai *fantasmi*, ma semmai in possibili presenze, sensazioni collegate più allo spirituale che al paranormale. Però, negli ultimi tempi, devo ammettere che l'argomento mi è tornato spesso in mente e affrontare la cosa nella mia posizione da cristiano e da prete non è stato, né continua a essere, affatto facile.

Quindi come faccio a dire a Perla che i fantasmi non esistono, che forse si è immaginata tutto, se nemmeno io sono convinto che sia davvero così?

«Magari stavi...»

«Sognando?» completa Perla prima di me. «Non mi risulta che i sogni lascino tracce così tangibili» dice prendendo in mano il cellulare e stringendolo forte tra le dita.

«La mente di una persona è uno strumento molto potente» esordisco tentando allora di collegarmi a qualcosa di filosofico, tipo a una di quelle risposte universali che vogliono dire tutto o niente e che valgono in qualsiasi circostanza. «Sicuramente Tiberio ti manca moltissimo».

Ancora una volta, Perla punta gli occhi sulla mia presenza, scuotendo leggermente il capo. «So per certo che non sto impazzendo, non ancora. Il mio cervello è razionale esattamente come il suo, don Simone. Quello che ho sentito io lo avrebbe potuto sentire anche lei. A quel punto cosa avrebbe fatto?»

«Intendi se non fossi un prete?»

«Intendo se lei fosse *me* e all'improvviso ricevesse una telefonata del genere nel cuore della notte».

Sospiro preoccupato.

«Io non lo so» ammetto, «ma di una cosa sono convinto al cento per cento, Perla: Tiberio, come tutti coloro che lasciano questa terra, non se ne è andato davvero. Lui vive e vivrà sempre nel ricordo delle persone che lo hanno conosciuto ma, soprattutto, vivrà sempre in te. Questa è la consolazione più grande a cui puoi abbandonarti».

«Se non mi bastasse?» domanda. «Se mi piacesse l'idea che Tiberio possa ancora comunicare con me, anche se è...?»

«Allora forse dovreste parlarne».

Corruga la fronte confusa: sicuramente non si aspettava un suggerimento del genere, soprattutto non da me. «Intende dire… insieme, a voce?»

Guardo il crocefisso dietro l'altare. Fino a che punto, nonostante i miracoli, la gente non credette a Gesù Cristo? Eppure, appeso a una croce, sacrificò se stesso per salvarci tutti.

«Devi seguire il tuo cuore, Perla. Se è questo che vuoi, allora sì. Dopotutto la presenza di Tiberio potrebbe essere il Suo modo concreto di dimostrarti che non ti ha mai abbandonato come credi». La ragazza mi guarda con quegli occhi assenti, nascondendo dietro di essi tutta la sua speranza.

«Le vie del Signore sono davvero molte e misteriose, perfino per un prete; e per quanto il mio ruolo non mi consenta di dire liberamente che Tiberio è attualmente un… come lo hai chiamato, fantasma? Rimane comunque il fatto che non sarò certo io a impedire che si compia la Sua volontà».

7. Perla

Traccia: *Summer Nights* di Ben & Tan

Mi avevano avvertita che avrei potuto soffrire di alcuni traumi post incidente, ma non penso che la pazzia sia uno di questi.

Tiberio.

Parlare mi è ancora difficile e soffro tutto il dolore di una gola fuori uso da quasi un mese. Le mie corde vocali stridono ad ogni sillaba pronunciata da quella notte, ma almeno la sorpresa quanto la paura di sentire la voce del mio ragazzo che pronuncia il mio nome ha risvegliato la mia voce, sepolta da qualche parte in gola dal giorno dell'incidente.

Tiberio.

Per quanto possa essere assurdo, ammetto di essermi pentita di aver chiuso la comunicazione quasi ancora prima che cominciasse davvero. Dopo aver parlato con don Simone, soprattutto, ho aspettato che Tiberio provasse nuovamente a contattarmi, combattendo giorno e notte contro il terrore di affrontare questa faccenda surreale, ma nascondendo dentro di me anche un piccolo semino di felicità e speranza.

Chiudo gli occhi e ripenso alla sensazione di vuoto che ho provato nel sentire di nuovo la sua voce: me lo ero immaginato steso sul divano con il telefono tra guancia e spalla, un braccio dietro la testa e l'altra mano impegnata a fare zapping tra i canali, occhiali sul naso e il suo sorriso sulle labbra.

Lì per lì, l'istinto di fermare il propagarsi delle allucinazioni prima che queste potessero diventare irrimediabilmente parte di me o che facessero danni irreparabili mi era sembrato la cosa migliore, per questo avevo interrotto la comunicazione con un gesto repentino del pollice e avevo nascosto gli eventi alla mia famiglia, riponendo il problema in un angolino nascosto dentro di me. Ma poi la necessità irrefrenabile della mattina seguente di avere chiare le idee, di mettere in tavola tutte le carte e cercare di capire come meglio giocarle prima di definirmi definitivamente pazza, aveva preso il sopravvento. Così avevo afferrato Gemma al volo e, senza nemmeno preoccuparmi del mio aspetto, l'avevo supplicata di accompagnarmi in chiesa, approfittando del fatto che i nostri genitori erano entrambi a lavoro per organizzare i futuri turni e non avrebbero potuto contestare la mia sconsiderata uscita senza le sedute di riabilitazione con la fantomatica Sabrina Ottonello.

Devo aver spaventato talmente tanto Gemma, parlandole di nuovo dopo settimane, che non è nemmeno servito minacciarla di uscire ugualmente senza di lei, per costringerla a infilare la giacca e a imboccare l'uscio di casa con me a braccetto.

Percorrendo la strada, lentamente e con una paura sconsiderata di *imbelinarmi*[11] in qualche gradino o di finire in una buca, ricordo di aver vagliato tutte le ipotesi che potessero giustificare un colpo di testa come quello che avevo avuto. La presenza di Tiberio poteva solo essere una punizione divina per aver scaraventato il mio crocefisso in un cassetto impolverato e per aver rinunciato alla mia fede di cui per anni ero andata fiera. Per questo avevo bisogno di un

---

[11] *Cadere rovinosamente a terra*, in genovese.

prete al più presto, l'unico che avrebbe potuto dare un senso a tutto quanto.

Ma don Simone non aveva letto nessun versetto dei testi sacri, né aveva citato alcuna parabola per chiarire quello che mi è successo. Con lui ho avuto la conversazione che speravo di avere ma che non mi aspettavo sarebbe avvenuta.

Ed ecco perché, chiusa in questa stanza, a quattro giorni dalla chiamata di Tiberio e a tre giorni dalla mia rocambolesca ricerca della verità in chiesa, sono seduta sul letto davanti al mio cellulare, aspettando un segno, magari una seconda chance di parlare con il mio ragazzo.

Ma dopo cena ancora niente. Mi brucia la mano per quanto tempo ho tenuto stretto il cellulare senza ricevere alcuna chiamata.

«Mi dispiace» dico alla fine, sconsolata e decisa a credere che tutto quanto è stato solo frutto della mia immaginazione, derivante da un dolore così profondo da aver condizionato addirittura la realtà dei fatti. «Ti amo».

Ripongo il telefono sul comodino e mi infilo sotto le coperte, mentre dal soggiorno sento mia madre rispondere al telefono fisso. Sbuffo innervosita: l'inquilina del piano di sopra ha reso questa casa una sorta di centralino con le sue decine di telefonate giornaliere alle ore più improponibili. Mi premo il cuscino sull'orecchio, ma riesco comunque a sentire qualcuno che bussa alla porta.

«Perl, è per te» dice mia madre mettendomi il telefono tra le mani.

Ho un tuffo al cuore e mi ritrovo di nuovo immobile e intontita, tanto da percepire la porta di camera che si richiude come un'eco lontana.

Ma questa volta è tutto diverso: respiro profondamente e accosto l'apparecchio all'orecchio.

«Piccola» dice Tiberio dolcemente, «non attaccare, ti prego».

«Tiberio» dico scandendo bene le lettere.

«Sì».

Ho la pelle d'oca e una voglia incontrollabile di piangere. «C-come è possibile?» mi sforzo di domandare. «Non può essere vero… vero?»

«Lo so, amore, lo so. Ma non posso darti una risposta».

«Tu dovresti essere… tu sei… tu…»

«Ma ora sono qui e posso parlare di nuovo con te».

Mi porto una mano tremante sugli occhi e tiro su con il naso.

«S-stai bene?» Forse questa è la cosa più stupida da chiedere per cominciare la conversazione, ma è la domanda inespressa che mi ha riempito la mente per tanto tempo dopo che, una volta risvegliatami dal coma, mi hanno detto che *lui* era morto.

Sento Tiberio ridere e improvvisamente percepisco la sua vicinanza.

«Mai stato meglio, amore mio» risponde, «forse giusto un tantinello più pallido».

Per quanto la situazione sia assurda mi ritrovo inaspettatamente a sorridere. *Amore.* Una parola che ero pronta a giurare non avrei sentito più, non da lui almeno. Il suo volto si riaffaccia alla mia memoria in tutti i suoi particolari, esattamente come se lo avessi davanti in carne e ossa. Quanto potere può avere una voce?

«A cosa pensi?» domanda per richiamare la mia attenzione.

«Faresti prima a chiedere a cosa *non* penso» faccio un pausa per asciugarmi le lacrime prima che, seccandosi, diventino fastidiose. «Potrei aver paura che tutto questo sia vero, ma sinceramente temo ancora di più che stia accadendo solo nella mia testa».

«Cos'è che ti fa stare meglio?»

Ripenso per un attimo alla conversazione avuta con don Simone:

"Se mi piacesse l'idea che Tiberio possa ancora comunicare con me, anche se è...?"

"Allora dovresti parlarne con lui".

«Che tu sia ancora qui».

«Molto bene, Perlina, io sono qui» dice. «Per l'esattezza ti sono di fronte, in questo momento».

Tutto ciò entra in conflitto con la logica terrestre, eppure la curiosità e l'emozione che sto provando sono ormai troppo forti per poterle ignorare.

«Temevo non avresti più voluto parlarmi dopo che ti ho attaccato in faccia l'altra sera».

Tiberio ride di nuovo e poi dice: «Perl, è tutto il giorno che provo a contattarti».

Corruccio la fronte confusa. Ho ancora la forma dell'iPhone incisa sulla pelle per quante ore l'ho stretto tra le mani, ma niente.

«Hai lasciato il telefono in *Modalità Aereo*, dolcezza» riprende Tiberio dando risposta alle mie domande sull'argomento.

Rimango in silenzio. Nella foga di metterlo in silenzioso per entrare in chiesa... o forse nel tentativo di armeggiare con le impostazioni del VoiceOver... in uno qualsiasi di questi momenti devo aver combinato qualche disastro.

«E hai pensato di chiamarmi a casa?» domando sconcertata.

«Che alternative avevo?»

«Trovata geniale, devo ammetterlo».

Questa volta a ridere sono io. Più tempo passa, più mi sento a mio agio e mi è terribilmente semplice parlargli di nuovo, come ai vecchi tempi.

«Mi domando cosa tu abbia detto a mia madre quando ha risposto al telefono».

Tiberio ride. «Non lo saprai mai».

«Ma andiamo, non vale! Comunque...» riprendo, «come funziona esattamente questa cosa?»

«Bella domanda» esclama lui. «Sai, non mi era mai capitato di essere... qualunque cosa io sia attualmente, prima d'ora».

«Quindi le finestre, l'altra notte: colpa tua?» domando.

«Non ti si può nascondere niente, eh?»

«Simpatico!» lo rimbecco istintivamente. «Eppure non sei riuscito a essere più discreto».

«Te l'ho detto, non è facile abituarsi ai miei nuovi *super poteri*».

Lo immagino nella sua versione fluttuante che alza le braccia mostrando i muscoli.

«Io comunque ci sarei passata attraverso, non avrei sfondato tutto».

Non mi giunge risposta e mi trovo a premere ancora più forte il telefono caldo all'orecchio.

«Ma lo sai che non ci avevo pensato?»

«Com'è possibile? Sei una specie di fantasma!» esclamo. «È la cosa più naturale a cui avresti dovuto pensare».

«Ehi, vuoi dirmi che ne sai più di me?»

«A questo punto è probabile» lo canzono io.

Il fatto che io non ci veda più rende questa conversazione quasi verosimile: lui potrebbe davvero essere a casa sua in questo momento e per me è facile concentrarmi affinché la mia mente si convinca quanto possibile di questo, senza nemmeno aver bisogno di chiudere gli occhi.

«Sentirti è impagabile. Ma, Tiberio» dico con voce sommessa, «pensi di riuscire a dimostrarmelo?»

«Che cosa, piccola?» domanda incuriosito.

«Che sei qui con me».

Lui non risponde subito, come se ci stesse pensando.

«Quello sulla sedia è il top di pailletes che hai messo la sera in cui ci siamo conosciuti?»

Volto lo sguardo di scatto verso la mia scrivania e allungo un braccio, raggiungendo il pezzo di tessuto che giace sulla sedia. Al tatto sento il pizzicore che le pailettes mi provocano sulla pelle: ne ho solo uno così ed è proprio questo. Tiberio è davvero qui con me.

«Che serata assurda quella».

«La più assurda» confermo.

E mi piomba in mente il ricordo del nostro primo incontro.

***

17 luglio 2015

«Non sono propriamente nello stile *una birra tra amici* io» dico guardando il top paillettato che Gemma ha scelto per me.

«È proprio questo il punto» sottolinea lei. Afferra la piastra e comincia ad acconciare i suoi lunghi capelli biondi. «Non fai altro che studiare, sorella. Sarebbe il caso che ti *t'adesci*[12]».

«Ho gli esami, lo sai vero?»

«Sei una palla» bofonchia lei. Mi osserva dallo specchio, poi spazientita si alza e mi toglie di mano il libro. «Piantala.

---

[12] *Che ti dai una mossa*, in genovese.

Domani è domenica, non hai esami, nessuno ha esami. Ora muoviti e infila quel top, o te lo infilo io!»

Alzo le mani in segno di resa e me ne torno in camera mia con il top in mano e una certa ansia che Gemma possa seguirmi per controllarmi.

Quando entrambe siamo pronte ci apprestiamo finalmente a lasciare casa nostra: prima comincia la serata, prima finirà e potrò tornare a studiare.

«Almeno puoi dirmi chi ci sarà? Io non ho invitato nessuno dei miei».

«E chi avresti portato esattamente? Uno dei tuoi *filamenti elettrici*?» La sua ironia stimola il mio impulso a lasciarla da sola al pub per tornarmene a casa.

«Non sono filamenti elettrici. Nel mio caso è più probabile che si tratti di *stringhe* e *funzioni* e comunque…»

«Perla, per favore. Voglio solo godermi una serata d'estate con mia sorella e i miei amici. Sono sicura che ti divertirai. È bene che ci godiamo questi anni, che poi non tornano più».

«Come tutti gli anni» affermo scettica. Lei mi fulmina con lo sguardo e io decido che è meglio lasciarmi trascinare nel locale senza emettere suono. Chissà, magari ci divertiremo per davvero.

Si tratta di un posticino accogliente con una soffusa luce giallognola, poca confusione e una musica di sottofondo che accompagna le chiacchiere dei clienti, tutti giovani, per lo più della nostra età.

Un gruppo di ragazzi che ho visto entrare poco prima di noi sta prendendo posto a uno dei tavoli sulla destra, mentre uno di loro, in camicia bianca e jeans, si avvicina al bancone del bar per ordinare. Da un tavolinetto di legno scuro poco lontano, alcune mani si alzano per farci segno di raggiungerli. Il ragazzo in camicia bianca mi lascia passare con un sorriso e poi ci allontaniamo nelle rispettive direzioni.

«Buona sera, bella gente» esclama Gemma salutando tutti i suoi amici. L'unico che conosco è il tipo castano vicino alla finestra, Emanuele, che ho visto crescere insieme a mia sorella.

«Ciao, Gem» fa lui, stampandole un bacio sulla guancia. «Perla, sei venuta alla fine».

«Così pare» rispondo con un mezzo sorriso.

«*Raghi*, lei è mia sorella» procede Gemma con le presentazioni.

Mi ha sempre messa molto a disagio trovarmi in compagnia di persone che non conosco, ma saluto tutti con un cenno del capo e poi ci accomodiamo.

«Avete già ordinato?» Gemma prende un rettangolo di carta lucida con l'elenco delle scelte e comincia a scorrerle tutte con il dito.

«No, aspettavamo voi» replica Emanuele e, con un gesto veloce, allunga un braccio dietro le spalle di mia sorella, appoggiandolo sulla panca di legno che condividono. Gemma non pare accorgersene e io non posso fare a meno di nascondere una risata tra i denti.

«Birra?»

«Per me va bene» risponde una ragazza dai capelli rossi.

«Per me no, che sono *miscio*[13]. Prendo una Cola» la segue un altro.

Ricordo a malapena quello che provavo nelle rare occasioni in cui mi capitava di uscire insieme ai miei compagni di liceo, ma questa serata, immersa tra adolescenti appena maturati, riaccende un calore familiare nella mia testa.

L'unica cosa che non capisco è come sia possibile che Emanuele, più grande di Gemma e perfino di me di qualche

---

[13] *Essere al verde*, in genovese.

anno, abbia accettato di mischiarsi a una gioventù così ciarliera. Probabilmente il motivo è lo stesso per cui mi ci ritrovo immersa io: le minacce di Gemma fanno paura a chiunque e l'amicizia che la lega al ragazzo è paritaria al nostro grado di parentela, se non addirittura più forte... almeno per lui. In effetti, non mi pare ci sia stato mai un momento nella vita di mia sorella in cui non ci fosse anche Emanuele.

Mi pare così evidente che lui sia cotto di lei, che non capisco come sia possibile che Gemma non se ne sia ancora accorta.

«A che stai pensando?» mi chiede mia sorella in un sussurro, mentre i suoi compagni si perdono tra le risate. Nel frattempo la cameriera arriva con le nostre ordinazioni, mettendocele davanti su un vassoio circolare.

«Mamma e papà lo sanno che bevi birra?»

Gemma alza gli occhi al cielo, mandando giù un sorso. «Sanno che ho diciotto anni».

«A-ha, vacci piano comunque» le raccomando. Il locale comincia ad affollarsi e il barista alza il volume della musica.

Per quanto possa trovare immensamente interessante il flirt andato male tra Martino e Federica in terza liceo, o il triangolo amoroso che quei due avevano con Clara, io volto lo sguardo alla ricerca di qualcosa di più intrigante. Dopotutto, Emanuele è troppo preso da Gemma per accorgersi di quanto si stia annoiando a sentire quelle storie, quindi so per certo che non posso contare su di lui per distrarmi.

Il gruppo di ragazzi che ho incrociato al mio arrivo è sicuramente al terzo giro e quello in camicia bianca che mi ha sorriso sta raccontando qualcosa per cui tutti gli altri non riescono a smettere di ridere. Non pare essere abbastanza brillo da non accorgersi che lo sto fissando e io arrossisco anche se non sufficientemente da voltare gli occhi altrove (grazie alcol!). Lui sostiene il mio sguardo, si sistema gli occhiali che gli erano scesi sulla punta del naso e solleva appena il calice di vino, rivolgendolo a me. Ricambio il sorriso e solo dopo torno alla memorabile conversazione con gli amici di Gemma: siamo arrivati a quando Federica lascia Martino perché lui l'ha tradita con Clara.

«Non si è fatta vedere per tre giorni, vi ricordate?» esclama la ragazza con i capelli rossi.

Cavolo, non ho proprio idea di come si chiami: ma è bene che Gemma non lo scopra, altrimenti comincerebbe a dire che ho ancora la testa tra i libri. In quel caso come riuscirei a spiegarle che non sto pensando allo studio, ma nemmeno a quello che si stanno dicendo lei e gli altri?

«Martino si è comportato da vero idiota» asserisce un'altra delle compagne di classe dei tre protagonisti della storia. «Non si fa così».

«Ha parlato l'esperta!» le fa eco il moro nell'angolo.

Non ho nemmeno più birra per annegarci dentro e l'unica scappatoia che trovo è quella di andarmi a fare un giro nella meravigliosa toilette del locale.

«Torno subito» dico a Gemma.

Le affido la mia borsa e mi allontano, stranamente sollevata di essermi riuscita a liberare così facilmente. Reduce di questi pensieri non mi accorgo della ragazza che mi taglia la strada.

«Scusami tanto, non ti ho proprio vista» mi dice. Tiene le braccia strette al corpo e ha gli occhi carichi di trucco arrossati.

«Figurati, nessun problema». Per un secondo vorrei offrirle il mio aiuto: sono convinta che abbia pianto e anche parecchio. Ma alla fine la vedo proseguire il suo cammino verso il tavolo del ragazzo con la camicia bianca.

Ok, mi sono stufata di chiamarlo così. Da ora per me sarà *Mr. Whiteman*. Evocativo, no?

Non mi impiccio oltre e varco la soglia del bagno delle donne. La noia mi si legge negli occhi come fossi un libro a caratteri neri su bianco: è sicuramente questo quello che intendevo quando ho ricordato a mia sorella che non sono il tipo da *birra con gli amici*.

Mi sistemo i capelli e indugio davanti allo specchio ancora un po', così, tanto per perdere tempo; poi delle voci attirano la mia attenzione. Non voci da locale, ma piuttosto urla, che riescono a sovrastare perfino il volume della musica.

Incuriosita lascio stare il mio trucco e torno nel locale.

«Devi lasciarla stare!» grida qualcuno.

«Fermi, non è questo il momento!»

«Non qui, ragazzi!»

Una confusione assurda si sta concentrando tutta intorno al tavolo di *Whiteman* e pare che la causa sia proprio la ragazza con cui mi sono scontrata prima. Lei tiene le braccia aperte con i palmi delle mani poggiati su due petti, intenzionata a dividere quelli che sembrano i suoi contendenti.

«Andiamocene, Teresa» esclama il primo. Sono abbastanza vicina da vedere i muscoli delle sue braccia gonfiarsi all'improvviso.

«Leonardo, aspetta...» ansima lei a corto di fiato. Ma Leonardo la spinge via.

«Ecco, bravi, andatevene. Non è posto per voi questo» ribatte l'altro.

Teresa e Leonardo si voltano per andarsene sotto gli occhi di *Mr. Whiteman* che, esattamente come me, segue la scena senza fiatare, tenendosi in disparte per quanto possibile.

Butto un occhio sul tavolo di Gemma che, a bocca aperta, fissa i litiganti senza parole, con il braccio di Emanuele intorno alle spalle in un gesto protettivo. Poi lui mi vede e gli faccio cenno di andare via. Tento di raggiungerli, quando mi trovo incastrata tra Teresa, Leonardo e l'altro ragazzo, che nel frattempo li ha seguiti, continuando a litigare.

«Non saresti dovuta venire!» urla.

«Non ti azzardare a parlarle così» si rivolta Leonardo, mollando la presa sul polso di Teresa. Lei è di nuovo sull'orlo delle lacrime mentre si aggrappa disperatamente al suo ragazzo per portarlo via. «Nicola, falla finita! Piantatela tutti e due» grida, e con lo sguardo prova a richiamare l'attenzione di qualcuno che possa aiutarla.

Nicola si avvicina pericolosamente a Leonardo, schiacciando me contro il bancone. A quel punto *Mr. Whiteman* si lancia in avanti, decidendo finalmente di intervenire prima che lo faccia il barista, che tira occhiate nervose ai clienti infervorati.

«Potete discuterne da un'altra parte» dice *Whiteman* calmo. «State dando spettacolo».

Punta per un secondo gli occhi nei miei e si frappone con il corpo tra me e Nicola, lasciandomi lo spazio necessario per tornare a respirare.

«Sai che ti dico, *Tíbe*? Me ne *sbatto ü belìn in sci-i scheuggi*[14]. Meglio se ti fai gli affaracci tuoi» minaccia Nicola tenebroso, voltandosi verso di lui al limite della pazienza. Dalle sue labbra esce tanfo di birra e vino, un misto alcolico che gli fa luccicare gli occhi.

«Tiberio, per favore» lo supplica Teresa.

Abbiamo un vincitore! Finalmente *Mr. Whiteman* ha un volto e un nome ben definiti.

Nel frattempo molti dei clienti si sono avvicinati: chi, disinteressato, per ordinare al bar, chi, incuriosito, per seguire

---

[14] *Non me ne importa niente* (più incisivo), in genovese.

da vicino lo svolgimento della lite. Io non riesco ad andarmene da questo branco di galli ubriachi intenzionati pateticamente a mostrare una forza che non hanno. Sbuffo spazientita e a spintoni cerco di farmi strada tra la folla, con l'unico risultato che non faccio nemmeno un passo in avanti rispetto a dove mi trovo.

Il barista rivolge qualche parola a un suo collega, puntando con un dito nella nostra direzione. Finalmente qualcuno porrà fine a questa storia, anche se, non faccio nemmeno a tempo a capire come, dal braccio di Nicola parte un destro potente dritto sul volto di Leonardo. Teresa lancia un gridolino acuto portandosi le mani alla bocca, prontamente imitata da tutte le donne del locale.

«Adesso basta» asserisce Tiberio perentorio. Poi afferra le spalle di Nicola costringendolo a distogliere l'attenzione dalla sua vittima. «Datti una calmata».

«Cos'è, ne vuoi uno anche tu per caso?»

Instabile sulle gambe rese molli dall'alcol, Nicola si sporge in avanti, tanto che Tiberio è costretto a fare un passo indietro avvicinandosi ancora di più a me. Sono di nuovo schiacciata tra i corpi immorali di questo posto e sto cominciando seriamente a stancarmi.

«Siete caldamente invitati a lasciare il locale» mormora una voce tra la folla. Nessuno però presta attenzione al secondo barista, incaricato di interrompere quella scenata. «Signori, l'uscita è da quella parte» ripete ancora.

«Andiamocene» gli fa eco Tiberio. E per un millesimo di secondo credo che ce l'abbia fatta: è riuscito a convincere il suo amico troppo cresciuto a lasciar perdere tutto e a uscire senza far storie. Ma evidentemente devo aver capito male, perché dalla posizione in cui mi trovo, vedo Nicola piegare le labbra in un sorriso forzato e caricare di nuovo il braccio, questa volta per colpire Tiberio.

Nemmeno un battito di ciglia e mi ritrovo a terra con un labbro sanguinante e uno zigomo che pulsa come un altoparlante. Il locale ammutolisce all'improvviso mentre faccio i conti con i postumi del colpo ricevuto in pieno volto. Con le lacrime agli occhi per il dolore, vedo Tiberio davanti a me piegato in avanti: deve essersi abbassato per evitare il pugno di Nicola, non pensando che dietro di lui c'erano altre decine di persone che avrebbe potuto colpire al suo posto. Geniale.

Tiberio, a bocca aperta, mi porge la mano. «Stai bene? M-mi dispiace tantissimo, non avevo considerato che… è stato istintivo, davvero sono mortific…»

«Sto bene» lo interrompo inasprita, rialzandomi da sola. Mi poggio al bancone per un secondo, tanto per ritrovare una posizione di fermo ancoraggio al pavimento e poi mi passo una mano sul sangue che mi cola lungo il labbro. Altro che Dracula!

Sento Gemma gridare il mio nome, da qualche parte dietro il muro di persone che si è creato intorno a noi, e il barista tentare ancora di spingerci fuori, anche se la massa umana lo sovrasta impedendogli di agire concretamente; poi Tiberio, ancora sconvolto da quello che è successo, tenta di scusarsi. Esasperata lo scanso con un braccio, ponendomi faccia a faccia con Nicola, ormai totalmente fuori controllo. Vedendomi in quello stato, lui comincia a ridere.

«Ciao, bellissima» dice con voce impastata. «Pare proprio che tu sia capitata… come si dice? Nel *mosto* sbagliato, al *pomento* sbagliato, eh?»

«Penso che sia ora di andare a nanna, non ti pare?» domando a braccia conserte. Sento il mio zigomo gonfiarsi come un palloncino e lo spacco sul labbro cominciare a rimarginarsi, tanto da darmi forti fitte ogni volta che parlo. Che scena pietosa.

«A nanna? Va bene, va bene, dolcezza» riprende Nicola divertito. «Solo se vieni con me, però».

Sotto gli sguardi confusi e sbalorditi degli astanti, con un Leonardo e una Teresa increduli e un Tiberio che ancora mi osserva poco convinto, Nicola si protende in avanti e pone le sue luride mani sui miei seni con tanta convinzione da farmi quasi perdere l'equilibrio.

«EHI!» grida Tiberio, ma prima che possa prendersi la soddisfazione di punirlo come merita, io afferro i polsi di Nicola e li giro entrambi verso l'esterno, scaricandogli poi un gancio dritto sul naso.

«Mammina non ti ha insegnato che non si mettono le mani addosso a una signora?»

Nicola si porta le mani al naso e poi perde l'equilibrio, un po' per la sorpresa un po' per il dolore, rovinando a terra in mezzo agli sgabelli di legno.

«Buona notte, cafone».

Nel silenzio compiaciuto del locale, vedo sorgere sul volto di Teresa e Leonardo un sorriso di ammirazione e finalmente riesco ad allontanarmi da quel posto, scavalcando il corpo addormentato di Nicola che ora russa sonoramente. Poi raggiungo di nuovo il mio gruppo.

«Vieni, Gemma, ne ho abbastanza di questa pagliacciata». L'afferro per un braccio e questa volta sono io a trascinarla dietro di me, attraverso l'uscita. 

Nessuno dei ragazzini della banda emette suono finché non siamo tutti all'esterno e sentiamo la confusione del locale riprendere; poi scoppia il delirio.

«Ma a cosa diavolo abbiamo assistito?» esclama la rossa, incastrando le dita tra i capelli.

«Un colpo da maestro» commenta un altro.

Santo cielo, che serata infinita!

Gemma ride come non mai, poi prende una salvietta umidificata dalla borsa e me la passa sulle ferite. «Lo sapevo che ci saremmo divertiti» esclama. Io la fulmino con lo sguardo, ma in effetti viene da ridere anche a me. «Come ti senti?» mi domanda.

«Sinceramente, Gem?» interviene Emanuele ammirato. «Io mi preoccuperei di più per quell'altro».

Rimaniamo fuori ancora un po' e, solo quando tutti gli amici di Gemma si sono allontanati a bordo dei loro fiammanti regali per i diciotto anni, Emanuele dice: «Direi che possiamo tornare a casa anche noi».

Gemma annuisce, lo prende sottobraccio e insieme ci avviamo alla macchina di lui.

«Ehi, aspetta!» grida qualcuno alle mie spalle. Quando mi volto vedo Teresa e Leonardo allontanarsi una tra le braccia dell'altro e il resto degli amici trascinarsi dietro quello che rimane di Nicola. Tiberio invece sta correndo nella mia direzione.

«Ti aspettiamo in macchina» mi avverte Gemma.

«Speravo di trovarti ancora da queste parti» dice Tiberio con un po' di affanno nella voce.

«Pensa tu, io invece speravo di essere già in pigiama a quest'ora».

Lui ride cogliendo l'ironia e riprende: «Ascolta, mi dispiace davvero per prima. Mi sento in parte responsabile per quello che è successo. Voglio dire, se avessi saputo che avrebbe colpito te, non mi sarei abbassato».

Alzo gli occhi scettica, ma questa volta mi concedo di sorridere.

«Stai bene?»

Annuisco. «Niente che non abbia già sperimentato».

«Judo?»

«Karate» replico. «Cintura nera».

«L'ho sempre detto che non bisogna sottovalutare le donne».

«Questo non lo so, ma di sicuro non bisogna sottovalutare me».

«Penso che anche Nicola se ne ricorderà».

«Se si comporta sempre così, farebbe bene a tenerlo presente, in effetti».

Tiberio infila le mani nelle tasche dei jeans, dopo essersi sistemato gli occhiali.

«Non so cosa gli sia preso: sono un po' di giorni che da' i *ciocchi*[15]».

«Per amore si fanno pazzie» dico, ripensando alle lacrime sul volto di Teresa e alla foga con cui Nicola si era battuto per lei.

«Brutta bestia la gelosia. Teresa gli vuole bene, ma non ha mai ricambiato quello che Nicola prova per lei» spiega, come a voler giustificare il suo amico. «Però lui è troppo irascibile».

«Dici?» domando soffiando una risata dal naso.

«Beh, non penso avessi previsto di fare a cazzotti di sabato sera».

I suoi occhi castani brillano sotto la luce del lampione e per un secondo mi distraggo dalla nostra conversazione.

«No… ovviamente no» recupero.

Lui mi fissa per qualche secondo.

«Tiberio Ferrari» dice poi porgendomi la mano destra.

«Perla» rispondo. «Saffi».

«Molto piacere, Perla. Dovresti mettere del ghiaccio qui» dice spostandomi i capelli dietro l'orecchio per ispezionare la zona tumefatta sul mio volto. «Almeno per evitare che peggiori nelle prossime ore».

---

[15] *Che da' di matto*, in genovese.

Una vampata di calore si affaccia sulle mie guance. «Direi che è tardi per quello. Ma si può sempre provare».

Tiberio fissa un secondo il marciapiede e poi punta di nuovo gli occhi nei miei. «Posso accompagnarti a casa, se vuoi».

Mi concedo un secondo per pensarci, tanto per non distruggere la sua autostima troppo rapidamente. «La prossima volta sicuramente».

«Ti prendo in parola» dice.

«Ci conto».

Recupero la borsa che avevo lasciato a terra ai miei piedi e mi volto.

«Devi darmi la speranza che ci sia effettivamente una prossima volta» riprende prima che mi allontani troppo. Sorrido e poi mi volto di nuovo, porgendogli il mio cellulare, pronto sul tastierino numerico.

«Sei tremenda» mormora.

«Pensavo l'avessi capito».

Tiberio digita il suo numero e mi restituisce il cellulare. «Allora mi affido alla tua buona fede nei miei confronti».

Io gli sorrido beffarda. «Buonanotte».

***

«Questo sì che è stato un primo incontro coi fiocchi» rimbomba la voce di Tiberio nell'altoparlante del telefono.

«Quasi mi sembra di sentire lo zigomo pulsare» rispondo, e d'istinto mi porto una mano sotto l'occhio dove attualmente ci sono le cicatrici dell'incidente, che immagino essere spesse ed evidenti.

«Anche Nicola, però» ribatte Tiberio.

Ridiamo insieme e quando finalmente mi decido ad andare a dormire, fuori ha smesso di piovere e immagino rivoli più chiari tingere il cielo notturno. Per la prima volta dopo mesi, mi addormento con la consapevolezza che Tiberio è steso a fianco a me e mi stringe tra le sue braccia.

8. Gemma

Quando alzo le serrande di camera mia, il sole mi si para davanti con i suoi raggi fastidiosi. Nel tentativo mattutino di svegliarmi, lancio occhiate in giro nella stanza e localizzo il sacchetto di plastica del negozio di occhiali dove sono stata qualche giorno fa. Quasi me ne dimenticavo: non ho ancora consegnato a Perla il regalo che le ho fatto. Ma come avrei potuto? Tra la sua crisi isterica, l'improvvisa ricomparsa della sua voce, la follia di correre in chiesa senza un'apparente ragione e il cercare di tenere nascosto tutto questo ai nostri genitori per impedire che si preoccupassero, non ho proprio trovato il momento ideale per consegnarle gli occhiali.

Ancora in pigiama e con i capelli scompigliati, mi reco in cucina.

«Buongiorno, raggio di sole!» esclama qualcuno. Nella mia mente annebbiata dal sonno potrebbe essere chiunque, anche la vicina, se non fosse che quest'ultima ipotesi è improbabile in termini pratici.

«'Giorno» biascico di rimando a quella che deve essere mia madre. Poi mi accomodo su uno degli sgabelli del bancone e appoggio la testa sulle braccia.

«Dormito bene? O devi ancora andarci a dormire, sorellina?»

Alzo di scatto la testa e improvvisamente mi sveglio. *Sorellina?*

«Perla?»

Lei traffica lentamente con una scatola di corn-flakes, facendone cadere un po' dalla tazza. Sorridendo non se ne preoccupa e tenta di recuperarne quanti possibile tastando il bancone con le mani.

«Ottimo, sei abbastanza lucida da ricordarti il mio nome» risponde lei divertita. *Divertita?* Ma che è successo stanotte? Un festino a base di droga?

«S-stai bene, Perl?»

Lei mi guarda con quei suoi occhi perlati, morti dentro ma pur sempre belli fuori, e agita la testa in segno d'assenso. «Mai stata meglio. Ho chiesto a mamma se potevo preparare io la colazione stamattina. Papà è andato a lavorare, lei si sta facendo la doccia».

Sconvolta, continuo a osservarla. So per certo che non ha ancora incontrato Sabrina Ottonello, la persona che i miei genitori hanno rintracciato per aiutarla a rimettersi in sesto, eppure pare che i suoi movimenti siano più fluidi, più sicuri, nonostante sia ancora incerta su molte cose e ogni azione sia lenta e accurata.

«Ovviamente non mi ha lasciato preparare il caffè, ma ha detto che potevo riempire le tazze di cereali e mettere i cucchiaini in tavola, se volevo» continua a raccontarmi Perla.

Per quasi un mese non ho sentito la sua voce, nessuno l'ha sentita; e adesso parla come se non avesse mai smesso. Non solo. Prepara la colazione dopo che per giorni è rimasta chiusa in camera, senza quasi voler avere rapporti con nessuno, se non quelli strettamente necessari. Tutte le volte che qualcuno dei suoi amici o parenti o conoscenti preoccupati si presentava alla porta, dovevamo dire loro che Perla stava riposando perché, con gesti frenetici, ci avevo esplicitamente detto di non voler incontrare nessuno. Nemmeno don Pietro, che conosce la nostra famiglia e Perla da sempre, è riuscito a convincerla a lasciarlo entrare.

Quindi, ora, cosa sta succedendo?

«È davvero bello vederti sorridente» dico rubandole qualche cereale da sotto il naso, «e sono contentissima che tu abbia ricominciato a parlare, davvero, ma sei sicura di sentirti bene?»

E non dirmi di sì, sorella, perché sai che non ti crederò.

Perla scuote la testa allegra. «Non sai quante volte avrei voluto rispondere alle vostre domande o dirvi quello che pensavo, ma non ci riuscivo: era come se la mia voce si rifiutasse di uscire. Ora che è tornata ho voglia di usarla e soprattutto mi sono resa conto che ho ancora troppe cose da fare nella vita. Non posso passare il resto del tempo a crogiolarmi nella disperazione, non sei d'accordo? Ora smettila di preoccuparti e muoviti. I cereali sono pronti e tu devi preparare il caffè. Ho fame».

Si aggrappa allegramente con una mano al bancone, reggendo la tazza dal manico con l'altra e, passo dopo passo, raggiunge il tavolo, dove autonomamente si siede.

Quando mia madre ci raggiunge, ha ancora un asciugamano avvolto intorno ai capelli come un casco di spugna e io la guardo sconcertata, indicando Perla con un movimento del capo. Lei alza le spalle e inarca le sopracciglia, ammettendo silenziosamente di essere sorpresa almeno quanto me. Ad ogni modo, nessuna delle due riesce a negare la gioia di vedere Perla desiderosa di riprendere in mano la sua vita, qualunque sia la ragione per cui questo è avvenuto così improvvisamente.

«Come mai non sei al negozio con papà?» le domando cambiando discorso.

«Abbiamo stabilito che faremo dei turni, così che almeno uno di noi sia sempre qui in casa; e poi oggi devo accompagnare Perla dalla signora Ottonello, per il primo incontro».

«A che ora?»

«Nel primo pomeriggio» risponde lei.

Annuisco, unendomi a loro con la caffettiera in mano.

Il resto della mattinata la trascorro sul sito dell'Accademia Ligustica di Belle Arti dove studio, per capire come progettare la mia vita in base alle lezioni che cominceranno il mese prossimo. Una volta terminato di tracciare righe colorate sulle varie caselle dove avrò un corso, afferro di slancio la busta di plastica bianca e vado da mia sorella.

«Posso?» le domando, infilando la testa nella camera dopo aver bussato.

«Vieni» mi invita lei.

«Volevo solo darti questi. Ho pensato che potessero servirti, soprattutto ora che, da quanto ho capito, hai intenzione di uscire più spesso».

Perla mi sorride felice come una Pasqua perché ha sempre adorato i regali e le sorprese. Tiro fuori la confezione che mi ha dato Emanuele e gliela poso tra le mani.

«Cos'è?» domanda lei tastando la scatola rettangolare.

«Una stupidaggine».

Con estrema delicatezza, Perla apre la scatola e tira fuori gli occhiali. Dall'espressione che ha sul volto so già che le piacciono, anche se mi dispiace non possa vederli.

«Sono perfetti, Gem. Stavo proprio pensando di comprarmene un paio nuovo. Mi hai letto nel pensiero».

«Davvero ti piacciono?»

Devo ammettere che dal momento in cui mi è venuta l'idea, fino ad ora che finalmente li ha scartati, ho vissuto nel dubbio che potesse male interpretare il mio gesto. Per fortuna ho una sorella intelligente che apprezza queste cose, esattamente come avrei fatto io.

«Tantissimo! Non posso andare in giro conciata così, con queste brutte cicatrici che ho in faccia. Questo è il modo migliore per nasconderle».

Ecco, appunto, ha interpretato male il mio gesto.

«No, Perl, non era quello che intendevo, io…»

«Gemma» mi ferma lei sorridendo sempre più allegra, «non mi sono offesa. So perfettamente qual è la mia condizione. Anche se non riesco più a vedere, so cosa mi è successo. Posso solo immaginare come si presentino i miei occhi visti da fuori e sinceramente vorrei evitare quanto possibile domande inopportune. Hai fatto benissimo e ti ringrazio di aver pensato a me».

«Sì, ecco, pensavo anche che è bene evitare di esporre i tuoi occhi al sole. Voglio dire, tutti dovrebbero evitare di esporre gli occhi al sole, è ovvio, ma forse i tuoi…»

«Sono decisamente più sensibili alle condizioni esterne. È proprio così. Grazie, davvero».

Si alza e fa un passo verso il punto da cui ha sentito giungere la mia voce e in meno di un secondo mi ritrovo immersa nel suo abbraccio fraterno.

«Ti voglio bene, Perlina» dico colta da un improvviso attacco di nostalgia.

Da quando è uscita dall'ospedale ho fatto di tutto pur di starle vicino e aiutarla a superare questo momento assurdo della sua vita, eppure non mi ero accorta che il modo migliore per farlo era dire queste tre parole; semplici, bellissime e simbolo dell'affetto massimo di cui una persona sensibile come Perla ha sicuramente bisogno in momenti come questo.

«Però ora dimmi la verità» riprende poi, «sono neri?»

Sorrido imbarazzata, sfruttando il fatto che lei non possa vedermi.

«Prima di rispondere, sappi che mentire a una sorella non vedente è un peccato mostruoso» aggiunge ridendosela di gusto. Sicuramente sta immaginando la mia faccia a quelle parole.

«A dire il vero, sì. Ho pensato che neri fossero più opportuni» ammetto in un sussurro.

«E hai pensato bene, ma io sono una tipa molto particolare. Ho un'idea: se devo veramente essere cieca, da questo momento in poi vorrei esserlo *con stile*, che te ne pare?»

«Che intendi?» Ormai sono quasi spaventata, oltre che molto curiosa.

«Ti andrebbe di accompagnarmi? Vorrei che mi aiutassi a cambiare questo modello con uno ancora più *stiloso*, così posso tirarmela un po'. Non posso farlo senza di te: sei tu quella che si intende di moda».

Mezz'ora più tardi sono di nuovo di fronte a Emanuele, che sgrana gli occhi non appena ci vede insieme.

«P-Perla...» borbotta nervoso. «Ciao, ehm, come stai?»

Perla gli risponde sorridente, direzionandosi verso il punto da cui sente provenire la voce del ragazzo. «Benissimo! Tu come stai?»

Emanuele mi lancia un'occhiata confusa e io gli faccio cenno di comportarsi il più naturalmente possibile.

«Tutto normale».

«Qualche nuova invenzione alle porte?» domanda ancora Perla, poggiando le mani sul bancone.

«Sto ottimizzando il mio Portapenne Elettronico».

«Sul serio? E come funzionerebbe?»

«Ragazzi?» li interrompo all'improvviso. «La piantate di fare i *nerd*?»

Perla ride e fa scendere la mano sinistra lungo il mio braccio alla ricerca del sacchetto bianco. Poi lo apre e sfila la scatola con gli occhiali che le ho regalato. «Possiamo cambiarli?»

Emanuele annuisce senza rispondere e Perla continua ad aspettare paziente.

«Oh, certo» riprende poi il ragazzo rendendosi conto della gaffe.

Nascondo una risata tra i denti e poi afferro mia sorella per un braccio, accompagnandola verso gli scaffali multicolore del negozio.

So che Emanuele ci sta fissando e non posso dargli torto: lui non vede mia sorella da prima dell'incidente e di certo non si aspettava di ritrovarsela davanti, reduce di grandi sofferenze, così all'improvviso.

«Che ne dici di questi?» domando, descrivendole a parole un modello con la lente a cerchio.

«Colore?»

«Nuvola».

Voglio dire, studio Arte all'accademia: per me il *Nuvola* è un colore a tutti gli effetti. No?

«Una paffuta nuvoletta bianca o piuttosto un cumulonembo da tempesta?»

«A-ha, molto spiritosa. Il prossimo» dico riponendo gli occhiali che ho in mano.

Ne scelgo altri tre paia prima di capire definitivamente che non ho idea di quali siano gli attuali gusti di Perla in questo momento della sua vita.

«Emanuele» dice lei alzando una mano per richiamare l'attenzione del mio amico. «Potresti darci una mano?»

«Cosa vi serve?» In un baleno è al mio fianco pronto ad aiutarci.

«*Ray-ban*. I più belli che hai» risponde Perla euforica.

Emanuele mi guarda di nuovo, ogni secondo più perplesso, e noto che evita accuratamente di fissare il volto di mia sorella, quando non ha occhiali a nasconderlo. Un gesto semplice ma pieno di empatia, che non posso non apprezzare.

«Non farci caso...» gli sussurro prendendolo per un braccio, dopo che ho piazzato Perla davanti allo scaffale Ray-ban indicatoci da lui. «Non so cosa le sia preso. Ieri era depressa e oggi... beh, oggi fa così. Non capisco proprio cosa sia successo tra ieri sera e stamattina».

«Non è un buon segno?» domanda lui. «Voglio dire, è in fase di ripresa, giusto?»

Non faccio in tempo a rispondere, che una delle colonnine espositive dietro Perla oscilla leggermente, facendo cadere a terra qualche modello. Sobbalzo per la sorpresa, non comprendendo come possa essere successo, ma poi Perla si scusa affermando di averla urtata erroneamente.

«E se invece stesse impazzendo e questi fossero i primi sintomi?» riprendo sospettosa.

«Non credo che chi impazzisce sia così... lucido».

«Sinceramente non so cosa pensare».

«Ehi, voi due» ci richiama Perla, «non vorrei dire, ma se non mi aiutate, potrei metterci secoli a scegliere».

All'ora di pranzo, Perla ha finalmente deciso quale paio di occhiali comprare e, dopo aver salutato Emanuele e ringraziatolo per la sua immensa pazienza, ci apprestiamo finalmente a uscire dal negozio.

Noto con timore che sfoggia il nuovo acquisto con fierezza e con una sicurezza che non dimostrava nemmeno prima che accadesse tutto questo. Non posso negare che la cosa mi renda al contempo felice ma anche molto preoccupata. Cambiamenti repentini di questo tipo potrebbero essere un cattivo segno, come nel momento poco prima di morire per una malattia: ci si sente benissimo proprio come se si fosse guariti, anche se non è così.

Nel pomeriggio sento mia madre bussare alla camera di Perla e poi il solito fastidioso cigolio.

«Tesoro, sei pronta?» domanda.

«Certo».

«Torneremo fra un paio d'ore, Gem» mi spiega poi dandomi un bacio sulla fronte. Indossa il cappotto e si assicura che anche Perla sia ben coperta, prima di aprire la porta di casa e uscire insieme a mia sorella per andare al primo incontro con Sabrina Ottonello.

9. Tiberio

Ho sempre pensato che Perla fosse estremamente carina con gli occhiali. O meglio, ho sempre pensato che fosse carina e basta, in qualunque modo; ma con gli occhiali è senza dubbio molto affascinante.

È da questa mattina che la seguo, fluttuandole intorno a mezzo centimetro da terra, come una specie di poltergeist dalle manie persecutorie. Qualsiasi mio pensiero o azione è rivolta a lei e forse è proprio la signorina Saffi a tenermi ancora legato alla dimensione terrestre. Non so bene il perché, ma non può che essere così. Nel frattempo sto anche cercando una soluzione per parlarle senza dover interagire necessariamente con un cellulare e, quando avrò capito come fare, sono sicuro che sarà tutto molto più semplice.

L'ho seguita al negozio di occhiali da sole dove lavora Emanuele Gardella, il migliore amico di Gemma, continuando a domandarmi come non si sia accorta che il ragazzo le muore dietro. Io e Perla lo diciamo da sempre che quei due sono destinati a stare insieme!

Comunque sia, anche io avrei scelto i Ray-ban e non ho potuto non notare quanto la mia ragazza fosse assolutamente incantevole con quel modello ad adornarle il volto. Per un secondo sono stato talmente distratto dalla sua bellezza così naturale e genuina da non accorgermi di quanto pericolosamente mi fossi avvicinato a una delle colonnine espositive. Quella ha vacillato e molti degli occhiali esposti sono caduti a terra con un gran fragore: dannazione, devo sbrigarmi a capire che tipo di interazione posso avere con gli oggetti inanimati!

Per fortuna, Perla ha giustificato la cosa con una sua disattenzione, e né Gemma né Emanuele hanno indagato oltre. Penso sia stato in quel momento che *lei* ha capito quanto vicino le fossi. Dopotutto, dalla nostra ultima conversazione telefonica non abbiamo più avuto occasione di parlarci, ma qualcosa è indubbiamente cambiato: ora per entrambi vige la consapevolezza della reciproca presenza e questo non è di sostegno solo a lei, ma anche a me. Dopo aver temuto di non poterla più vedere o sentire, ora *vivo* solo di questo, ora *vivo* solo per lei.

La seguo nuovamente lungo la strada, stando ben attento a rimanere sul marciapiede: a quanto pare le vecchie attitudini umane non si perdono nemmeno *post mortem*, e comunque l'idea di essere trapassato da un camion a tutta velocità non mi alletta nemmeno ora che peggio di così non potrebbe andare.

Perla e sua madre camminano lentamente a braccetto dirette alla macchina, per raggiungere l'unica meta che forse potrà dare di nuovo un senso alla vita di entrambe. Un quarto d'ora più tardi, riesco a percepire l'ansia di Perla che, seppur brava a nasconderla, la investe come un'ondata d'acqua fredda: il Centro di Orientamento e Mobilità, ci siamo.

Entriamo da una piccola porta con un grosso fiore colorato stampato sui vetri.

«Benvenute. Mi chiamo Sabrina Ottonello» esclama una donna paffuta, invitando le nuove arrivate ad accomodarsi. Se solo sapesse che siamo in tre!

«Salve, sono Ada Saffi. Ci siamo parlate qualche tempo fa» comincia la madre di Perla presentandosi sorridente.

«Certo, mi ricordo perfettamente! Dunque tu devi essere la famosa Perla».

Però, sembra simpatica.

Mentre le donne si presentano, ne approfitto per dare un'occhiata in giro. Le pareti sono piene di foto ricordo dove pazienti di età differenti sorridono contenti all'obbiettivo, tutti con un braccio intorno alle spalle di Sabrina. Appesi al muro, subito dietro alla scrivania, svettano alcuni diplomi incorniciati che attestano le abilità professionali della signora Ottonello.

«Come le avevo anticipato, siamo qui perché mia figlia è...»

«Ero sul ponte Morandi durante il crollo. I medici dicono che i vetri dei finestrini della macchina mi sono scoppiati in faccia». Perla interrompe la madre con fermezza, distanziando gli occhiali nuovi dal volto per mostrare alla donna le sue cicatrici. «Scusatemi, ma se dobbiamo fare questa cosa è bene essere il più schietti possibili fin dall'inizio. Spero di non sbagliarmi a riguardo».

«Affatto. Anzi, trovo che il tuo spirito sia quello ideale per affrontare un percorso del genere. Qui verrai aiutata a ritrovare la sicurezza che hai perso e a fare in modo che le tue condizioni non ti obblighino mai a essere dipendente da nessuno».

La voce di Sabrina diventa un rumore lontano e confuso quando il mio sguardo torna a concentrarsi su Perla: vedere le sue cicatrici, sentirla parlare con forza d'animo nel tentativo di nascondere la sua rassegnazione mi fa inevitabilmente pensare al ruolo che ho avuto in tutto questo, in tutte le sue recenti sofferenze. Quella terribile mattina di quel terribile quattordici agosto non dovevamo trovarci sul ponte Morandi. Per una vita ho temuto le altezze, trovando sempre delle scappatoie per evitarle... ma non quel giorno. La voce di Perla che mi suggerisce di prendere la scorciatoia del ponte mi rimbomba in testa come se la mia coscienza tentasse di discolparmi, ma so di non avere scuse. Perla aveva detto la sua, facendo una semplice proposta, e io nell'incertezza ho lanciato i dadi. Due piccoli dadi comprati meno di un anno fa in una catapecchia che vendeva cianfrusaglie, a cui ho affidato tutte le decisioni della mia vita: esce pari lo faccio, esce dispari non lo faccio. Questa era la regola. Quel giorno, a poche ore dal Ferragosto che avremmo passato insieme, quei dadi diedero il loro verdetto, subito dopo la proposta di Perla: uscì dispari, e questo non lo scorderò mai. Allora, se il destino a cui mi ero sempre affidato aveva detto *no*, perché ora quello che rimane di me si trova in un centro di riabilitazione per ciechi e ipovedenti a osservare la sua ragazza mentre mostra le sue ferite a una completa sconosciuta?

«Ti presento Daria, tesoro» dice Sabrina rivolgendosi alle Saffi per introdurre una ragazzina mingherlina appena comparsa. «È la mia assistente tirocinante e, da questo momento, potrai rivolgerti a lei per qualsiasi esigenza. Ok?»

Perla annuisce silenziosa e poi segue Daria che, presala per un braccio, l'accompagna lentamente in un'altra stanza. Decido di seguirle e, non appena messo piede nel nuovo locale mi si parano davanti una decina di altre persone, tra cui un paio di donne, una molto più giovane di Perla e l'altra decisamente più grande. Ma ciò che mi sorprende più di tutto è il ragazzo in fondo, pacificamente addossato alla parete celeste. Tiene le braccia conserte e guarda davanti a sé con sguardo assente, come fosse in attesa.

Sabrina Ottonello, insieme alla sua assistente Daria, dà il via alla presentazioni e comincia a introdurre il percorso di riabilitazione che i non vedenti presenti dovranno affrontare; così ne approfitto per indagare sull'uomo misterioso della parete. Sorvolo la stanza sempre con i piedi sospesi in aria, a pochissimi millimetri dal terreno, e mi avvicino silenzioso stando attento a non urtare oggetti, considerato quanto poco conosco la mia condizione. Eviterei volentieri che volasse qualche sedia, inducendo un occhio attento a chiamare i *Ghostbusters*.

Il ragazzo ha la pelle scura e folti capelli neri a incorniciargli il volto squadrato. Il profilo greco è costituito da tratti delicati, quasi eterei, e di indubbia raffinatezza. Indossa una camicia nera con un taschino e un paio di semplici pantaloni bianchi.

«Hai intenzione di fissarmi ancora a lungo?» domanda.

Il mio cuore, metaforicamente parlando, mi salta in gola incastrandomi un urlo di spavento e mi volto per vedere a chi potrebbe rivolgersi oltre a me. Nessuno. Quasi riesco a sentire la pelle d'oca sulle braccia e un brivido di imbarazzo percorrermi tutta la schiena. Questo tipo riesce a vedermi?

«Sì» risponde leggendomi il pensiero, «riesco a vederti e, se tu trovassi il coraggio di parlare, riuscirei anche a sentirti».

Sono ancora troppo sorpreso per emettere un suono e confermare la sua teoria. Chissà perché credevo di...

«Pensavi di essere l'unico, per caso?» riprende il ragazzo, indovinando nuovamente a cosa stavo pensando. Beh, ora basta però, un po' di privacy almeno sui miei pensieri!

«Non ti sto leggendo la mente, se è quello che credi. So solo quali sono le tue domande, dato che sono le stesse che mi sono posto io».

«V-vuoi dire che sei anche tu un... fantasma?»

Il ragazzo tuona in una risata fragorosa, riempiendo l'aria di un calore così vivo da non darmi l'idea di essere... morto.

«O forse sei un sensitivo?»

«Nessuno dei due» risponde ancora. «Personalmente non ci definirei *fantasmi*».

Titubante mi sistemo al suo fianco, permettendogli di tornare a vedere quello che succede a pochi metri di distanza da noi: Perla, come molti altri del corso, sta annuendo debolmente alle parole di Sabrina.

«Come fai a sapere...»

«Ho indagato anche io su questa condizione».

«E non pensi di essere un fantasma o che lo sia io? Sei sicuro?»

Il ragazzo scuote la testa. «Non dico di non esserlo, dico solo che non penso sia questa la definizione corretta».

Lo scruto da capo a piedi, tentando di sembrare il più naturale possibile, ma non penso di riuscire più di tanto a nascondere la confusione che provo in questo momento. «Quindi cosa saremmo?»

«Probabilmente dipende da quello in cui credi. Penso che potremmo essere la trasposizione di quello che eravamo in vita; sai, come se vivessimo in questo mondo da dietro uno specchio».

Scuoto il capo incerto.

«Non sai proprio niente?»

«Dovrei? Mi sono perso il manuale di istruzioni?» controbatto ironico.

«Non dire stupidaggini» riprende il ragazzo incrociando una gamba sull'altra, «funziona come un passaparola. Incontri un altro come noi che ti dà delle dritte; non che sia una scienza esatta, naturalmente. Pensavo che avessi già superato questa fase».

«Sei il primo che incontro uguale a me. Ma penso sia naturale, sono un *fant*... sono *così* da poco tempo» mi correggo per evitare qualsiasi tipo di discussione filosofico-religiosa.

Lui mi guarda per qualche secondo e poi torna sui pazienti del corso di riabilitazione.

«Tu come sei...»

«Morto?» completa la mia domanda.

Annuisco lentamente, quasi intimorito: non vorrei che si offendesse prima di spiegarmi come difendermi da altri fantasmi infuriati, o qualsiasi cosa siamo.

«Quel rottame di macchina rossa su cui ero è venuta giù insieme al ponte su cui stavo viaggiando» spiega continuando a guardare davanti a sé.

Sul serio? Me la ricordo una macchina rossa: le viaggiavamo dietro io e Perla. Sgrano gli occhi ancora più sconcertato di prima e mi piazzo davanti a lui coprendogli la visuale.

«Anche io!» esclamo poi. «Ero sul ponte Morandi quando è crollato!»

Il ragazzo solleva gli angoli della bocca in quello che penso possa essere un sorriso. «Ecco uno dei motivi per cui ci siamo incontrati proprio io e te».

«Quindi nemmeno tu sei da molto un... Senti puoi dirmi come dovrei definirmi, per favore? Non saperlo mi fa diventare matto».

«Sei cristiano?» mi contro domanda il ragazzo, per la prima volta curioso di saperne di più di me.

«E questo che c'entra?»

«C'entra, eccome. Io lo sono, quindi non ho mai creduto che i fantasmi esistano. Almeno non come li intendono i registi di film horror. Non lo credo nemmeno ora che ne avrei tutto il diritto. Per questo preferisco usare un termine diverso, uno che incarni meglio la mia fede. *Apparizione*. Io sono un'Apparizione, ma tu? Se non sei cristiano o non credi nel mio stesso Dio, non posso pretendere che la pensi come me, e in quel caso penso che *fantasma* vada bene ugualmente».

Sospiro e lancio uno sguardo a Perla che si sta sistemando una ciocca di capelli.

«Per la mia ragazza sono un'Apparizione, allora. Lei è come te, in un modo tanto puro e totalmente oltre il concetto semplice di religione da non potermi certo paragonare a lei, nemmeno se per una parte della mia vita anche io ho creduto… In rispetto a Perla, penso che mi accontenterò di definirmi *fantasma*».

Il ragazzo sorride annuendo. «Perla. È lei la tua ragazza?»

«Quella con i capelli biondi in prima fila, per essere precisi» rispondo indicandola con un dito.

«Quindi è lei che ti ha *invocato*».

Sollevo le sopracciglia e poi mi aggiusto gli occhiali. «Come, prego?»

«Se sei ancora legato a questa dimensione è perché c'è qualcuno che ti vuole qui. Cosa credevi? Che qualcosa fosse andato storto durante il tuo funerale?» domanda ridendo. Anche se si bea nelle sue battute sarcastiche, trovo che sia piuttosto simpatico e probabilmente è la prima volta da quando sono morto che non mi sento completamente solo.

«Certo che no, ma stai dicendo che Perla mi ha *invocato*. Non è proprio il genere di cose che sono abituato a sentirmi dire».

«Sei proprio un novellino» mi riprende affabilmente. «Chiunque nella vita ha invocato qualcuno o qualcosa. Chi soffre, in genere, trova in questo la sua consolazione, e Lui risponde sempre». Punta un dito verso il cielo e poi riprende: «Uno dei modi in cui questo accade siamo noi Apparizioni, frutto delle invocazioni di coloro che ancora ci cercano e che non possono andare avanti senza il nostro aiuto… o che semplicemente non accettano la nostra dipartita».

Mi gratto la fronte sbuffando, prima di replicare: «Bella storia. Ma quelli che non credono? Loro chi invocano?»

Il ragazzo si passa una mano tra i capelli. «Tutti credono in qualcosa o in qualcuno, novellino; altrimenti, beh, si è semplicemente… soli».

«Ma se fosse davvero così, saremmo invasi dai fantasmi, o dalle Apparizioni, come preferisci. Perla può parlare con me, adesso, ma io non sono mica riuscito a parlare con mio nonno quando morì. Eppure mi mancava terribilmente».

I pazienti di Sabrina scoppiano in una fragorosa risata che ci distoglie momentaneamente dalla nostra conversazione. Perla che ride è una visione spettacolare.

«Come per ogni cosa, non tutti siamo uguali. Alcune persone hanno una sensibilità più spiccata e percepiscono le Apparizioni in maniera più concreta di altri. Non dubito che tuo nonno fosse lì con te, anche se non riuscivi a interagire con lui». Il ragazzo schiocca le dita davanti al mio volto e mi riporta alla realtà. «Ehi, mi stai ascoltando?»

«Sì, certo... è solo che faccio difficoltà a credere a tutto questo».

«Caspita, novellino! A te non serve nemmeno avere fede: per crederci non devi far altro che guardarti, o guardare me. Siamo la prova di quello che ti sto spiegando da venti minuti».

Rimango spiazzato per qualche secondo e mi balena in mente l'immagine del crocefisso che Perla ha portato al collo per tanto tempo. Se io sono la prova che il suo Dio esiste, perché lei ha smesso di crederci?

«Comunque mi chiamo Tiberio. È un nome interessante e sicuramente suona meglio di *novellino*, considerato che anche tu non puoi certo definirti un'Apparizione Veterana».

«Molto bene, allora».

«Tu perché sei qui? Conosci qualcuno di loro?» domando poi indicando ancora i nuovi studenti di Sabrina.

«Possibile» risponde distratto fissando il gruppo di ragazze.

«... Per oggi è tutto. Ci vediamo al prossimo incontro e, mi raccomando, ricordate sempre: *"Il segreto del cambiamento è concentrare tutta l'energia non nel combattere il vecchio ma nel costruire il nuovo".* Lo disse Socrate, quindi potete fidarvi» dice Sabrina da lontano.

Quelle parole mi avvertono che Perla ha terminato la sua prima giornata di riabilitazione e io muoio dalla voglia di sapere come è andata; anche se, a pensarci, questo è un tipo di espressioni che farei bene a non utilizzare più.

«Senti, io devo andare. Come hai detto che ti chiami?» domando al ragazzo. Ma quando mi volto per salutarlo, mi accorgo che è sparito, e scopro di non sapere la cosa più importante di lui.

Al termine dell'incontro, Ada Saffi conduce Perla alla macchina, poi all'ascensore del palazzo e infine oltre la porta di casa; e in tutto questo ci sono anche io.

«Perlina di papà!» esclama il signor Saffi con il suo caratteristico slancio affettivo.

«Ciao, papà».

Nel frattempo anche la sorella minore di Perla, Gemma, li raggiunge nell'atrio.

«Allora, come è andata?»

Perla sorride felice, esattamente come ha fatto per tutto il giorno, e, sfilandosi la giacca, comincia a raccontare: «Avevate ragione su Sabrina: sembra una tipa in gamba. Ci ha spiegato quali saranno le tappe del nostro percorso di riabilitazione e...»

«Aspetta, aspetta» esclama Tommaso interrompendo la figlia euforico, «imparerai a leggere quelle palline in rilievo?»

Le tre donne intorno a lui scoppiano a ridere all'unisono, creando un unico e potente tuono di felicità, e io non posso che unirmi a loro.

«Non ci credo, papà» dice Gemma liquidandolo affettuosamente con una mano.

«Intendi il *Codice Braille*, per caso? Non sono palline, papà, sono punti» spiega Perla ridendo. «Ad ogni modo, non ancora. Quello fa parte degli step avanzati. Oggi Sabrina e Daria ci hanno insegnato il Metodo dell'Orologio».

«Di che si tratta?» domanda Ada. Nel frattempo, tutti e quattro si sono spostati in salotto, dove mi permetto di seguirli anche io, prestando molta attenzione al racconto di Perla.

«Dovrò immaginare la situazione di fronte a me come fosse un orologio: tutto ciò che avrò davanti sarà in una data posizione che corrisponderà a un numero sull'orologio. Da oggi dovrete indicarmi gli oggetti così, in modo che possa capire dove si trovano e possa raggiungerli, interagendo con loro il più autonomamente possibile».

«Una trovata geniale!»

«Sei diventato rosso per l'emozione, caro» dice Ada prendendo in giro il marito.

«Allora stasera mi aiuterai a mettere tavola, Perl» dice Gemma. «Io ti dico dove sono gli oggetti e come disporli, così mettiamo in pratica quello che hai imparato».

Perla annuisce, chiaramente lieta all'idea.

«Mi raccomando» aggiunge poi, «ci hanno consigliato di dire ai familiari di non spostare gli oggetti grossi, come il mobilio, perché, quando capiremo dove si trovano, sarà più facile localizzarli automaticamente ed evitarli».

Alla fine del racconto, Perla smette di parlare e fissa lo sguardo sull'unico punto del divano dove non è seduto nessuno; o almeno dove nessuno sa esserci il fantasma di un ragazzo perdutamente innamorato di lei. E per la prima volta, realizzo che quegli occhi perlati potrebbero essere ciechi *solo* sul mondo esterno ma *vedere* in realtà più di quanto non si immagini.

Perdendomi nel suo sguardo raggiante e costatando quanta forza Perla Saffi abbia sempre avuto dentro di sé, mi viene spontaneo domandarmi se mi trovo qui perché è lei ad aver bisogno del mio aiuto o se piuttosto qualcuno abbia visto in Perla l'unico modo per aiutare me ad andare avanti.

Probabili entrambe.

10. Tiberio

Traccia: *Starlight* di Jai Wolf

Accomodatomi su una panchina di Corso Italia, osservo la mia ragazza e l'azzurro perlato dei suoi occhi comparire da dietro la lente color ambra dei Ray-ban, in base a come la luce del sole le illumina il volto.

È una giornata autunnale perfettamente adatta agli standard genovesi: le foglie arancioni e gialle appese agli alberi sono scosse da una brezza sufficientemente pungente da introdurre il freddo invernale. Un cielo blu, terso e limpido come non mai, e il profumo di mare a ricolmare l'aria. In tutto questo, un prototipo perfetto e bellissimo di fanciulla, illuminata dal candore della sua pelle quasi completamente estranea ai raggi del sole, e avvolta in una cornice di capelli biondi e voluminosi.

Vorrei poterti toccare, amore mio, o anche solo sfiorarti. Vorrei averti tra le mie braccia e cullarti, tenendo il tuo capo sul mio petto, come ci piaceva fare sempre; a ritmo del mio cuore, ti addormentavi come una bambina. Darei qualsiasi cosa per rivivere anche solo uno di quegli istanti. Ma non posso fare altro che accettare di essere ormai solo un'ombra lontana, persa tra le pieghe di una dimensione per te irraggiungibile. Non so se sia peggio il non vederti e sentirti più o il vederti e parlarti senza poter vivere la mia vita con te. Ora tu, Perla Saffi, sei la mia gioia e il mio dolore più grande.

Perla respira a pieni polmoni, inalando aria fresca dalle narici, e io mi risveglio da quei pensieri che non ho più la capacità di controllare. Questa mattina presto l'ho seguita fin qui, affiancandola passo dopo passo lungo il viale alberato di via Casaregis che collega casa sua al mare. Ormai è diventata bravissima: si muove quasi del tutto con sicurezza, affidandosi al bastone bianco che Sabrina e Daria le hanno suggerito di acquistare dopo un'accurata valutazione delle sue condizioni.

Considerata l'efficacia dei tre incontri settimanali che Perla affronta con determinazione da ormai quattro settimane, i signori Saffi le permettono di muoversi da sola all'esterno, anche se, per ora, la zona interessata dallo spostamento si limita rigorosamente alla passeggiata rettilinea che conduce al mare. Niente di più, se non accompagnata.

«Dobbiamo darle la fiducia necessaria affinché anche lei torni a credere di poter essere autonoma» ha detto il signor Saffi a colazione una mattina di una settimana fa. Perla e Gemma dormivano ancora ma, incuriosito dalla conversazione tra i loro genitori, io ero andato a svolazzare dalle parti della cucina, riuscendo a carpire parte della conversazione.

Ada aveva risposto al marito annuendo. «Ma solo fino al mare. Avanti e indietro, non di più per ora. Se vuole andare da qualche altra parte, l'accompagniamo noi o chiediamo a Gemma di farlo».

«Naturalmente. Ha fatto molti progressi da quando ha cominciato la riabilitazione».

«Notevoli, considerato tutto» aveva concluso Ada.

E io non potevo che essere d'accordo con loro. Così ora siamo uno vicino all'altra, davanti a un mare così azzurro da non permettermi di distinguere l'orizzonte. Mosso da un istinto umano, evidente retaggio della mia vita passata, sposto la mia mano su quella di Perla. Lei ha un brivido che la fa tremare e, guidata da quel tocco gelido, è come se tornasse con i piedi per terra dopo un viaggio fantasioso a cui solo la sua mente aveva accesso. Solleva la mano destra stretta intorno all'iPod e con il pollice passa alla canzone successiva. Ormai, dopo due mesi di cecità, non muove nemmeno più la testa, gesto che prima la collegava inevitabilmente all'istinto di guardare ciò che accadeva intorno a lei.

Devo parlarle. Ora. Ma come?

Perla tocca ancora lo schermo e il mio sguardo viene attratto dall'iPod. Potrebbe funzionare, perché sorprendersi tanto? Ho testato a pelle che, per una occulta *legge dei fantasmi*, cellulari e vecchi telefoni sono il contatto diretto con le persone ancora in vita, un ponte tra le nostre due dimensioni. Un iPod non è poi così tanto diverso da un cellulare.

Proviamoci.

«PERLA!» la chiamo toccando il dispositivo con le dita.

Lei sobbalza vistosamente, portandosi le mani alle cuffiette. «Tiberio! Santo cielo, ma sei impazzito?!» mi rimprovera.

«Scusa, non avevo considerato il volume». Ma tra lo svolazzare dei capelli, intravedo un sorriso.

«Mi farai prendere un infarto, prima o poi. Devi trovare un modo per annunciarti».

«Fosse facile» ribatto.

Dietro le lenti la vedo alzare gli occhi al cielo, divertita. «Allora come stai, Apparizione?» domanda poi.

Mi ero quasi dimenticato di averle raccontato del mio incontro con l'altro fantasma. In effetti è passato qualche giorno da quella volta che l'ho contattata sul vecchio telefono di una delle cabine telefoniche in disuso rimaste in città. Perla aveva accompagnato Gemma a fare compere ed era rimasta ad aspettare fuori dal negozio per godersi l'aria aperta. Voi che avreste fatto? Non potevo perdere quell'occasione: così, dopo aver fatto squillare il telefono ed essere riuscito ad attirare la sua attenzione, avevo preso a spiegarle la differenza tra Apparizione e Fantasma e tutte le nuove scoperte tratte direttamente dal *Manuale del Giovane Trapassato*. Era stato affascinante, non c'è che dire, anche se con il ritorno di Gemma, Perla era stata costretta ad abbandonare la conversazione con me per dedicarsi al ciarliero riassunto sui saldi di sua sorella.

«Non ti ci mettere anche tu, dai. Tra Novellino e Apparizione, sto cominciando ad avere una crisi di identità» le rispondo.

«Hai poi scoperto come si chiama quel fantasma?»

«No» dico scuotendo il capo, «non l'ho più incontrato a dire il vero. Forse è in giro a spaventare qualcuno».

«Da quello che mi hai raccontato, mi sembra un tipo riflessivo. Peraltro mi hai detto che anche lui è una vittima del crollo, quindi forse è andato a trovare qualcuno, come fai tu con me».

Il ragionamento sembra funzionare: dopotutto pare che ognuno di noi abbia delle cose in sospeso in questo mondo, quindi potrebbe essere anche il suo caso.

«Oh, amore» riprendo, «io non vengo solo a trovarti! Quasi ti seguo ovunque... il che, in effetti, pare stalking a tutti gli effetti. Però c'è da dire che hai una grande fortuna ad avere un coinquilino come me: non mi si vede e non mi si sente».

Fortunatamente Perla non può vedermi perché mi sono fatto ridere da solo. Lei, invece, volta lo sguardo verso la direzione in cui immagina che sia seduto io e vedo i suoi zigomi sollevarsi.

«Spero non proprio *ovunque*. Comunque, a parte gli scherzi, so che sei qui». Porta indietro i capelli con le dita, prima di spiegarsi meglio: «Da quando mi hai telefonato la prima volta, ho cominciato a percepire le cose intorno a me in modo diverso».

«Cosa intendi?»

«Penso che perdere la vista non abbia solo acuito i miei altri sensi, ma è come se li avesse potenziati concretamente, e me ne sono accorta solo quando ho risentito la tua voce».

«Insomma, saresti una specie di... *Avenger*?»

Perla scoppia a ridere. «Prendimi sul serio per una volta! Non parlo di poteri magici, parlo di sensibilità. Credo di percepire la tua presenza, anche quando non parliamo attraverso i telefoni o gli iPod...» dice sollevando il dispositivo. Poi corruccia la fronte. «Un momento, mi stai parlando dall'iPod? Sul serio?»

«Non che avessi molte alternative, Perlina mia».

«Sei piuttosto geniale» commenta deliziata dalla mia idea.

«Te ne sei accorta in tempo».

Ripenso per un secondo a quello che ha detto l'altra Apparizione su come le persone ci percepiscono in modi differenti, in base alla sensibilità di ognuno. Direi che Perla è tra quelli che ci riescono di più.

Però, possibile che ogni secondo che passa, sia sempre più bella di quella sera? Pensavo che quell'atmosfera notturna, la luce della candela, il tramonto, la rendessero una dea in carne e ossa, ma è troppo facile accorgersi di quanto lo sia anche senza tutto questo. Anche se è una dea che soffre il mal di mare.

«Ti ricordi di quel venticinque luglio?» domando dopo qualche secondo di silenzio. Era inevitabile che il ricordo riaffiorasse, perché proprio in questo momento un paio di vecchi pescatori, usciti in mare per diletto, si stanno avvicinando alla riva a bordo del loro gozzo.

«Ti prego» risponde lei portandosi una mano sul volto, «non farmi ricordare di quella sera. Penso che sia stata una delle più imbarazzanti della mia intera esistenza».

«Non dire così: hai ancora tanto tempo per altre figure imbarazzanti».

So per certo che, se fossi stato meno spettrale, Perla avrebbe provato a colpirmi con un buffetto sulla spalla. Lo scatto del suo braccio dopo la mia ultima affermazione, almeno, mi ha ricordato quando era solita farlo tempo fa.

***

25 luglio 2015

«Hai intenzione di scriverle o continuerai a fissare quel telefono senza fare nulla?» Flavio entra in camera mia senza bussare.

«Prego, entra pure» rispondo non prestandolo di uno sguardo.

«Grazie. Allora, per quanto ancora aspetterai?» Mentre parla, posa sulla mia scrivania un cd musicale che gli avevo prestato e poi si accomoda a braccia conserte sul bracciolo della mia sedia. Io sbuffo lanciando gli occhi al cielo e porto una braccio dietro la testa.

«Non potrei nemmeno volendo» gli spiego, «non ho il suo numero. Lei ha il mio».

Mio fratello si gratta la barba e si sistema gli occhiali, invogliandomi a imitarlo. «Questa è bella. Mi vuoi dire che le hai lasciato il controllo dell'intera faccenda?»

«Credimi, avresti fatto lo stesso».

Quegli occhi, quei capelli, quella grinta! Come resisterle? Mi avesse chiesto di buttarmi da una finestra, lo avrei fatto senza pensarci.

«Ti ha proprio preso all'amo» continua Flavio senza esitazione. «Da quanto la stai aspettando?»

«Sono otto giorni oggi. Ma a te cosa importa?»

«Non dovrebbe? Stai chiuso qua dentro con aria sognante, quando in genere studi fino a tardi tutte le sere. Mangi poco e sei distratto; e a dirla tutta è la mamma che vuole sapere che diamine ti sta succedendo».

«Ah, grazie per la tua considerazione» esclamo mettendomi a sedere.

«Che c'è? Io so perfettamente cos'hai e ho anche provato a spiegarglielo, ma lei non mi ascolta: vorrebbe che ti autodiagnosticassi qualche specie di attacco depressivo da studio universitario».

«Ma *cose ti dixi*?! *T'ei nesciu, mia*?[16] Io non sono affatto depresso. Sono solo...»

«Innamorato perso» completa lui, senza darmi tempo di metabolizzare la direzione in cui ci stiamo dirigendo con questa conversazione.

Non oso controbattere perché, per quanto io possa provare a negarlo, la verità è che ha ragione. Da quella sera al pub non riesco a pensare ad altro che non sia Perla Saffi. Ho già creato il suo contatto in rubrica, in attesa di ricevere da lei l'unica cosa che renderebbe quello spazio in memoria davvero ben speso. Ma niente. Dopo otto giorni, non ho ricevuto notizia; e il fatto che io mi sia totalmente rimesso alla sua buona fede, mi impedisce di cercarla in qualsiasi

---

[16] *Ma cosa stai dicendo?! Che sei scemo?*, in genovese.

altro modo che non rispetti la sua volontà. Ma sto impazzendo ed è sempre più difficile nasconderlo.

«Mi scriverà?» domando quasi sussurrando. Vorrei evitare di dare a mio fratello un motivo per prendermi in giro, dato che non potrei ricambiarlo con la stessa moneta in merito alla sua stabile relazione con Antonella. Loro due convivono da due anni e sono una coppia irritantemente perfetta.

«Ci sono due possibilità, a dirla tutta» esordisce lui prendendo a fissare intensamente il soffitto. La suspense è il suo forte ma non è proprio il momento adatto, così lo esorto con le braccia a proseguire velocemente.

«La prima è che si sia completamente dimenticata di te e, in questo caso, è giunto il momento di andare oltre».

«Confido in una seconda opzione più felice» asserisco speranzoso.

«Per la seconda, devi considerare quanto elaborata sia la mente di una donna. Il cervello femminile funziona a gravità inversa e i poli sono tutti rovesciati. Quindi ciò che per te è un lungo periodo di agonia, per lei potrebbe essere una grande vittoria».

Mi sistemo ancora gli occhiali, solo per impedirmi di saltargli alla gola. «Ti spiace essere più chiaro?»

«Immagina una linea temporale: nei tre giorni successivi al vostro primo incontro lei non ti ha scritto perché credeva fosse troppo presto, mi segui?»

Annuisco con il capo nella speranza di non perdermi lungo il percorso.

«Bene. Il quarto giorno ha preso il cellulare in mano, con l'intenzione di farsi viva, ma... hai detto che ha una sorella, vero?»

«Ho detto che *credo* abbia una sorella. Quella sera c'era un'altra ragazza che le assomigliava molto, ma non sono sicuro...»

«Non ha importanza, che sia la sorella o la madre, una seconda figura femminile l'avrà sicuramente fatta desistere dallo scriverti a soli quattro giorni di distanza».

«Ma perché?»

«Perché se lo avesse fatto, sarebbe sembrata disperata, cosa che nessuna ragazza vuole essere».

Mi passo le mani sul volto più volte, cercando di stare al passo. «Quindi il quinto giorno sarebbe stato quello perfetto, giusto?»

«Sbagliato» riprende Flavio ammonendomi con lo sguardo. «Il quinto e il sesto giorno sono il completamento di una settimana di silenzio, dimostrazione femminile del fatto che la sua vita va avanti comunque, con o senza di te».

Sbatto le palpebre perplesso e mentalmente annoto tutto quanto sulla mia linea del tempo immaginaria: una piccola Perla in versione cartone animato traccia con un pennarello delle grosse "X" rosse sulle caselle di un calendario e mi fa la linguaccia ad ogni giorno passato senza contattarmi. Liquido quella visione inquietante con una mano e torno ad ascoltare l'esperto.

«Il settimo giorno si riposa chiunque, come ben sappiamo; quindi è off-limits per definizione».

«E l'ottavo?» Ora sono a gambe incrociate sul letto, come un bambino delle elementari, e aspetto il verdetto del giudice sul possibile compimento dei miei desideri.

«Non ci sono ancora arrivato».

«Cosa?»

Flavio si gratta la barba incerto e poi riprende: «I miei studi sulla mentalità femminile non sono andati oltre il settimo giorno. Ma penso che a questo punto della linea temporale, la ragazza non abbia più scuse per tirarsi indietro».

«Quindi o lo fa adesso o mai più».

«Ottimo riassunto».

«Ci spereresti?»

Flavio si avvicina alla porta di camera mia e, prima di uscire, risponde: «Comincia a pensarci da domani. Per ora siete ancora in tempo».

Inutile dire che le tre ore successive alla lezione di mio fratello le passo steso sul letto, catatonico in volto e con le mani sigillate intorno al cellulare. Mia madre passa a dare un'occhiata alla mia situazione mentale un paio di volte, ma non riesco a regalarle niente di più di un mormorio indistinto. Ormai ho deciso: se questo deve essere il giorno in cui le mie speranze si infrangeranno come un'onda sugli scogli, voglio che sia il più melodrammatico possibile. Dopotutto non mi era mai successo di prendermi una sbandata come questa e merito il mio spazio per riprendermi dallo shock improvviso dell'incontro e del successivo quanto fulmineo fallimento.

«Ancora niente?» domanda Flavio poco prima di cena.

Scuoto il capo.

«Mi dispiace, fratello. Beh, io sto tornando a casa da Antonella. Aggiornami se ci sono novità, mi raccomando».

E ancora una volta, quella porta si chiude alle spalle di qualcuno che non sono io.

Poco più tardi mi siedo a tavola, guidato dall'istinto di sopravvivenza più che dalla voglia di mangiare, e prendo a smozzicare un po' di polpettone di fagiolini, deglutendo senza alcuna passione. Sento gli sguardi di mio padre e di mia madre attraversarmi come due lame.

«Chi hai pestato, *Tìbe*?» domanda mio padre dopo che la mamma ha servito il secondo.

Lo guardo con aria interrogativa. «Che intendi?»

«Ti è appena arrivato un messaggio da qualcuno che lamenta un livido in faccia». Poi alza le mani in segno di resa e aggiunge: «Non volevo sbirciare, mi dispiace. Credevo fosse il mio cellulare».

«Via i telefoni dal tavolo» sbotta mamma, ammonendoci entrambi con lo sguardo.

Ma io non la sento: il salto di una molla sarebbe stato meno energico di quello che faccio io sulla sedia, con il risultato che mio padre quasi si strozza per la sorpresa di vedermi volare da una parte all'altra della stanza con tanta rapidità. In effetti, i due cellulari, praticamente identici, erano uno a fianco all'altro, vicino al braccio di mio padre, dal lato opposto del tavolo.

Numero sconosciuto:
Fra tre minuti esatti il livido sullo zigomo sparirà completamente.
Questo è il tempo che ti rimane per indovinare chi sono :)

Nicola non mi contatterebbe mai per recriminare su qualcosa che sa perfettamente essere unicamente colpa sua, e comunque ho il suo numero in memoria. Quindi rimane solo una persona. Senza degnare i miei genitori di una spiegazione, prendo a digitare in fretta il messaggio di risposta.

Io:
Sarei il ragazzo più fortunato al mondo, se si trattasse della bellissima Perla Saffi.

A questo punto che senso ha dormire, se il tuo desiderio più grande si è avverato oltre qualsiasi previsione? Identificata Perla come il mittente del messaggio anonimo, nemmeno Flavio ha più potuto dire una parola, se non per affermare di non essere sempre così sicuro su che *pesci pigliare* quando c'è di mezzo una donna.

«L'avevo data per spacciata ormai» ammette. «Prenderò nota dell'accaduto».

Preso dalla foga di programmare l'avvenire, quasi gli attacco il telefono in faccia.

Così, nel weekend di questa stessa settimana, mi ritrovo finalmente a vivere il giorno del nostro primo appuntamento. Lieto che Perla abbia avuto pietà delle mie sofferenze accettando immediatamente il mio invito a uscire, mi appresto a chiudere l'ultimo bottone della camicia azzurra.

«Questa o questa?» domanda la mamma infilando la testa in camera mia e mostrandomi due modelli di cravatta. «Tuo padre dice che ne puoi prendere una delle sue, se non ti piacciono queste».

«Nessuna. Grazie mamma, ma sarebbe eccessivo».

«Beh, alle ragazze piacciono i tipi eleganti».

«Eleganti, non pazzi» le fa eco Flavio da dietro le spalle, ridendosela alla grande. Ho chiamato mio fratello per farmi aiutare con una piccola questione tecnica, necessaria affinché tutto sia perfetto.

«Quello che ho organizzato non richiede formalità estreme» spiego perentorio per porre fine a quello che chiaramente è diventato un caso di stato.

«A proposito, *che ti t'adesci*[17]. Non ho tutto il pomeriggio» mi intima Flavio con una borsa verde in braccio, riuscito finalmente a far desistere mia madre dal conciarmi come un damerino.

Mi infilo la giacca, prendo le chiavi della macchina e lo seguo fuori casa. A piedi costeggiamo la spiaggetta di pietre

---

[17] *Datti una mossa*, in genovese.

grigie sulla quale si affacciano le tipiche abitazioni a tinte pastello di Boccadasse. È più forte di me il buttare un occhio sulla folla ammassata davanti alla gelateria *Amedeo* e mi sale una certa acquolina in bocca. Ma Flavio accelera il passo e arriviamo alla rimessa dei *gozzi*, le vecchie barche dei pescatori. Uno di loro sta pescando dagli scogli e ci saluta in dialetto stretto.

«Dov'è?» domanda Flavio, qualche passo avanti a me.

Gli indico un punto poco distante da dove ci troviamo, mirando a un gozzo di legno dipinto di bianco con una grossa fascia azzurra che lo percorre orizzontalmente. «Al mio via».

Ci posizioniamo ai due capi dell'imbarcazione di legno e la conduciamo lungo il percorso predisposto per facilitare l'arrivo della barca in acqua, facendola scorrere sugli appositi parati.

«Reggerà, sì?» domando incerto, con gli occhi puntati sulla vernice scrostata e su quel legno scuro, così antiquato rispetto al vetroresina delle versioni moderne.

Flavio soffia una risata divertita. «Reggerà, reggerà. Papà lo scelse bene a suo tempo. Doveva sorreggere il real deretano della sua ape regina».

«La mamma lo sa che la chiami così?»

«Non lo saprà mai» ribatte facendomi l'occhiolino.

«Non certo da me, se mi aiuti a preparare tutto a bordo nel frattempo che vado a prendere Perla». Guardo l'orologio: sono le sette e mezzo, il che vuol dire che ho esattamente trenta minuti per fare un'ultima cosa e poi raggiungerla all'indirizzo che mi ha dato per telefono.

«Va' a prendere la tua bella» dice mio fratello salendo a bordo del gozzo e posando la borsa verde sul fondo. «Controllerò l'*Adele* fino al tuo ritorno».

«Ti ringrazio, ma vedi di non farti trovare qui quando arriviamo» dico sorridendo. Gli stringo la mano, ancora riconoscente per il suo aiuto, e corro su per la salita di via Aurora. Supero la chiesa di Sant'Antonio e mi fiondo in macchina, dimenticandomi di aprirla prima.

«Che *belina*[18]» mi redarguisco dopo essermi stampato contro lo sportello sigillato.

Mi bastano cinque minuti per raggiungere il fioraio più vicino e comprare una rosa bianca.

«Me la potrebbe infiocchettare per bene?» domando alla fioraia. Quella sorride ammiccando alla mia camicia e mi accontenta adornandola con tre nastri di diverso colore e una coccinella di legno a bloccare il bigliettino da visita.

«In bocca al lupo» mi dice prima di consegnarmi il fiore.

Ok, ci siamo. Foce, sto arrivando.

Una volta trovato un parcheggio a dir poco miracoloso, osservo le lancette del mio orologio altalenarsi tra una corsa troppo veloce e un brusco rallentamento, in base a come mi batte il cuore. Per non parlare del fatto che è proprio il mio cuore a interrompere all'improvviso la sua attività nel momento in cui compare *lei*. Bella più di quanto avrei mai potuto ricordare, Perla deve bussare tre volte al finestrino prima che mi decida finalmente a scendere dalla macchina.

«Ciao» le dico incantato. Dopodiché le porgo la rosa che fino a quel momento avevo nascosto dietro la schiena.

«Ti eri addormentato?» domanda divertita, mentre infila il naso tra i petali bianchi, annusandone rapita il profumo.

«Scherzi? Non mi ero accorto che eri già arrivata» mento spudoratamente. «Sei in anticipo».

«Come te, del resto».

Le apro la portiera e faccio un piccolo inchino invitandola a salire a bordo. Lei raccoglie il vestito a fiori azzurri e si sistema una ciocca di capelli biondi.

---

[18] *Che scemo*, in genovese.

«È davvero bella» dice poco dopo essere partiti. Con la coda dell'occhio la vedo accarezzare il fiore con le dita. «Non dovevi».

Volto per un secondo lo sguardo e sorrido.

Ti avrei dovuto portare un giardino intero, penso. Ma decido che forse è meglio tacere prima di dire qualcosa di molto stupido.

«Dunque, dunque» riprende poi allegramente, «dove mi porti?»

«Boccadasse» rispondo voltando a sinistra. «Ma non sei autorizzata a saperne di più».

«Io più di tutti dovrei avere questo privilegio!» esclama falsamente offesa.

«Solo nel caso avessi in mente di denunciarmi per rapimento; ma vorrei prima sapere se ciò che ho preparato sortirà l'effetto sperato».

«Poi potrò denunciarti?»

«Naturalmente. Comunque un po' di mistero me lo devi, dato che ci hai messo più di una settimana prima di farti sentire».

Lei distoglie lo sguardo sospirando, anche se non riesce a nascondere il sorriso che le compare sulle labbra. «La verità?»

«Sempre e solo» rispondo incuriosito.

«Io volevo già scriverti circa quattro giorni dopo il nostro incontro al pub, solo che mia madre mi ha consigliato di aspettare ancora un po', sai, per non apparire…»

Disperata, completo io mentalmente ricordando le parole di Flavio.

«… Disperata, ecco» conferma lei. «Così mi ero riproposta di scriverti il quinto giorno, ma era in prossimità del fine settimana e sarebbe sembrato strano. Il settimo giorno, poi, è di regola il riposo e l'ottavo…»

«Era quello buono».

«Precisamente» dice ridendo. Poi mi scuote dolcemente una spalla, dicendo: «Non ti preoccupare, sono oscuri ragionamenti da donna: è normale che tu non li capisca».

Io no, ma credo proprio che mio fratello vi abbia inquadrate alla grande a voi femmine!

Giungiamo a destinazione che il sole non è ancora tramontato, anche se il cielo comincia a tingersi di rossi e aranci intensi, come se un pittore impazzito avesse gettato a casaccio secchi di vernice sulla tela.

«*Madamoiselle*» dico porgendole la mano per aiutarla a scendere dalla macchina. Sempre ancorata al suo fiore, Perla schiude le labbra davanti all'incantevole effetto che le luci della sera hanno sulle casette colorate del mio quartiere. «Da questa parte».

Proprio mentre faccio strada verso il gozzo, intravedo Flavio allontanarsi dalla barca con in mano il borsone verde, ormai vuoto. Passandomi accanto mi fa l'occhiolino e poi sparisce silenzioso alle nostre spalle, tanto che non sono sicuro che Perla si sia accorta della sua presenza.

L'*Adele* è pronta, esattamente come me la sono immaginata per giorni.

«Oh...» si lascia scappare lei, intuendo la nostra prossima fermata. «Hai organizzato una cena in barca?»

Ammetto di essere spaventato dal tono di voce con cui lo dice: è piacevolmente colpita ma anche un po' preoccupata.

«Possiamo andare da un'altra parte, se preferisci».

«Non dirlo nemmeno per scherzo» ribatte interrompendomi. «È tutto perfetto, davvero».

Salgo a bordo per primo, permettendole di appoggiarsi a me per seguirmi. Flavio ha seguito esattamente tutte le mie istruzioni: ha apparecchiato con la tovaglia a quadri rossi e bianchi sottratta al terzo cassetto della cucina, posizionando tra due bicchieri la riproduzione di una lampada antica al cui interno ha acceso una candelina. Su un lato del piccolo tavolino improvvisato con ciò che la struttura del gozzo ci offre, ha posizionato il cestino da picnic.

«Mi domando come hai fatto a venirmi a prendere e contemporaneamente a organizzare tutto questo».

«Ebbene sì, l'ubiquità è uno dei miei innumerevoli poteri» faccio compiaciuto. «Ma un vero mago, come saprai, non rivela mai i suoi trucchi».

Lei sorride, distogliendo lo sguardo, e io ne approfitto per impugnare i remi.

«Fai davvero sul serio» esclama ancorandosi saldamente con le mani al banco dove è seduta.

Annuisco e osservo la spiaggia allontanarsi. Giunti a una distanza accettabile per garantirci quel minimo di privacy dagli occhi indiscreti degli abitanti affacciati alla finestra per godersi il tramonto, butto l'ancora fuori bordo e do il via a una nuova conversazione: «Quindi, cintura nera, eh?»

Sì, ammetto che qualche volta penso ancora a quel gancio destro che Perla ha tirato a Nicola nel locale e non posso fare a meno di sorridere.

«Ebbene sì, l'autodifesa è uno dei miei innumerevoli poteri» asserisce imitandomi. «Da piccolina ero... come dire? Paffuta» spiega gonfiando le labbra e allargando le mani vicino al volto. «Questo rendeva molto evidente la mia cicatrice sulla guancia destra e i bambini sanno essere cattivi quando vogliono».

«Ti prendevano in giro?» domando incredulo. Non riesco a immaginarmi una piccola Perla paffuta.

«Alcuni. Così un giorno i miei genitori mi dissero che era giunto il momento di credere in me stessa».

Verso da bere a Perla, tirando fuori dal cestino una borraccia trasparente piena di succo d'arancia rossa.

«Insomma ti hanno fornito l'arma di cui avevi bisogno».

Perla scuote il capo e beve un sorso. «Mi hanno dato la consapevolezza di possedere un'arma. Scegliere di usarla sarebbe dipeso unicamente dalla situazione e, con il tempo, ho imparato a distinguere una battaglia necessaria da una inutile».

«Fammi indovinare, nessun bambino ti ha più dato fastidio?»

«Nemmeno uno. Però ho cominciato ad avere tantissimi amici» risponde ridendo.

A questo punto tiro fuori dal cestino i tramezzini. «Tonno e pomodoro o prosciutto cotto e formaggio?»

«Mhh... prosciutto». Si inumidisce le labbra e poi aggiunge: «Mi dispiace averti dato tanto lavoro».

«Figurati, è stato un vero piacere, credimi». Metto *in tavola* un paio di *slerfe de fügassa zeneize*[19]. «Quindi, Nicola era una battaglia necessaria?»

Perla ride. «Ci sono concessioni che una donna non può fare. Si trattava di determinare un momento che altrimenti avrebbe determinato me; e il tuo amico aveva bisogno di rivedere le sue priorità».

«Molti uomini meriterebbero di prenderle da una donna, ogni tanto».

«Parole tue» dice mandando giù un altro boccone, divertita.

Nel frattempo il sole comincia ad abbassarsi fin quasi a sparire e ci fermiamo un secondo ad ammirarlo mentre si tuffa in mare.

«Sembra quasi di poterlo toccare». Perla alza il pollice e lo punta contro il sole, proteggendosi gli occhi dalla luce

---

[19] *Fette di focaccia genovese,* in genovese. La 'slerfa' è una delle unità di misura genovesi corrispondente a 1/8 di leccarda, cioè circa 150/200 g di focaccia.

accecante con l'altra mano. «Non avevo mai visto il tramonto dall'acqua».

«Davvero?»

«Non... non c'è stata mai l'occasione» spiega sottovoce. «E poi mia sorella soffre il mare. Se non è piatto come una tavola, non riesce a resistere, nemmeno con un leggero ondeggiare».

«A-ha» faccio all'improvviso, «sapevo che avevi una sorella. Era la biondina del locale, quella che è uscita con te, giusto?»

«Sì, Gemma. Non passa certo inosservata» risponde annuendo distratta. Dopodiché il suo occhio cade su qualcosa all'interno del cestino. «Ma cosa abbiamo lì? Non dirmi che è insalata russa!»

«Esattamente, pronta per l'uso. Ammetto a malincuore che per questa ho dovuto chiedere una mano all'esperta ma, se fai finta che sia io il cuoco di tutto, garantisco per il dolce».

Non mi risponde subito, ma aspetta di aver deglutito per intero il boccone di uovo, tonno e maionese. «Ottima! Complimenti davvero, *chef* Ferrari».

Le faccio l'occhiolino, sistemandomi gli occhiali. «A parte tutto, mia madre è molto brava in cucina e io volevo far bella figura».

«Adele Ferrari?» domanda, cogliendomi di sorpresa. Notando la mia espressione confusa, aggiunge: «La barca. Ho visto il nome dipinto sopra prima di salire. *Adele*».

Che idiota. Pensavo seriamente che conoscesse mia madre?

«Ah, sì. Mio padre gliela regalò per il compleanno. Si erano conosciuti a bordo di un gozzo, quando un vecchio marinaio decise di portare alcuni ragazzi della zona a pesca con lui; così papà pensò che il modo migliore per coronare il loro sogno d'amore sarebbe stato averne uno tutto loro».

«Ora capisco la vena romantica» afferma indicando il banchetto.

Tento di distogliere il mio sguardo dalle sue guance rosse, ma come potrei? Brilla come fosse una stella a illuminarla, una di quelle che stanno comparendo adesso nel cielo piano piano. Una brezza accennata si alza dal mare e la barca comincia a oscillare dolcemente a ritmo di piccole onde superficiali.

«Dolce?» chiedo, tirando fuori dal cestino una crostata di frutta. Tempo di abbassare lo sguardo per recuperare alcuni cioccolatini finiti sul fondo, che Perla diventa verde e si porta le mani allo stomaco. «Ehi, tutto bene?»

Mollo tutto sul tavolo e faccio per raggiungerla, ma lei mi blocca con una mano, respirando a fondo.

«Sto… bene, ma non ti muovere. La barca… oscilla… tanto…»

Strano che non ci sia arrivato prima.

«Sei sicura che sia tua sorella a soffrire il mal di mare?»

Perla sorride imbarazzata. «Potrei aver confuso i ruoli delle sorelle Saffi».

«Perla, se mi permetti di prendere i remi, ti riporto subito a terra». Ma anche solo il gesto di allungare un braccio fa muovere consistentemente la barca e la ragazza allarga gli occhi allarmata, gonfiando le guance come un pesce palla. «È… troppo… tardi» ansima.

Penso che l'unico modo per farla stare meglio sia distrarla, così provo a dire: «Però, è curioso che una genovese soffra il mal di mare».

Lei mi tira un'occhiataccia. «Curioso sarebbe… se da genovese, non… non sapessi come gestire la… situazione».

Il più lentamente possibile si sfila le ballerine e si lega i capelli con un laccio improvvisato. «Scusami» dice prima di mettere un piede sul bordo della barca per tuffarsi in acqua.

Tanto non me lo aspettavo, che quasi rimango senza fiato nel vederla in mare, e per un secondo rimango paralizzato da quello che è successo.

«Tutto bene?!»

Ok, ora sono combattuto se seguirla oppure no. Peggio di così il nostro appuntamento non sarebbe potuto andare!

«Tranquillo» dice Perla riaffiorando a pelo d'acqua e aggrappandosi con una mano alla barca. «Resta lì. Sei stato sufficientemente galante per stasera: ti risparmierò il bagno notturno».

«Lo farei volentieri».

«Non ho dubbi» replica cominciando a galleggiare *a stellina*, «ma avrò bisogno di qualcuno che mi riporti a bordo, quando mi sarà passata la nausea».

La guardo sconvolto e poso la mia mano su quella con cui lei stringe il legno del gozzo, tenendosi ancorata.

«Su, andiamo» dice divertita giocando con un po' d'acqua, «tutti i veri marinai sanno che l'unico modo per sfuggire al mal di mare è... stare in mare».

«*Touchè*».

Continuiamo a tenerci per mano ancora per qualche minuto, almeno fin quando il suo colorito non sfuma dal verde al rosa pallido. «Va meglio?»

«Sì».

Poi punta un dito per aria e, mentre le goccioline d'acqua le percorrono il braccio dall'alto verso il basso, dice: «Le stelle viste dal mare sono davvero più luminose».

Così rimaniamo a guardare quei puntini distanti, così affascinanti, mano nella mano, molto lontani dal tipo di romanticismo che avevo previsto per questa serata, ma pur sempre legati da qualcosa di indiscutibilmente magico.

«L'acqua è di nuovo calma. Direi di approfittarne per rientrare».

Isso Perla a bordo, tenendola saldamente per un braccio, e poi l'avvolgo nella coperta che avevo detto a Flavio di portare in barca.

«Guardare le stelle era nei miei piani» spiego sedendomi vicino a lei e muovendo le braccia su e giù per scaldarla. «Anche se avevo previsto di farlo in maniera più tradizionale, tipo dalla spiaggia, per dirne una».

«*Pff*» risponde lei, «non mi sono mai piaciute le cose normali. È proprio per questo che hai guadagnato punti con la cena in barca».

«Certo, prima di scoprire che sarebbe stata la tua condanna. Perché non me lo hai detto subito?»

Si discosta da me scettica, per guardarmi dritto negli occhi. «Come avrei potuto? Era tutto perfetto e volevo godermi una serata bella come questa. Quindi no, non te lo avrei mai detto. E poi, se non si fosse alzato un po' il vento, non te ne saresti nemmeno accorto».

Chiude gli occhi e, sorridendo appena, poggia il capo sulla mia spalla.

«Mi dispiace, sul serio. Tecnicamente non era previsto che ti sentissi male al nostro primo appuntamento» dico ancora una volta raggiunto il portone di casa sua. Di certo, speravo che finisse meglio questa serata e non che dovessi riaccompagnare a casa un pulcino bagnato. Per fortuna il caldo estivo ha contribuito a limitare i possibili danni».

«Finiscila» mi rimprovera bonariamente, «è successo, e non negherò che sia stato… perfino divertente».

«Dici così ora, ma chi mi assicura che arrivata a casa non mi depennerai dalla lista?»

Perla sbuffa divertita e si avvicina; si alza sulla punta dei piedi, anche se non ne avrebbe bisogno, e mi lascia un bacio sulla guancia.

«Dovrò pur ridarti questa, no?» dice indicando la coperta che ancora l'avvolge.

«Vale come assicurazione per un prossimo appuntamento?»

Lei ride. «Buonanotte, Tiberio, e grazie».

«'Notte, Perla».

***

«Beh, possiamo appurare che da quel momento nessun altro è stato in grado di mostrarti le stelle come ho fatto io, non ti pare?» domando come voce nelle cuffiette di Perla. Lei alza il capo meccanicamente, come se si fosse persa nei ricordi, e una piccola lacrima trasparente le solca il viso.

«Nessuno ci riuscirebbe nemmeno volendo» asserisce con voce malinconica.

Per qualche secondo non so se si riferisca al fatto che nessuno combinerebbe mai un disastro come ho fatto io quella sera, organizzando una cena in barca per una persona che soffre il mal di mare, oppure al fatto che è cieca e non le è più permesso vedere assolutamente nulla, tantomeno le stelle.

«Diventi ogni giorno più bella» dico allora, sperando di deviare la conversazione su un terreno più fertile.

«Non devi adularmi, sai?» Si asciuga la lacrima e torna a sorridere. «Sono già la tua ragazza».

«E penso che non ci sia nessuno al mondo più fortunato di me. Ti amo da impazzire, Perla».

«Da qui alle stelle e ritorno» risponde.

11. Emanuele

Tiro su la saracinesca del negozio di Liliana così forte da svegliare mezzo quartiere con quell'assordante rumore di ferraglia. Ho i nervi di traverso dopo che, per l'ennesima volta, ho passato una serata con Gemma ripromettendomi di dirle quello che provo e tornando a casa a mani talmente vuote da farmi pena da solo. Mia nonna direbbe: *"Quanta gioventù sprecata, ragazzo. A ventotto anni tuo nonno e io avevamo già due figli!"*. La cosa grave è che avrebbe perfettamente ragione, ma la cosa ancora più grave è che io ne sono perfettamente consapevole; eppure sono ancora qui a lamentarmi delle mie pessime decisioni.

Mentre inserisco la chiave nella toppa per aprire il negozio, mi ritrovo a pensare alle ragazze che ho frequentato negli anni, nel disperato tentativo di levarmi la bionda Saffi dalla testa. In un paio di casi ho anche pensato di essermi finalmente innamorato: con Giorgia, ad esempio, sentii qualcosa di strano allo stomaco e per giorni fui certo di aver finalmente trovato ciò che cercavo. Ma bastava rivedere Gemma Saffi anche solo di sfuggita, che improvvisamente i capelli corvini di Giorgia mutavano in biondo oro e nei suoi occhi non vedevo più quella che ufficialmente era la mia ragazza. Fingere non avrebbe avuto senso e Giorgia è una brava persona, meritevole di molto più di quello che le avrei potuto offrire io; per questo mi ritrovai a lasciare lei così come le due ragazze successive.

Prendo uno straccio e il prodotto per la polvere nel retrobottega e passo una mano sul bancone di cassa, cercando una qualunque piccola distrazione, infinitesimale come quel granellino di polvere che non vuole proprio saperne di andarsene.

I miei amici fanno i gradassi vissuti e tronfiamente pieni di un'esperienza in fatto di donne che si vantano di possedere anche se, a conti fatti, sono tutti infelicemente single o incastrati con ragazze di cui non vorrebbero più saperne nulla.

Osservo i movimenti lenti di una cliente mattiniera che, dopo aver accennato a un saluto tirato, comincia a gironzolare tra gli occhiali in esposizione. Ticchetto con una penna sul bancone sbuffando nervoso e comincio a lanciare occhiate all'orologio di plastica bianco.

«Grazie» sussurra la donna avvinghiandosi alla maniglia della borsa, «buona giornata».

«Altrettanto» rispondo con il sorriso più falso che abbia mai indossato. Non appena mi volta le spalle torno a fissare la finestra davanti a me, immusonito.

La lancetta dell'ora fa due giri prima che un'altra cliente faccia il suo ingresso in negozio. Nel frattempo mi sento invecchiato di quarant'anni e vedo una mia versione con le rughe e i capelli grigi che osserva una Gemma ancora giovane e bellissima entrare nel negozio e sorridermi. Indossa una maglietta bordeaux a maniche lunghe che le mette elegantemente in risalto le forme ed è esattamente una visione, anche se... porta dei Ray-ban a nasconderle gli occhi, seppur fuori sia talmente nuvoloso da far pensare che il sole non sia ancora spuntato, e tiene in mano un bastone bianco che sposta da destra a sinistra sondando il terreno intorno a lei.

Perla.

Mi sollevo dai gomiti stupito, risvegliandomi dalla mia visione, e le sorrido, ricordandomi solo dopo che la ragazza non può vedermi. Da quando è venuta a cambiare gli occhiali che la sorella le aveva regalato, non ho più avuto modo di incontrarla, anche se mi sono sempre tenuto informato sulle sue condizioni di salute tramite Gemma. Mi sembra che stia molto meglio e noto un grande miglioramento anche nel modo di muoversi, cosa che ora peraltro riesce a fare autonomamente. Evidentemente quel corso di riabilitazione che ha cominciato un mese e mezzo fa sta dando i suoi frutti.

Mi avvicino a lei e le prendo delicatamente un braccio.

«Emanuele?» domanda sotto voce.

«Sì. Ciao, Perla, è un piacere averti di nuovo qui».

Ha la pelle così chiara da fare invidia a un fantasma, eppure si intona benissimo a una ragazza sopravvissuta, non tanto alla morte quanto alla vita che si è trovata ad affrontare dopo.

«Hai da fare? Ci sono clienti?» domanda in un sussurro.

«No, *nun ghé nisciun*[20]. Dire che oggi è tranquillo è un eufemismo» rispondo ironico. «Come posso aiutarti?»

«Mi chiedevo se fossi disposto a farmi una favore».

«Più che volentieri. Siamo entrambi ingegneri, quindi sai che quando c'è da usare il cervello mi trovi sempre in prima fila» rispondo sinceramente interessato. A prescindere dal fatto che farei qualsiasi cosa per la sorella della mia dolce Gemma, pur di conquistare qualche punto a favore con lei, voglio bene anche a Perla e quello che le è successo mi ha colpito più di quanto potessi immaginare. Farei qualsiasi cosa per lei comunque. «Spara, di che si tratta?»

Perla tasta con una mano il bancone a cui nel frattempo si è avvicinata, poi fa scattare il bastone ripiegandolo e lo poggia sul vetro espositivo. La vedo armeggiare con lo zainetto che porta sulle spalle, tirandone fuori un foglio arrotolato come una pergamena.

---

[20] *Non c'è nessuno*, in genovese.

«Vorrei che presentassi il tuo Portapenne Elettronico a questa fiera» spiega consegnandomelo.

Lo dispiego davanti ai miei occhi e leggo ad alta voce: «*C1A0 EXPO 2018: Fiera Internazionale dedicata all'Intelligenza Artificiale*». Interrompo un attimo la lettura e fisso la ragazza davanti a me.

«Va avanti» mi sprona lei.

«*Dopo la caduta del ponte Morandi c'è bisogno di guardare al futuro, anche e soprattutto con lo scopo di annoverare Genova tra le capitali dell'intelligenza artificiale e della robotica*».

Sinceramente non mi aspettavo che il favore per Perla potesse riguardare me in prima persona. Forse per questo rimango spiazzato per qualche secondo, senza dire una parola.

«Mi è arrivata una mail pubblicitaria con questo annuncio» spiega. «Devi assolutamente presentare la tua invenzione. Non conosco nessuno che lo meriti più di te».

«Io n-non lo so, Perl» dico grattandomi il collo.

«Promettimi che parteciperai» mi supplica, prendendomi una mano. «Per favore».

Guardo il suo viso nascosto dagli occhiali e intravedo un tenue segno di quelle che sono le sue cicatrici. Forse ha ragione lei: devo decidermi a mettere in campo le mie idee, se voglio davvero che qualcuno mi prenda in considerazione, e questa potrebbe essere una buona occasione. Dopotutto, non vorrei che un giorno questo posto diventasse troppo stretto per me, lasciandomi da solo e senza nemmeno un sogno realizzato di cui vantarmi.

«Hai la mia parola» asserisco. «Grazie per aver pensato a me».

«Ci mancherebbe. Ma non ho ancora finito con te: parliamo di cose serie».

Ecco, ora sono spaventato.

«Del tipo?»

«Mia sorella».

Come, prego?

«Oh, andiamo. Non puoi perdere altro tempo con lei. Te ne rendi conto, vero?» domanda con un sorriso sibillino sul volto. «Dato che tutti intorno a voi si sono resi conto di quello che provi per lei, sarebbe il caso che lo facessi notare all'unica persona che manca all'appello, no? Che peraltro è quella davvero importante».

A questo punto intuisco che rendersi partecipe della vita è per Perla dimostrazione del fatto che ancora ne fa parte e sentirsi rifiutare questa opportunità potrebbe farle più male che bene. Così accendo quella lampadina che prima di ora mi sembrava davvero inopportuna.

Sgrano gli occhi stupito. «Sul serio credi che Gemma non lo sappia? Pensavo fosse così evidente».

«Forse lo è per *occhi* esterni come i miei...» Si ferma ridendo divertita per la battuta involontaria e poi riprende: «... o per ragazze talmente egocentriche e sicure di sé da darlo per scontato. Ma Gemma è solo dolce e inconsapevole e secondo me non ha mai pensato a te in nessun altro modo se non a un amico, per via del fatto che il vostro rapporto è cominciato così e così sarebbe rimasto per sempre».

«Quindi potrei avere ancora una chance di fare colpo? Santo cielo, che bella notizia che mi hai dato» sospiro guardandola annuire. «Avevo davvero cominciato a credere che Gemma stesse solo cercando un modo gentile per scaricarmi».

Perla liquida il mio pensiero con una mano e poi appoggia i gomiti sul bancone e il mento sui palmi, come una scolaretta in cerca di gossip.

«Ok, ma a questo punto la cosa diventa ancora più complicata» riprendo, sicuro del fatto che lo sguardo di Perla puntato su di me non è certo lì per giudicarmi. «Ah, aspetta solo un secondo. Qualche cliente in vista».

Perla si scansa da un lato, mentre nel negozio entra un gruppo di ragazze. Un paio di loro, sorreggendo con l'interno del gomito una borsa nera firmata, guardano prima me, ammiccando e ostentando un sorriso divertito sulle labbra piene di rossetto, e poi Perla, scannerizzando ogni centimetro della sua figura e calcolando a mente che tipo di minaccia potrebbe rappresentare quella ragazza per i loro giochi di seduzione. Quelle devono essere le *impegnate* del gruppo, alle prese con una qualche storia, più o meno seria, con un coetaneo altrettanto appariscente, pienamente documentata su Instagram.

L'altra ragazza, invece, tiene i capelli rossi legati in una coda di cavallo e, stretta in una felpa gialla e in un paio di anonimi jeans, ha le mani sotto le maniglie dello zaino blu. Mi saluta a malapena, abbassando immediatamente lo sguardo a terra pur di non mostrare il rossore comparso sul viso acqua e sapone; e io ho quasi la sensazione di averla già vista da qualche parte. Se facessi una ricerca sui social, di lei non troverei altro che foto accuratamente selezionate per mostrare di sé solo ciò che vuole si sappia, ovvero niente di realmente personale o potenzialmente utilizzabile.

Questa riflessione sui diversi modelli femminili mi fa ragionare ancora più a fondo sul perché io abbia sempre e inevitabilmente continuato a scegliere Gemma Saffi in tutti questi anni.

«Prendo questi» asserisce con convinzione una delle due ragazze griffate. Posa sul bancone un paio di occhiali di Massimo Dutti e poi afferra con le unghie perfettamente smaltate di nero la cerniera del portafogli rettangolare, tirandone fuori una banconota di grosso taglio.

Nel frattempo che impacchetto l'articolo e stampo lo scontrino, ecco avvicinarsi la ragazza dai capelli rossi. Guarda con attenzione prima Perla e poi me e schiude le labbra come se volesse dire qualcosa di cui non è sicura. Poi trova il coraggio per farlo.

«Perla?» domanda. «Tu sei Perla, vero?»

Chiamata in causa, Perla alza il volto di scatto, cercando di direzionarsi nel punto in cui ha sentito pronunciare il suo nome.

«Io sono Sara, l'amica di Gemma. Ci siamo conosciute qualche anno fa in un locale: festeggiavamo il nostro diploma. Non so se ricordi».

Perla si sistema una ciocca di capelli dietro l'orecchio e annuisce. «Ma certo che ricordo» dice sorridendo.

«C'eri anche tu, vero? Sei il migliore amico di Gemma» prosegue la ragazza puntando gli occhi su di me. Le sue nuove amiche, probabilmente conosciute all'università e così diverse da lei, rimangono in disparte seppur completamente sintonizzate su quello che sta succedendo.

«Emanuele» dico sbuffando al sentirmi definire solo *migliore amico*.

«Emanuele, giusto». Poi torna a rivolgersi a Perla. «Ho saputo… ho sentito… insomma, di qualsiasi cosa tu avessi bisogno, sappi che sono sempre in contatto con Gemma» termina la rossa tutta d'un fiato.

Non so bene perché l'abbia fatto, ma il calore genuino delle sue parole smuove anche il mio di cuore, oltre quello iper sensibile di Perla, visibilmente commossa.

«Ti ringrazio, Sara, davvero».

Dopodiché le tre ragazze escono dal negozio, lasciandosi dietro una scia di domande curiose e impiccione in merito a ciò che è appena successo.

«Wow, davvero piccolo il mondo» esclamo sciogliendo la tensione, nel momento esatto in cui torniamo a essere soli.

«Minuscolo» risponde Perla.

«Beh, comunque sia, non ho idea su cosa fare con tua sorella e sei la mia unica speranza».

Perla riflette per un istante e poi comincia a raccontare: «Sai, quando ero alle elementari andavo in classe con un bimbo bellissimo, uno di quelli con gli occhioni da cucciolo che ti fanno innamorare perdutamente».

«Ti sei innamorata di lui?»

«Aspetta, lasciami finire. Comunque no, non sono io la protagonista della storia, quanto la mia compagna di banco, una bambina altrettanto bella con gli occhi nocciola e lunghissimi capelli scuri».

«Insomma il tuo opposto».

«In quanto a colori e spavalderia, sì. Si chiamano Francesco e Giulia ed erano perdutamente innamorati l'uno dell'altra».

«A... vediamo, sette anni?»

Perla sghignazza. «Ho imparato che l'amore può avere diverse forme e che non è certo l'età a determinarne l'intensità. Ora, ascolta: dopo tempo passato a scambiarsi sguardi d'intesa, finalmente Francesco raccolse tutto il suo coraggio, e una mattina di primavera si presentò a scuola con un cuore rosso di peluche, lo consegnò a Giulia e la baciò sulla guancia. Da quel giorno divennero lo scoop della classe e tutte noi fanciulle cominciammo a sognare a occhi aperti un principe come Francesco e un amore come il loro».

«Mhh... E ora? Stanno ancora insieme?»

«Oh, no. Francesco dovette trasferirsi a New York con la famiglia. So che Giulia sta con un certo Marco Moretti ora e che dovrebbe essersi laureata da poco in Archeologia. Ma non è questo il punto».

«Che invece sarebbe?»

«Che devi avere un po' di coraggio, prendere in mano la situazione e determinare il momento, altrimenti ti ritroverai in mano il tuo cuore spezzato e il rimpianto di non aver mai aperto bocca sulla questione. Se ci è riuscito un bambino di sette anni, dovresti riuscirci anche tu che ne hai ventotto. Per non parlare del fatto che tu e Gemma vi conoscete da una vita e, in quanto ad affetto reciproco, siete già a metà strada, non ti pare?»

«È vero ma se non ci fosse niente oltre l'amicizia per noi? Rischierei di rovinare tutto quello che abbiamo costruito negli anni».

Perla mi fissa profondamente, tanto che per un secondo ho quasi paura che possa vedermi di nuovo. «Opto per la versione brutale di quello che sto per dirti, ok?»

Alzo le mani. «Prego».

«Se Tiberio non avesse tentato, quella sera d'estate, mettendo a rischio tutto e prendendo in carico anche la possibilità di un mio rifiuto, oggi io sarei solo una ragazza cieca, senza alcun ricordo dell'amore più bello che potessi mai sognare nella mia vita. Riusciresti a vivere con questo rimpianto? La risposta a questa domanda sarà la risposta a tutte le domande, Emanuele».

12. Perla

«Ciao Perlina, tutto bene?» domanda papà accogliendomi nella cucina.

«Benissimo. Ho fame» rispondo sorridente. Mi avvicino lentamente a uno dei pensili dove so che mia madre nasconde la Nutella e poi prendo un cucchiaino dal primo cassetto. Grazie all'aiuto di Sabrina e Daria ormai sono diventata molto brava a destreggiarmi con il bastone bianco. Facendomi strada con lo strumento, raggiungo una delle sedie intorno al tavolo e mi accomodo vicino a mio padre.

«Sei stata da Emanuele?» domanda ancora lui. Dal fruscio che sento a pochi centimetri da me, intuisco che sta leggendo il giornale e che deve aver girato pagina.

«Sì. Ha apprezzato molto la mia idea per la fiera».

«È sempre stato un bravo ragazzo, fin da quando *u l'ea un figeu*[21]».

«Ne sono convinta anche io. Per questo motivo non capisco come mai Gem non gli abbia ancora dato una possibilità». Svito il tappo del barattolo che ho davanti e vi inserisco il cucchiaino, gustandomi tutto il sapore del nettare alla nocciola.

«A chi?» ribatte mio padre confuso.

«Andiamo, papà! Ora capisco da chi ha preso mia sorella. Emanuele è pazzo di lei! Io penso che siano proprio perfetti insieme».

---

[21] *Era un bambino*, in genovese.

Da quando è cominciata la conversazione è la prima volta che non sento più il fruscio delle pagine del giornale: o mio padre è già svenuto per la notizia o succederà a breve.

«La mia bambina? *Quella* Gemma?»

«Su, su, ci sei già passato con me. Ricordati però che stiamo parlando di Emanuele e non di un teppista sbandato. Penso che per te questa sia la situazione migliore a cui auspicare come padre» asserisco sorridendo mentre mi riempio l'interno guancia di Nutella.

Papà borbotta tra sé strappandomi un altro sorriso e finalmente torna a voltare le pagine.

«Qualche novità interessante?» domando dopo qualche secondo di silenzio. Gemma è in accademia e mamma sta facendo il primo turno in negozio.

«Sì, senti qua: "*Un ragazzo di diciotto anni è stato dimesso dopo un'operazione molto delicata al cuore. Il paziente era affetto da una grave Cardiomiopatia Ipertrofica che aveva peggiorato le sue condizioni di salute negli ultimi anni, tanto da portare i medici a ritenere il trapianto di cuore l'unica soluzione possibile. Inserito d'urgenza in lista d'attesa, poco più di due mesi fa è stata riscontrata la compatibilità con l'organo necessario per procedere all'operazione. Il ragazzo ora sta bene.*"»

«Queste sono le belle notizie che bisognerebbe ricevere ogni giorno» mormoro colta da un momento di nostalgia. Non posso vedere la reazione alle mie parole riflessa sul volto di mio padre, ma so per certo che mi sta guardando, perché sento la sua mano posarsi sulla mia e stringerla delicatamente.

«Sai chi sarebbe stato altrettanto in gamba per salvare la vita a quel ragazzo?» domando passandomi due dita sugli occhi.

«Oh, sì, che lo so» risponde papà con tono fiero. Lui sa che voglio sentirmelo dire. «Tiberio Ferrari. Non ho mai conosciuto un ragazzo più determinato di lui nel voler salvare vite umane».

Annuisco. Io e il mio ragazzo ci siamo spesso trovati a discutere dei nostri obiettivi di vita; e ogni singola volta, ho pensato quanto fosse generoso e altruistico il proposito di Tiberio.

«Ad ogni modo» esclamo sciogliendo il silenzio e alzandomi in piedi vigorosamente, «penso che andrò a farmi un giretto qui intorno. Se voglio tornare presto in università, devo allenarmi».

Prendo il barattolo di Nutella tra le mani e raggiungo lentamente la credenza per riporlo al suo posto.

«Questa è nuova. Università?»

«Perché no? Mi manca meno di un anno per prendere la seconda laurea e, come giustamente mi avete ripetuto tutti, non ho intenzione di buttare la mia giovinezza per uno stupido incidente. Posso ancora fare quello che avevo previsto per la mia vita… o almeno, quasi tutto» asserisco. Poi il mio sorriso si spegne quando penso al fatto che una tra le cose più importanti, in realtà, non la potrò mai più fare.

«Beh, Perlina, lieto di sentirtelo dire. Mi domando solo cosa ti abbia fatto cambiare idea. Non è passato molto tempo da quando te ne stavi tutta sola in camera tua».

A quelle parole scoppio a ridere. Sono sicura che, anche se non posso sentirlo, Tiberio è nella stanza con me e sta facendo qualcuna delle sue battutine di spirito. «Non tanto cosa, papà…»

Il mistico ritorno di Tiberio, se pur in forma completamente diversa, è il vero motivo per cui sono ancora in piedi davanti a una credenza in cui ho appena riposto un barattolo di Nutella. È il vero motivo per cui ho accettato di cominciare la riabilitazione, ho comprato un bastone bianco fatto su misura per me e ho studiato il modo migliore per muovermi autonomamente, fino a decidere di riprendere e completare gli studi. Se non fosse stato per lui, io non ce l'avrei mai fatta, neppure volendo, e anche se a mio padre questo non posso dirlo, devo al mio ragazzo un minimo di riconoscimento.

Sento papà sospirare: la mia affermazione lo avrà sicuramente convinto di quanto pazza io sia, ma apprezzo il fatto che non me lo faccia notare.

«Ci vediamo più tardi» asserisco allegra.

«Mi raccomando, fa' attenzione». Lo sento spostare la sedia dal tavolo e raggiungermi. Poi mi da' un bacio sulla guancia e mi accompagna fino alla porta d'ingresso.

Seguo il solito percorso, l'unico che per il momento sono autorizzata a compiere da sola, e mi fermo non appena sento il profumo del mare inebriare le mie narici. A quel punto cerco una panchina libera, tastando il terreno intorno a me con il bastone, e mi accomodo per respirare un po' d'aria iodata. Passa solo qualche minuto, poi sento il mio nome in bocca a qualcuno alla mia destra.

«Perla?»

Volto il capo nella direzione della voce e rispondo: «Sì, chi è?»

«Don Simone. Ci siamo incontrati in chiesa qualche tempo fa. Mi hai raccontato qualcosa di davvero incredibile, mi pare».

«Ma certo, ricordo» dico sorridendo. «Come mai da queste parti?»

«Volevo far pace con alcuni pensieri».

«Abbiamo un obiettivo in comune, allora». L'inaspettata compagnia di don Simone potrebbe rivelarsi più benefica del previsto; dopotutto è solo grazie a lui se oggi posso vantare una comunicazione ultraterrena con il mio ragazzo defunto.

«C'entra ancora la storia del *fantasma*?» domanda con discrezione, abbassando il tono di voce per pronunciare l'ultima parola.

«Anche. Ma da quando ci siamo visti l'ultima volta, ho fatto progressi nel gestire questa mia nuova vita».

«Sono contento di sentirlo. Sei riuscita a parlargli?» domanda ancora don Simone, in maniera sempre molto controllata. Deduco subito che si riferisca alla conversazione tra me e Tiberio, così annuisco.

«Mi prenderà per pazza, ma è stata la cosa più bella che mi sia capitata dal giorno del crollo del ponte. È stato strano, non lo nego, ma penso che sia ciò che ha dato una svolta alla mia condizione; e per questo dovrei ringraziare anche lei».

«Io non ho fatto niente, Perla. Sono molte le possibilità che ci vengono messe davanti e non importa quanto assurde possano sembrarci, perché a Lui niente è impossibile».

Sospiro, e per un secondo la mia mente viaggia fino all'ultimo cassetto della mia scrivania, dove giace impolverato il crocefisso che una volta portavo sempre al collo.

«A proposito, hai chiarito con...?»

«Dio?» Completo io la sua domanda. Alzo gli occhi al cielo sotto le lenti ambrate degli occhiali. «Non esattamente. Per ora siamo ancora in conflitto».

«Perché?»

«Io lo so il perché; e lo sa anche lei. Ne abbiamo già parlato» dico sulla difensiva. Improvvisamente mi chiudo in me stessa: forse non mi va che un estraneo, prete o non, si intrometta nella mia vita e mi dica cosa è giusto che io faccia nei confronti di qualcuno che credevo sarebbe rimasto al mio fianco e che invece mi ha abbandonato.

Invece di darmi i consigli cristiani preconfezionati che mi sarei immaginata di ricevere, però, don Simone ammutolisce, non lasciando spazio al piccato commento che probabilmente avrei fatto altrimenti.

L'impeto di dolore e panico che mi aveva condotto in chiesa quel giorno ora non esiste più, quindi non ho più bisogno di confessarmi o di chiedere consiglio. Tiberio è ancora con me, in qualche modo, e tanto mi basta. Anche se so perfettamente che don Simone ha solo intenzione di aiutarmi, io non voglio saperne di tornare alla mia fede precedente: sono sempre più convinta che quello sia un pezzo di vita che è morta nell'incidente insieme a Tiberio e alla mia vista.

Rimaniamo in silenzio per parecchio tempo, tanto che a un certo punto mi domando se don Simone sia ancora accanto a me o abbia desistito dall'intento. Non lo sento muoversi né avverto la sua presenza, ma poi, come in risposta al mio dubbio, ecco che riprende a parlare: «Sai, cinque anni fa venivo spesso qui. Osservavo il sole tramontare nel mare e il cielo cambiare colore, e mi sentivo in pace con il mondo intero».

Le sue parole attirano la mia attenzione. «E poi?»

«Poi mi sono accorto di volere qualcosa di diverso dalla vita. Dopo la laurea in Filosofia, cominciai a frequentare una donna, Monica, di cui ero innamorato. Lei era più grande di me di sei anni e aveva un figlio di nove. Era rimasta incinta durante l'università e il padre del bambino l'aveva abbandonata non appena saputo della gravidanza. La conobbi per caso, una sera che ero uscito con degli amici, e fummo attratti l'uno dall'altra fin dal primo momento. Solo dopo, quando ormai stavamo insieme già da un paio di mesi, conobbi personalmente suo figlio Michele, e scoprii che era malato».

Don Simone si interrompe e io mi accorgo di essere in apnea. Pensavo che la conversazione sarebbe servita solo a spingere me ad aprirmi ulteriormente, in una nuova confessione soprannaturale. Ma è evidente che non sono l'unica ad avere dei problemi a questo mondo.

«Era un ragazzino molto sveglio e mi affezionai a lui più di quanto mi sarei potuto immaginare» riprende il prete. «Così mi impegnai affinché fosse sempre felice, nella speranza che il nuovo clima d'amore potesse sembrargli quanto di più simile ci fosse a una famiglia vera. Per un certo periodo funzionò e, dopo due anni, ero arrivato alla conclusione di voler sposare Monica e di riconoscere Michele come mio figlio. Ma poi tutto cambiò: improvvisamente le sue condizioni peggiorarono e con loro anche il mio rapporto con lei. Mi diede la colpa per averle fatto perdere l'obiettivo della sua vita, ovvero proteggere suo figlio e prendersi cura di lui».

Trasalisco stupita. «Ma non è stata colpa sua. Lei amava entrambi e voleva solo il loro bene» esclamo.

«È vero, ma so che Monica non ha mai avuto intenzione di ferirmi, Perla; era solo una madre disperata che temeva di perdere il suo unico figlio».

«Perché mi racconta tutto questo?»

Sento don Simone sospirare prima di riprendere a parlare: «Perché è stato nel momento più doloroso della mia vita, quando ho capito che tutti i capi saldi che la sostenevano era crollati come il tuo ponte, e la mia felicità di coppia non si sarebbe potuta realizzare, che ho trovato qualcos'altro».

Parla con voce soffusa, come se stavolta fosse lui a confessarsi con me, a raccontarmi la sua storia mettendo a nudo la sua anima e la parte nascosta del suo essere.

«Ha trovato Dio...» mormoro.

«Precisamente. Vedi, mai come in quel periodo mi sentivo solo, con la consapevolezza che non avrei potuto fare niente per un ragazzo a cui volevo bene e che io e sua madre probabilmente non ci saremmo mai potuti riprendere. Così, capitò che finii in chiesa durante una messa domenicale; fu un caso che non avevo assolutamente previsto, soprattutto non in quel momento. Eppure fu più forte di me. Entrai e la mia prospettiva cambiò. Cominciai a vedere le cose successe come piccoli pezzi di un puzzle, di cui solo ora a distanza di tempo, forse riesco finalmente a vedere l'immagine completa».

«E quale sarebbe?»

«Potresti essere tu, Perla».

«Cosa?» domando intimorita da quella affermazione.

«Sono convinto che ognuno di noi abbia un ruolo fondamentale nella vita di un altro essere umano e uno scopo per cui esistere».

«Quindi io sarei il suo scopo?»

«Ti sembra così assurdo? Pensaci: un prete novello di Genova, poco più che trentenne, che ha incontrato Dio in un momento di difficoltà; e tu che, in un momento simile, lo hai perso. Forse era scritto che dovessimo incontrarci in chiesa quella mattina».

«Ho sentito dire che ognuno è artefice del suo destino, però. Se fosse come dice lei, noi non avremmo controllo sulla nostra vita e qualsiasi cosa facciamo non avrà importanza, dato che sempre in quel punto dobbiamo arrivare».

«Ma non parliamo di destino bensì di fede e nessuno meglio di te lo sa. Mi è bastato sentirti parlare la prima volta che ci siamo incontrati per capire che *credevi*. Non perché qualcuno te lo avesse imposto, non perché qualcuno ti avesse detto che è giusto farlo, ma perché ne avevi avuto bisogno... almeno fino a quel momento».

Sospiro e mi inumidisco le labbra, prima di voltare il capo verso il punto in cui credo sia seduto don Simone.

«Dice bene... fino a quel momento. Ho sempre avuto bisogno di sapere che c'era qualcuno più forte di me, qualcuno che fosse onnipotente e che si prendesse carico delle necessità di questo mondo; perché a volte, nella vita, ho bisogno di sentirmi piccola e di sapere che non sono sola a portare tutti i pesi. Dio si era sempre dimostrato all'altezza di questo incarico».

«Trovo che sia una riflessione molto matura e consapevole, la tua» risponde don Simone. «Per questo motivo non capisco cosa ti abbia spinto a credere che il peso di ora tu lo stia portando da sola».

«Perché Tiberio è morto. È morto» scandisco bene. Dopo giorni, settimane e ormai mesi, passati a temere di pronunciare questa frase, ora è arrivato il momento di rendere tangibile una realtà che tutti intorno a me hanno già accettato. «Mi beo del fatto che nonostante tutto io possa ancora sentire la sua voce, potendoci parlare come se non fosse successo niente, ma la realtà è che, più che un sostegno amorevole che solo un padre come Lui potrebbe dare, mi sembra tutto un brutto scherzo sadico».

«Quindi, ora, Dio è cattivo per te».

«No». Mi tremano le labbra e sento il cuore a mille mentre per la prima volta do voce ad alcuni pensieri che non avrei mai ritenuto pronunciabili. «Solo assente».

Don Simone non risponde più e io sento gli occhi pizzicarmi. Dopo qualche minuto qualcuno parla, ma non è la voce del prete.

«Ehi, Perla» dice Gemma, mettendomi una mano sulla spalla. «Papà mi ha detto di passarti a prendere dopo l'accademia».

Io annuisco e mi volto ancora verso il posto a fianco al mio sulla panchina. «Mi dispiace tanto per quello che le è successo, don Simone, e posso capire le sue scelte; ma, con tutto il rispetto, nessuna delle persone che amava è morta. Io non so se riuscirò mai a tornare sui miei passi».

Senza attendere risposta, mi alzo dalla panchina e prendo sotto braccio mia sorella, per raggiungere la macchina e tornare a casa.

«Con chi stavi parlando?» domanda lei, una volta a bordo.

«Con il prete che mi ha confessata l'altra volta, quando mi hai accompagnata in chiesa» rispondo confusa. «Non vi siete visti?»

Sento il suono della freccia inserita e poi mia sorella dirmi: «Quando sono arrivata non c'era nessuno».

Non rispondo. Nel profondo so che è tutta colpa mia: ho offeso talmente tanto la mia intelligenza e quella di don Simone nel negare le credenze a cui mi sono affidata per tutta la vita, lasciandomi andare all'odio, al dolore e alla disperazione sepolte dentro di me, da mancare di rispetto all'unica persona esterna alla mia famiglia che avesse provato davvero ad aiutarmi. Fortunatamente, il fatto che don Simone se ne sia andato ben prima di sentire la mia ultima frase mi mette più a mio agio: non avrei sopportato l'idea di dovermi scusare con lui per qualcosa di cui in effetti mi ero pentita subito dopo averla detta.

13. Tiberio

Traccia: *Someone To Stay* di Vancouver Sleep Clinic

Perla è appena stata a uno degli incontri per la riabilitazione con Sabrina Ottonello. Ormai è diventata un esempio per tutti gli altri pazienti, in termini di determinazione e buona volontà, e un modello assolutamente da seguire.

Poco prima di uscire, lei, Daria e Sabrina si sono fermate un momento a parlare, e ho colto uno spezzone della loro conversazione in cui comunicavano alla mia ragazza di essere pronta a cominciare lo studio del *Braille*, a dimostrazione del fatto che ha una capacità di adattamento e apprendimento davvero degni di nota. Come sempre, Perla Saffi mi riempie di orgoglio.

Fuori dall'edificio, le foglie autunnali cominciano a cadere per formare un manto compatto sull'asfalto delle strade. Di questi tempi, Genova si veste di grigio, in vista delle piogge e dei temporali che stanno aumentando con l'avvicinarsi dell'inverno. Ma per ora, l'autunno è nel pieno della sua attività e su alcuni balconi si intravedono ancora i resti di qualche decorazione per Halloween, come zucche intagliate e fantasmi di stoffa che penzolano dall'interno delle finestre.

Ricordo quando da piccoli, anche io e mio fratello decoravamo la casa per la festa, in attesa che qualche spiritello buono arrivasse carico di dolcetti e caramelle, risparmiandoci la fatica di andare in giro per le case altrui ad accaparrarceli noi stessi. Sto ancora pensando al taglio profondo che mi feci in una mano per intagliare un sorriso sbilenco nella mia zucca, quando noto Gemma nella macchina argento di fronte a noi, parcheggiata in doppia fila e con le quattro frecce lampeggianti inserite. Richiamata dalla voce della sorella, scende dalla macchina e accompagna Perla, aprendole lo sportello. Io le seguo, e ho già attraversato la macchina con metà del corpo, quando sento qualcuno alle mie spalle che dice: «Guarda un po' chi c'è: il *novellino*».

Mi volto di scatto, proprio mentre Gemma inserisce la marcia e mi attraversa con tutta la macchina, facendomi ringraziare di essere un fantasma e niente di più concreto.

«Chi non muore si rivede» scherzo io, riconoscendo nel nuovo arrivato l'altra Apparizione della zona, con cui ho stretto amicizia tempo fa. Dal primo giorno di riabilitazione di Perla non ci eravamo più incontrati.

«Vale anche per noi?» ribatte.

«Direi soprattutto per noi». Mi sistemo gli occhiali sul naso e cammino leggiadro verso di lui. «Non avevamo stabilito che mi avresti chiamato Tiberio?»

«Le brutte abitudini sono difficili da perdere, novel... ehm, scusa».

«Ad ogni modo io non so ancora chi sei e odio essere in svantaggio».

L'Apparizione si aggiusta i capelli scuri e sorride divertita. Poi incrocia le braccia e annuisce.

«Hai ragione. Alessio Piccardo, molto piacere. In realtà era il mio secondo nome in vita, ma è nuovo di zecca, mai usato, quindi forse è il momento di sfruttarlo un po'». Tende il braccio verso di me e mi stringe la mano.

«Tanto per dare un ruolo ai secondi nomi. Tiberio Ferrari».

«Lo so».

«Sì, beh, volevo rendere ufficiale la nostra presentazione. Allora, come mai da queste parti?»

Alessio si guarda intorno e ammicca alla finestra del secondo piano di un palazzo rossastro alla nostra destra. «Ero venuto a trovare una persona».

«Qualcuno di importante?»

«Un tempo» dice annuendo. «La mia ex ragazza...»

Alzo le sopracciglia stupito. Chissà perché, se non lo avesse appena ammesso, non me lo sarei mai immaginato capace di una relazione seria. È giovane, anche se forse di qualche anno più grande di me, e ha tutta l'aria di avere avuto una vita piena di indecisioni. Una di quelle vite che la maggior parte delle persone trascorrerebbe tra alcol e donne a caso, e da cui non si trova via di fuga se non dopo aver toccato il fondo. Ma forse mi sbaglio: dopotutto, ha una dolcezza afflitta negli occhi che sfiora la malinconia, e questo mi fa pensare che probabilmente non sarebbe in grado di affogare i propri ricordi nei drink alcolici ma piuttosto che li voglia affrontare uno per uno.

«Hai sentito quello che ho detto?» domanda poi, riportandomi alla realtà. Mi rendo subito conto di essermi soffermato troppo a psicoanalizzarlo, con il risultato di non aver capito niente delle ultime parole che mi ha rivolto.

«Come, scusa?»

«Dicevo che quell'appartamento glielo comprai io, quando stavamo insieme. Avrei voluto metterci un grande fiocco rosso intorno, ma dovetti accontentarmi di consegnarle in mano le chiavi il giorno del suo compleanno».

«Pretenzioso, non ti pare?»

«Avevamo deciso di andare ad abitare insieme» risponde con una smorfia di delusione sul volto. «La cosa era già decisa».

«Ne parli come se non fosse andata a buon fine».

Scuote la testa. «Affatto. Abbiamo vissuto in quell'appartamento per ben sei mesi ed eravamo molto affiatati... ma non sempre le cose vanno come vorremmo. Ci sono progetti più alti di noi da rispettare» dice alzando lo sguardo e puntando entrambi gli indici verso l'alto.

«Sì, immagino che Perla sarebbe d'accordo con te. Dopotutto è quello che dicono in molti ma, date le circostanze, noi due avremmo il diritto di prendere a calci chiunque affermi cose del genere, non ti pare?»

Alessio ride. «Capisco la frustrazione. Ma se fosse davvero così come dicono?»

«Non penso che ne sarei tanto sorpreso. Un tempo ero come Perla: un fedele modello, di quelli che vanno sempre in chiesa, per intenderci».

«E poi cosa è cambiato?» domanda curioso Alessio.

«Ho cominciato a studiare medicina e a riflettere su quanti casi ingiusti e dolorosi ci siano nel mondo. Cattiveria in ogni dove, di ogni tipo. Una cattiveria che qualcuno che è definito *buono e giusto* non dovrebbe ammettere nel mondo che ha creato».

«Parole dure» commenta Alessio, «ma in fin dei conti comprensibili».

«Non sei d'accordo con me?»

Alessio nega con il capo. «Non proprio. Gli uomini buoni sono tali solo perché spronati a combattere il male ogni giorno. Deve esserci un equilibrio in tutte le cose, anche tra bene e male. Se non ci fosse la *cattiveria*, come la chiami tu, non ci sarebbe possibilità di scegliere, e il libero arbitrio non esisterebbe; eppure tu hai compiuto scelte per tutta la vita, non ti pare?»

Sgrano gli occhi perplesso. Nessuno aveva mai girato questa medaglia per mostrarmi l'altro lato. Un lato molto interessante, devo ammettere.

«Sarebbe un mondo a dir poco noioso» asserisco.

«Noioso e irreale. In quel caso, poi, come definiresti noi due, per come siamo ora?» domanda indicando prima se stesso e poi me. Io mi gratto una guancia, riflettendo qualche secondo.

«Scherzi della natura?»

Alessio ride ancora. «Perché no».

Nel frattempo le persone per strada continuano a passare a pochi millimetri da noi e a volte mi attraversano anche; ma ormai non faccio più attenzione a cose come queste e sto facendo l'abitudine al fatto che praticamente vesto i panni di un supereroe indistruttibile.

«Un momento» riprendo. «Sei eri anche tu sul Morandi quando è crollato, facendo un paio di conti… non è stata la tua morte a causare la rottura con la tua ragazza, o sbaglio?»

«No, hai ragione, non è stato quello, per quanto sarebbe parso tragicamente romantico. Mettiamola così: è subentrato un altro uomo di cui lei doveva prendersi cura».

«Brutto. Mi dispiace davvero tanto» commento.

«Penso di essere riuscito a capire le sue motivazioni».

«Sei un uomo fortunato. Io non penso che ci riuscirei mai».

Rimaniamo a studiarci per qualche secondo, poi ripenso alla domanda che mi affligge già da un po' e do voce ai miei pensieri: «Tu che sei esperto, pensi esista un modo per interagire con le persone?»

«Fammi indovinare, vuoi parlare con Perla?»

«In realtà già ci riesco, ma solo attraverso un oggetto che mi faccia da ponte. Sarebbe fantastico se riuscissi a farlo direttamente» ammetto con un velo di nostalgia nella voce. Finora mi sono accontentato di quello che ho ricevuto, ma più vado avanti più ho bisogno di sentire Perla e di sapere che lei sente me, senza muri che ci dividano.

«Le Apparizioni non possono interagire concretamente con il mondo materiale, Tiberio. Quella dimensione non ci appartiene più e noi siamo nascosti dietro un velo che ci divide da loro in modo permanente. Il massimo dell'interazione possibile che potrai ottenere sarà con oggetti che riguardano esclusivamente la tua comunicazione con Perla. E comunque non ti garantisco che funzioni sempre. Tu hai ricevuto un dono che a pochi di noi è concesso, ma devi comunque scendere a compromessi con la realtà per riuscire ad andare avanti».

Sgrano gli occhi: mi aspettavo ben altro come risposta. Mi sento rimproverato e ingiustamente accusato di non guardare con razionalità la situazione. Beh, forse è così, ma non mi interessa.

«Avanti dove?» sbotto nervoso. «Ti ricordo che sono incastrato qui senza sapere cosa devo fare».

Improvvisamente vengo colto da un moto di rabbia. Quasi potevo definirmi abituato a tutto questo e poi arriva questo *tizio* che con una sola frase riesce a farmi ripiombare nello sconforto di sapere che in realtà non ho controllo su nulla e che sono rinchiuso in una scatola senza via d'uscita. Chiaramente questo non è il Paradiso, ma non deve essere nemmeno il Purgatorio se mi sembra di essere all'Inferno.

«Sta' calmo, novellino. Tu sai benissimo cosa devi fare e sai anche come farlo, solo che non vuoi ammetterlo a te stesso. Per questo sei qui: non sei ancora pronto».

Mi porto le mani al volto, nel tentativo di non saltargli addosso. Ora sì che mi sento a disagio.

«Pronto per cosa?»

«Ma è chiaro, per ritrovare ciò che hai perso in vita e di cui hai fortemente bisogno. Solo quando aprirai gli occhi, sarà arrivato il momento».

«Ah, certo» esclamo spazientito. «Questo deve essere il giorno degli indovinelli. Ti ringrazio, davvero, ma non ho capito niente di quello che hai detto».

«Non devi avere fretta. Capirai».

«Certo, e nel frattempo cosa faccio?»

«Quello che hai fatto finora. Sta' vicino a chi ami, a *tutti* coloro che ami. L'amore è sempre la soluzione».

Sbuffo e mi sistemo gli occhiali. Ripreso il controllo, gli pongo un'altra domanda: «Hai detto che ho ricevuto un dono. Vuol dire che tu non riesci a comunicare con la tua ragazza?»

Alessio scuote il capo. «Non che non ci abbia provato… più volte. Nulla ha mai funzionato. Forse non è necessario che accada a noi, o forse lei non è più disposta ad ascoltare».

Rimaniamo in silenzio e a me torna in mente la sera in cui sono volato in camera di Perla per la prima volta dopo l'incidente: prima di usare il cellulare come tramite, ero riuscito ad aprire le finestre e poi ero inciampato nel cavo della lampada, staccandolo dalla presa. E proprio questi due elementi avevano attirato la sua attenzione. Forse Alessio intende questo con 'oggetti che riguardano esclusivamente la mia comunicazione con Perla".

«Ehi, dove te ne vai ora?» domando. Alessio si è infatti congedato da me con un cenno del capo e si sta allontanando.

«Mi piacerebbe continuare la conversazione, ma perché pensi che sia ancora qui? Sono incastrato in questo posto esattamente come te, quindi ho anche io il mio bel da fare. Arrivederci, novellino».

Gli tiro un'occhiataccia e lo vedo ridere mentre sparisce alla mia vista.

Passo i dieci minuti successivi a fluttuare tra gli alberi, nel tentativo di raggiungere Perla: non potrò interagire materialmente con questo mondo, ma pare proprio che il vento possa interagire materialmente con me e con la mia leggerezza incorporea!

Entro dalla finestra passandoci attraverso, proprio come una volta mi aveva scherzosamente suggerito di fare Perla. La trovo rannicchiata in un angolo del letto con il suo computer in braccio, le gambe incrociate e la schiena poggiata a un paio di cuscini. Seppur privata della vista, ci tiene ancora a seguire una delle sue serie preferite su Netflix, sentendone i dialoghi e ascoltando le voci dei personaggi a cui si è affezionata.

Ormai ho imparato come fare, così mi avvicino a lei e poso una mano sullo schermo del portatile. Poi dico: «Amore, mi senti?»

Perla corruccia la fronte, dapprima infastidita dall'incoerenza delle mie parole con il contesto dell'episodio in corso, ma poi felicemente sorpresa di sentirmi di nuovo.

«Forte e chiaro» risponde. «Stavo scommettendo su cosa avresti usato per comunicare stavolta».

«Hai vinto?»

«Vinco sempre, ma devo ammettere che mi hai comunque sorpresa».

Mi siedo di fronte a lei a gambe incrociate, ammirando ogni singolo tratto del suo bellissimo volto.

«Mi sei mancato tantissimo» confessa dopo qualche secondo di silenzio.

«Tu di più, piccola mia».

Dall'ultima volta che ci siamo sentiti è passato un po' di tempo. Tra gli incontri di riabilitazione, i suoi allenamenti giornalieri di spostamento autonomo e gli impegni di una vita quasi tornata alla normalità, è stato più difficile trovare un momento di condivisione in cui fossimo totalmente soli.

Per un attimo ho anche creduto che si sarebbe dimenticata di me: dopotutto le nostre foto sono sparite dalla sua camera da letto alla velocità della luce e non c'è giorno che passa senza che mi ponga la domanda *quanto tempo ancora resisterà il suo ricordo di me? Quanto tempo ho prima che si dimentichi la fisionomia del mio volto o il suono della mia voce?* E più vado avanti, più ho paura che questo accada prima che io sia pronto ad accettarlo, se mai lo sarò.

«Novità interessanti dalle tue parti?» domanda allegra. Le nostre conversazioni sono ormai del tutto spontanee, come se davvero fossimo l'una davanti all'altro in un normale giorno di fine novembre. Per ora, infatti, la reale distanza che ci separa non è ancora sufficiente a renderci la vita impossibile.

«Sì. Hai presente quel tipo che ho conosciuto tempo fa?»

«Quello che ti ha definito un'Apparizione?» domanda abbassando lo schermo del portatile e spostandolo ai piedi del letto.

«Precisamente. Beh, è ricomparso oggi e mi ha raccontato della sua relazione di quando era in vita» le spiego. Dire ad alta voce queste parole mi porta inevitabilmente a ripensare a quello che mi ha detto Alessio prima di sparire nel nulla: *Sta' vicino a chi ami.* E fino a prova contraria, colei che amo è Perla. «La sua storia mi ha fatto pensare a te».

«Cose belle spero» dice sorridendo. Posa i gomiti sulle ginocchia e il mento sui pugni chiusi, proprio come una bimba curiosa.

«Ecco… forse dovresti cominciare a pensare di conoscere un po' di gente. Magari potresti uscire con i tuoi amici, o con i miei, non so. La stessa Gemma potrebbe presentarti qualcuno».

Il viso contento di Perla si indurisce in un'espressione seria. «Che cosa vuoi dire, Tiberio?»

Il mio nome completo in bocca a lei suona minaccioso fin dal giorno in cui ho capito che pronunciarlo per intero significava litigata in arrivo. Agito le mani a destra e a manca per prevenire quanto possibile la sua furia, ma il modo migliore per evitarla è rispondere sinceramente alla sua domanda.

«Voglio dire che non ti permetterò di rimanere chiusa qui dentro».

«Sai perfettamente che non sono più rinchiusa già da qualche mese» ribatte secca.

«Lo so, ma non hai ancora ricominciato con la tua vita sociale» asserisco dolcemente. «Voglio che tu sia felice e penso che per te sia giunto il momento di provare a esserlo, anche senza…»

«Senza di te» completa lei, portandosi i capelli biondi da un lato. «Ora ho capito: tu vuoi che mi rifaccia una vita sentimentale. Non ti interessano i miei amici o i tuoi» esclama citando le mie parole di poco fa, «vuoi che io ti trovi un sostituto, qualche rimpiazzo che possa prendere il tuo posto, non è così?»

Rimango sbigottito per qualche secondo. Poi mi sistemo gli occhiali sul naso e faccio un respiro profondo: non c'è niente da fare, quando Perla si impunta su qualcosa, è certo che non cambierà idea.

«Perché te la prendi tanto? Sì, è vero, vorrei che ti rifacessi una vita, ma non devi arrabbiarti per questo».

«Non sono arrabbiata» afferma chiaramente innervosita dall'osservazione, «solo non capisco perché dovrei trovare qualcun altro. Io sono innamorata di te e lo sarò per sempre.

Non posso nemmeno pensare all'idea di stare con qualcuno che non sia tu».

Però, devo dire che riesce a commuovermi anche quando è irritata. Dopotutto, di lei ho incontrato prima la sua versione da Mr. Hyde, e solo dopo quella da Dr. Jekyll.

«Amore, se c'è qualcuno che non vuole essere rimpiazzato quello sono io, che dici?» chiedo addolcendo il tono di voce. Istintivamente allungo una mano per posarla sulla sua e lei rabbrividisce.

«Sei stato tu?» domanda teneramente.

«Se è una sensazione piacevole sì, sennò non so di cosa stai parlando».

Perla torna a ridere. «La più bella in assoluto». Poi si interrompe un secondo prima di dire: «Scusami, lo so che lo dici per il mio bene. Ma non voglio e non posso, soprattutto non adesso. Ora ho bisogno di tempo, tantissimo probabilmente, e di certo non penso di essere in grado di amare altri uomini come amo te».

«Arriverà quel giorno, Perlina mia, e puoi credermi se ti dico che, quando arriverà, io sarò l'uomo più felice del pianeta».

«A vedermi con un altro?» scherza.

«A vederti vivere la tua vita».

Rimaniamo in silenzio per un po' fino a che Perla, forse preoccupata che me ne sia andato, domanda: «A cosa stai pensando?»

Io non ho dubbi sulla risposta da darle. Quelle labbra rosa risvegliano in me uno dei ricordi più belli che custodisco nella memoria.

«Tiki il delfino» affermo semplicemente.

Perla batte le mani allegra. «Ci avrei giurato. Non ci si può dimenticare di Tiki».

«Beh, forse di lui sì, ma di quello che è successo quel giorno no di certo».

***

11 agosto 2015

Oggi è Santa Chiara. Lo so perché, quando eravamo piccoli, i miei genitori, durante la colazione, ci leggevano i santi del giorno corrente dal calendario, così da poter fare gli auguri a tutti i nostri amici per il loro onomastico. Fra i nomi sentiti per anni, quello che non dimenticherò mai di festeggiare è proprio quello di Chiara: mi ha sempre divertito l'idea che esistesse una Santa patrona della televisione e delle telecomunicazioni, ma il motivo vero è ben più profondo.

Prendo il cellulare e apro la chat con la *mia* Chiara, l'unica di cui avrò sempre un ricordo splendido. La conobbi durante un viaggio in Inghilterra e da quel momento instaurai con lei un rapporto di stima reciproca a dir poco potente. Mi voleva molto bene e so che me ne vuole ancora, anche se la distanza che passa tra Genova e Roma è più ampia di quanto entrambi pensiamo; e non posso certo nascondere che il suo ingresso nella mia vita abbia lasciato un segno indelebile.

All'epoca mi ci vollero alcuni giorni per comprendere che si era innamorata di me e che, più parlavamo, più i suoi luminosi occhi marroni si riempivano della speranza che io potessi ricambiare. Quando mi sono accorto che non era così, sono stato malissimo. È stata la prima volta nella mia vita in cui ho sperato di innamorarmi anche io di lei, per non deluderla, per non ferirla, per non illuderla; ma non è possibile forzare il cuore a battere a un ritmo alternativo e fingere di provare qualcosa che non esiste, soprattutto se la vittima è una persona buona, sensibile e generosa come lo è Chiara.

"*Buon onomastico, Romana!*" le scrivo, inviandole anche l'immagine di un bouquet di rose. Mi risponde poco dopo, ringraziandomi e chiedendomi come me la passo.

Ricordo che quando la cosa divenne insopportabile per entrambi, con lei che sfrigolava nell'incertezza e io che non sopportavo l'idea di rifiutare il suo amore, decisi di fare il primo passo e dirle tutto. Ero pronto a salire sul primo treno per Roma, pur di vederla di persona: dopotutto, se riesci a far innamorare di te qualcuno fissandolo negli occhi, allo stesso modo devi lasciarlo. Ma intuita la situazione, fu lei a non permettermelo, facendosi bastare il mio gesto premuroso di averci anche solo pensato. Quindi le telefonai, le chiesi scusa e lei comprese le mie ragioni; e per questo le sarò per sempre grato. Ma non solo. L'esperienza con Chiara è stata il motivo per cui non ho avuto dubbi sul provare qualcosa di molto forte per Perla, nel momento esatto in cui i nostri occhi si sono incrociati. E anche per questo Chiara avrà sempre la mia riconoscenza.

Afferro le chiavi della macchina e passo a prendere Perla, che trovo in fondo al portone di casa sua. Ha una busta tra le mani e, dopo essersi accomodata a bordo, la deposita sul sedile posteriore. Le do un bacio sulla guancia e domando: «Dimmi che c'è del cibo lì dentro».

Perla sorride a trentadue denti e scuote il capo. «Ti ho riportato la coperta che mi hai prestato quella sera, lavata e profumata».

Quasi me ne ero dimenticato. Dal nostro ultimo primo appuntamento non abbiamo più avuto modo di vederci per via dello studio. Io con gli esami di medicina e lei con quelli di ingegneria, siamo rimasti incastrati nelle rispettive sessioni senza via di scampo, per tutto il mese di luglio. Quando finalmente ne siamo usciti, Perla è partita una settimana con la famiglia per una vacanza fuori regione e abbiamo dovuto rimandare il nostro secondo incontro ufficiale ad oggi. Siamo rimasti tutto il tempo in contatto però, tanto che avevo il bisogno di sentire la sua voce almeno una volta a settimana; e il fatto che lei mi chiamasse a sua volta mi ha fatto subito stare più tranquillo.

«Avresti potuto tenerla per ricordarti della nostra prima serata insieme» asserisco divertito, mentre ingrano la marcia e parto in direzione centro.

«Credimi, non penso che sarà necessaria una coperta a farmi ricordare di quei momenti».

Sono lieto di sentire che il suo tono è sognante.

«Allora, sei pronta a divertirti?»

Perla batte le mani emozionata e si sistema i capelli da un lato. «Sinceramente? Non vedo l'ora di arrivare! Non vado all'Acquario da quando ero piccolissima. Purtroppo io e mia sorella soffriamo della *Sindrome del Turista Mancato*».

«Come, prego?»

«L'abbiamo inventata io e Gemma. Vuol dire che non riusciamo a essere turiste in casa nostra».

«Ora capisco. In pratica, come i romani che non hanno mai visto il Colosseo all'interno o la Basilica di San Clemente».

«Esattamente. Un momento: tu hai visto il Colosseo all'interno?»

«Da turista» affermo. «Un giorno potremmo andarci, se vuoi».

«Mi piacerebbe molto».

Una volta arrivati, lasciamo la macchina al parcheggio dell'Acquario e ci mettiamo in fila per i biglietti.

«Quindi sarai un medico, eh?» domanda Perla mentre aspettiamo. Davanti a noi ci sono molti visitatori e per ora si avanza lentamente.

«Voglio aiutare le persone» spiego semplicemente, «e ho scelto il modo più concreto possibile per farlo».

«È molto nobile da parte tua. Essere altruisti non è semplice come si potrebbe pensare».

«Non è solo questo. Non sopporto di vedere le persone soffrire e io vorrei riuscire dove non riescono le preghiere».

Perla alza un sopracciglio e noto la sua mano destra scattare a una sottile catenina appesa al collo.

«A proposito, che mi dici di Lui?» domanda mostrandomi il ciondolo appesa alla collana. «Naturalmente puoi non rispondermi. Io non ti avrei risposto se mi avessi posto questa domanda al primo appuntamento».

«Argomento tabù?»

«Politica e religione sono i miei argomenti delicati e mi sono ripromessa di non toccarli alla prima uscita».

Sorrido, affascinato dalla sua teoria.

«Ahi!» esclamo, battendo una volta le mani, «mi hai fregato. Siamo al secondo appuntamento, quindi non posso più tirarmi indietro».

Perla ride divertita, colpendomi affettuosamente un braccio.

«Ad ogni modo, non so bene cosa risponderti» asserisco seriamente. «Mi hanno insegnato che la miglior medicina è avere fede, ma non la prescriverò ai miei pazienti se anche io ho dei dubbi sul suo funzionamento».

Perla annuisce piano e comincia a fissare per terra.

«Tu che ne pensi?» le domando.

«Avere fede sta proprio in questo: cercare di capire che ogni avvenimento negativo ha una sua risoluzione positiva, da qualche parte».

«Sì, vallo a dire a una donna violentata o a una madre che perde il figlio adolescente».

Perla sospira. «È difficile, me ne rendo conto».

«No, Perl, è proprio impossibile». Mi sistemo gli occhiali sul naso, notando sul volto di lei un'ombra di incertezza. Non sono qui per mettere in crisi i suoi principi di vita, anzi, li reputo genuini e ammirevoli. «Ti stimo molto, sai?»

«Perché?»

«Hai il coraggio di mostrarti alle persone esattamente per quella che sei, senza vergognarti di ciò in cui credi o del perché ci credi. Non sono molti quelli che ci riescono, soprattutto non in un mondo che ti giudica per ogni piccola cosa. Non sono uno che si fa condizionare, ma se tu riuscissi a farmi tornare sui miei passi in questo campo, non mi dispiacerebbe affatto».

«Non mi hanno obbligata ad avere fede. Ne avevo bisogno e l'ho cercata da sola. Non posso insegnarti a fare lo stesso, ma posso mostrarti il risultato». Bacia rapidamente il crocefisso e lo ripone sotto la maglietta.

Nel frattempo la fila si è assottigliata e tocca a noi. Una volta acquistati i biglietti seguiamo il percorso predisposto fino all'ingresso. Intanto le nuvole hanno coperto il sole caldo d'agosto e la luce è diventata metallica, come ogni volta prima di un temporale estivo in piena regola.

All'interno veniamo accolti nella prima grande stanza dell'acquario dove ci apprestiamo ad ascoltare la breve presentazione del nostro tour. Sulle pareti intorno a noi vengono proiettate delle immagini, accompagnate dalla voce di uno speaker che descrive il viaggio che affronteremo nel regno degli abissi. Un grosso delfino argento solca i mari sulle nostre teste e vedo Perla strabuzzare gli occhi divertita quando una medusa allunga i tentacoli verso di lei. Bolle d'acqua riempiono la stanza e sul muro che ci sta davanti compare una cartina di tutte le zone climatiche da cui sono state prelevate le creature che vedremo nell'acquario; e quando lo speaker ci da' ufficialmente il benvenuto, Perla si aggrappa al mio braccio emozionata. Le porgo una mano con un piccolo inchino e dico: «*My lady*, dopo di lei».

Senza nemmeno pensarci, Perla mi prende per mano e mi segue all'inizio della nostra avventura. Nel tentativo di non calpestare bimbetti urlanti che zampettano da una parte all'altra, disperdendosi tra le varie stanze, rimaniamo mano nella mano davanti alla maggior parte delle vasche, compresa quella dedicata al cartone animato *"Alla ricerca di Nemo"*, dove pesci pagliaccio, pesci chirurgo blu e gialli e stelle marine rosa fanno impazzire la bimba più che ventenne al mio fianco.

«Tiberio, guarda!» esclama all'improvviso puntando l'indice in direzione di un pesciolino blu venuto a salutarci. «C'è Dory!»

«Quello lì dietro mi sembra Branchia, invece» dico mostrandole una pesce bianco a strisce nere sul fondo. Poi butto un occhio interessato alla cartelle esplicative delle specie presenti nella vasca in questione.

Perla mi osserva con le mani sulle guance. «Anche tu amante Disney?» domanda emozionata.

«*Pff*, che domande. Mi pare ovvio. Non parliamo di semplici cartoni animati: sono metafore di vita, poesie a colori».

«Potrei essermi appena innamorata di te» borbotta tra sé.

Non sono sicuro che volesse farmi sentire quelle sue parole, risuonate estremamente sincere, ma volente o nolente, mi ha appena detto ciò che sognavo di sentire già da un po'.

Le prendo di nuovo la mano, un gesto diventato del tutto normale ormai, e la conduco verso la mia vasca preferita. Io e Flavio ci spendevamo le ore davanti, a guardare i delfini giocare tra loro e a mettersi in mostra davanti al pubblico al di là del vetro. Lunga e grossa, è la vasca più affascinante e divertente dell'intero acquario, a mio parere, e Perla sembra subito d'accordo con me.

«Ma dai» esclama avvicinandosi al vetro, «sono adorabili».

Saltella da destra a sinistra per seguire i mammiferi che si spostano nell'acqua e poi ne indica uno che gioca con delle bollicine che escono da una bocchetta d'aria sul fondo. Tra una capriola e l'altra, i delfini sfilano davanti a noi in una danza, mostrando i loro musi allungati e con la caratteristica smorfia a forma di sorriso.

Una guida, poco più in là, sta spiegando agli spettatori che il più scalmanato tra gli esemplari si chiama Tiki ed è il più giovane delfino arrivato nell'acquario.

Rimaniamo a osservare Tiki e gli altri, intervallando momenti di silenziosa contemplazione a sporadici commenti esaltati, fino a quando il resto del pubblico non si dissolve lasciandoci praticamente soli. È il mio momento e non posso perdere l'attimo.

«Sei felice?» le domando. In attesa della sua risposta, mi avvicino impercettibilmente, sfruttando il semi buio della stanza. La luce azzurrognola della vasca e i riflessi d'acqua tutti intorno rendono l'atmosfera ancora più romantica di quanto avevo previsto.

«Non potrei essere più felice. Qui con te... con loro... è tutto perfetto» dice arrossendo. Dopodiché, accortasi della poca distanza che ancora ci separa, sfrutta l'occasione per anticipare una delle mie mosse. Mi mette un braccio intorno alla vita, per poi posare il capo sulla mia spalla. «Grazie, Tiberio».

Tenendola stretta a me, le dico: «Guarda» e poi seguo Tiki con un dito, mentre dall'estremità sinistra della vasca nuota fiero fino a noi. Perla segue il movimento della mia mano e del delfino, ignara del resto, e nel momento esatto in cui Tiki ci passa davanti, sorprendo Perla posando le mie labbra sulle sue in un bacio che ci avvolge prima lentamente e poi appassionatamente, tanto da toglierci il respiro. La mia mano sale fin sulla sua guancia accarezzandone ogni millimetro e lei si stringe a me, incatenandomi con le braccia al suo corpo.

Ho sognato di baciarla fin da quando ha steso Nicola in quel pub e poi quando me la sono ritrovata davanti vestita a fiori e quando ha coraggiosamente sfidato il mare pur di stare in mia compagnia. L'avrei baciata tutte quelle volte in cui i nostri sguardi si sono scontrati, le nostre mani sfiorate, i nostri corpi avvicinati. Ho combattuto contro me stesso per non accelerare i tempi, perché la volevo io, ma doveva volermi altrettanto. Mai l'attesa di un momento mi ha reso così felice, perché ora sento che non ci sarà mai distanza sufficientemente ampia a distruggere la mia voglia di lei e la sua voglia di me. E più assaporo la morbidezza delle sue labbra contro le mie, più voglio tutto di lei per tutti i giorni a venire.

Rimaniamo a baciarci ancora e ancora, ignari di altri spettatori sopraggiunti a vedere Tiki il delfino, ignari del tempo che passa, ignari del fatto che il mondo se ne frega di quello che facciamo o di chi siamo; e questo perché nel *nostro* mondo non c'è spazio per nient'altro se non noi.

«Tiberio, io...» ansima staccandosi per poco da me, «io... credo...»

«Dillo, Perla. Se lo senti, come lo sento io, allora non è troppo presto».

Perla sorride, mettendo in risalto le guance arrossate. «Tiberio, credo sul serio di essermi innamorata di te».

«Anche io ti amo, piccola. Non c'è cosa di cui sia stato così certo fin da subito».

«Quanto? Da qui alle stelle?» domanda ancora alzando il capo e rimanendo sempre ancorata alla mia vita.

Le bacio la punta del naso e rispondo: «E ritorno».

***

Il ricordo del nostro primo bacio mi stringe il cuore e mi fa desiderare alla follia di poterla toccare ancora. Non ci sono limiti alle cose che darei pur di poterlo fare un'ultima volta. Ho una voglia improvvisa e lacerante di stringerla al mio petto e accarezzarle i capelli, di farla mia per poter sentire ancora cosa vuol dire fare l'amore con una persona che ami, proprio come la prima volta che siamo stati insieme.

Perla non può vedermi perché e cieca, ma non potrebbe comunque perché io non ci sono. Non sono qui presente per poter sentire il suo corpo contro il mio e questo mi consuma come non mi ero mai accorto prima d'ora. Se solo potessi parlarle veramente, senza limiti o costrizioni... forse tutto questo sarebbe più sopportabile.

«Amore, ci sei ancora?» La voce di Perla è ora flebile, come se anche lei fosse reduce dei miei stessi pensieri.

«Certo, piccola».

«Devi farmi una promessa».

Deglutisco. Le avrei promesso la luna fintanto che ero in vita, ma ora? Fin dove posso spingermi con le promesse?

Eppure rispondo: «Quello che vuoi».

«Devi darmi la tua parola che non mi abbandonerai mai e che rimarrai sempre qui con me».

Per la seconda volta ripenso alle parole di Alessio: *Sta' vicino a chi ami. L'amore è sempre la soluzione.*

«Io non so fin quanto durerà questo miracolo» dico sinceramente, «ma ti prometto che non ti lascerò mai sola. Che io sia un fantasma, un'Apparizione, un alieno o un uovo fritto in padella, non importa: sarò sempre al tuo fianco. Una volta ti dissi che non avrei mai messo limiti temporali al nostro amore e di certo non lo farò adesso».

Vedo Perla annuire, poi piangere e ridere contemporaneamente.

«Ammettilo» le dico, «stai pensando a un uovo fritto in padella con gli occhiali, vero?»

«Non posso farne a meno».

Scoppiamo a ridere insieme, e quando le metto una mano sulla guancia sinistra, noto il suo volto piegarsi da quel lato, come se mi avesse sentito per davvero.

14. Gemma

Traccia: *Unsteady* di X Ambassadors

Finalmente Daniele mi ha chiesto di uscire. L'ho conosciuto in modo tutt'altro che normale, lo so. Fuori il vento soffiava forte e i primi freddi di dicembre mi avevano invogliata a prendere la coperta più pesante che possiedo; conciata da involtino, mi ero poi rifugiata sulla cassapanca sotto la finestra di camera mia, per dare un'occhiata alle ultime novità del panorama social. Fu in quel momento che mi accorsi di un nuovo *follower* su Instagram, un certo Daniele Pittaluga.

Scolpito da Michelangelo, occhi e capelli scuri e la barba. Santo cielo, la barba. Sfacciato fino al midollo, irriverente e con quegli occhi da teppistello bene educato che riesce a bilanciare il giusto livello di buone maniere al classico comportamento che mio padre definirebbe da *camallü du portü*[22], ovvero un tipo *sgreuzzo*[23], ovvero… cavolo, non riesco a trovare termini più adatti per descriverlo. Insomma, bene e male condensati perfettamente in unico cervello pensante.

Mi sono bastati uno sguardo e un *tap* sullo schermo per farmi carpire dalle sue fauci. Inutile dire che ho subito ricambiato il suo interesse nei miei confronti e da quel momento ci siamo scritti per circa una settimana, fin quando,

---

[22] *Scaricatore di porto*, in genovese.

[23] *Grezzo, rozzo*, in genovese.

stamattina, Daniele mi ha chiesto di incontrarci per la prima volta.

Non ho detto niente a mia sorella perché non voglio riaprire una ferita dolorosa come quella che ha dovuto sopportare perdendo l'amore della sua vita e che, almeno in apparenza, è in via di guarigione. Voglio che sia felice e, almeno per quanto mi riguarda, tenerle lontano le mie pazzie amorose è il modo migliore per farlo. Ho accennato qualcosa di Daniele ai miei genitori, perché proprio non riesco ad avere segreti con loro e soprattutto perché ho un disperato bisogno di un loro parere. Papà ha distorto il naso guardando una delle foto sul suo profilo, borbottando qualcosa di indefinito sui due orecchini che porta, uno per lobo, e per lo *sguardo esageratamente da furbo*, per citare le sue parole; mentre la mamma è stata più aperta nell'esprimersi.

«Quanti anni ha?» ha domandato come prima cosa.

«Ventisei, cinque in più di me».

«Innegabilmente è un bel ragazzo. Mhh... Andate in un posto affollato» ha raccomandato poi. Un consiglio che racchiude tutto: dal *non fidarti degli sconosciuti*, al *non bere*, al *cerca di capire se è un tipo a posto, prima di qualsiasi altra cosa.*

E così oggi è il gran giorno, quello in cui capirò se comportarsi nello stesso modo che ho sempre criticato fino ad ora, trovandolo un irresponsabile salto nel vuoto, può realmente portare a qualcosa di positivo. Potrebbe essere che stia dando di testa, me ne rendo conto, ma dopo anni passati ad aspettare che quello giusto comparisse dal nulla, fallendo sempre miseramente, direi che è arrivato il momento di provare altre strade, anche se sono senza navigatore.

Riempio il portafogli e lo infilo nella borsa. Poi imbocco il corridoio verso l'uscio.

«Dove te ne vai di bello?» domanda Perla prima che io esca. Si tiene aggrappata al cornicione e ha un sorriso furbetto sul volto.

«A fare un giro. Vedi di non farti strane idee, mi raccomando». Le do un bacio sulla guancia e poi sparisco dietro la porta.

Chissà cosa starà tramando. Quell'espressione sul suo volto compare solo quando nasconde qualcosa ma, essendo una pessima bugiarda, non riesce mai a camuffarla.

Messo il naso fuori, mi stringo ancora di più la sciarpa intorno al collo e incalzo il berretto nella speranza che non voli via insieme al vento freddo. Raggiungo il locale dell'appuntamento con cinque minuti di anticipo e, oltre qualunque aspettativa, trovo Daniele davanti all'ingresso.

Questa puntualità sarà sicuramente un punto a suo favore quando lo racconterò a mio padre.

Lo riconosco subito grazie alla moltitudine di foto da modello che ha postato sul suo profilo, anche se ora ha i capelli leggermente più corti.

«Ciao, Gemma» esclama vedendomi, e poi mi bacia sulla guancia come se ci conoscessimo da sempre.

Prendiamo posto al tavolo che avevo prenotato e ordiniamo. Mi sbilancio fin troppo chiedendo un analcolico decolorato, lui una birra. Infine si aprono le danze.

«Insomma, quando ci siamo sentiti ti avevo accennato qualcosa della mia ex» esordisce.

Io annuisco, non riuscendo a essere indifferente al disagio che provo.

Mi vuole parlare della sua ultima relazione? Andiamo bene.

Ma forse è una strategia per cominciarne una nuova, così lo lascio fare.

Mezz'ora dopo, nel mio bicchiere sono rimasti solo un paio di cubetti di ghiaccio e sto facendo girare vorticosamente la cannuccia sul fondo, tanto per tenere occupate le mani.

«... e questo è più o meno tutto» termina poi Daniele.

Ah, già finito? Sei sicuro?

A questo punto non so più che pensare: Daniele cerca una psicologa o una nuova ragazza? È lui il misterioso cavaliere che dovrebbe presentarsi un giorno alla mia porta o piuttosto è un viandante smarrito? Per ora sono fisicamente molto attratta da lui, non lo nascondo, e spero vivamente che questo primo incontro mi permetta di capire se mantiene alte le aspettative anche cerebralmente.

Per ora... mah.

Bello ma sciocco non è proprio il tipo adatto a una come me. Così tengo alta la guardia, come mi ha insegnato mia sorella nei confronti degli uomini, almeno fin quando non avrò elementi sufficienti per cominciare a guardare oltre. Recupero qualche informazione dal mio cervello in merito alla conversazione in atto e azzardo una domanda: «Quindi ora che progetti hai?»

Daniele sorride sornione e mi guarda alzando un sopracciglio.

Forse crede di essere sexy, non sta a me giudicare.

«Non pensavo che sarei riuscito ad uscire con un'altra ragazza che non fosse Arianna» ammette poi, «ma tu mi hai fatto cambiare idea».

Solo ora mi accorgo del forte accento genovese che Daniele imprigiona in ogni singola parola che dice, ma sono così presa da tutte le volte in cui ha pronunciato il nome della sua ex a discapito del mio, che praticamente non faccio più caso a nulla.

«Vedo che pensi ancora a lei, però» asserisco.

«Affatto» ribatte lui.

Pensa tu.

«Non sarei qui se fosse così» afferma ancora. Io sorrido e distolgo lo sguardo per un attimo.

Il resto del pomeriggio lo spendiamo a parlare di noi, dei nostri interessi, in parte delle nostre famiglie e di tutto quello che ci è capitato finora nella vita. Tranne dell'incidente. Di quello non parlo nemmeno con vaghi accenni, perché non sono pronta a trascinare mia sorella in una storia di cui non riesco ancora a immaginare il finale, e di certo non la userò come attrice per una scena strappalacrime. Le Saffi sono grintose, non fragili, ed è un bene che Daniele lo capisca fin da subito.

Lui, invece, non pare farsi problemi a raccontarmi che suo padre è venuto a mancare cinque anni fa e che da quel giorno sostiene e aiuta la madre come un bravo uomo di casa; non si lascia sfuggire l'occasione di dirmi che tifa Sampdoria invece che Genoa, facendo immediatamente scattare in me la scintilla competitiva, e che preferisce le acque sarde alla costa ligure.

Poi scopro inaspettatamente di essere incuriosita dal modo con cui usa le parole, tanto che quasi dimentico il fatto che viene da un quartiere periferico della città, dove dialetto e cadenza genovese vanno a braccetto come focaccia e cipolle. Sa usare la testa in modo ammaliante, seducente, capace di dire la cosa giusta nel momento giusto, e con un'abilità di abbinamento ai miei pensieri quasi inquietante. Siamo indiscutibilmente diversi, eppure c'è qualcosa in lui, probabilmente di oscuro e pericoloso, che riesce a tentarmi. Spero solo di non essere diventata una ragazza da bad boy.

«Ci facciamo un giro?» domanda poi.

«Perché no».

Mentre mi avvolgo nello sciarpone di lana, Daniele mi offre l'aperitivo.

Galante.

«Posso sapere qual è stata la foto?» Voglio saperlo dal primo istante.

«Quale? Quella sul tuo profilo che mi ha spinto a scriverti e poi a chiederti il numero e poi a...»

«... Uscire con me, sì, proprio quella» lo anticipo mostrando tutta la fretta della curiosità.

Daniele ride e io comincio a elencare tutte le possibilità nella mia testa: quella dove ho i capelli sciolti non può essere perché non mi si vede bene il volto; ci sarebbe quella con la maglietta verde, che è carina, ma lui non mi sembra il tipo da farsi abbagliare dai colori; quella con la gonna lunga? Potrebbe, ma...

«Non te lo dirò» asserisce poi, accennando a un sorriso beffardo.

Il mio flusso di pensieri inchioda bruscamente. «Come, scusa? Perché mai?»

«Perché è irrilevante».

Alzo le sopracciglia tra il contrariato e il divertito. «Lo sarà per te forse, ma io voglio sapere perché io e non un'altra. Instagram è una vetrina o se preferisci una specie di menù: scegli quello che ti piace e, se sei sufficientemente bravo, te lo prendi».

«Ti senti una pietanza?»

«Solo fino a che non giustificherai la tua scelta».

Daniele sgrana gli occhi, quasi offeso.

«La curiosità è femmina» riprende poi, tornando a sorridere, «ma non sono qui per soddisfare la tua».

«Allora non penso che riusciremo ad andare lontano: sono una tipa molto curiosa».

Ora mi piace stare con Daniele: la sua compagnia è stuzzicante, anche se ammetto che alcune delle sue uscite mi urtano profondamente l'animo e ho bisogno di tutto il mio autocontrollo per non rispondergli come vorrei. Dopotutto non lo conosco bene, anzi per niente, e sarebbe sciocco rovinare qualcosa ancor prima che cominci.

Un passo dopo l'altro raggiungiamo l'affollata via XX Settembre con i suoi negozi sempre pieni e illuminati. Stanno montando le prime luminarie di Natale, il che rende tutto ancora più magico. Il Ponte Monumentale ci accoglie da lontano e, senza nemmeno accorgercene, arriviamo a piazza De Ferrari. Nulla di nuovo per me, dato che ci vengo tutti i giorni in accademia, ma in un contesto così differente mi rendo conto di quanto effettivamente sia bella.

Daniele mi racconta del suo lavoro, del fatto che è il responsabile del personale in una nota azienda e che si occupa di valutare i curriculum dei vari candidati; giustifica con questo il suo spiccato intuito nel capire le persone.

«Sai, Gemma» spiega, «sei una tipa molto sveglia, che sa ascoltare, e che sicuramente andrà lontano nella vita. Forse dovresti uscire un po' dalla tua *comfort zone*».

«Cioè pensi che non possa vivere felicemente là fuori così come sono?»

Daniele scuote la testa a scatti, muovendosi con un classico atteggiamento da *sono bello e lo so*. Attualmente, la sua elevata autostima e il suo egocentrismo non mi dispiacciono affatto, considerato che finora sono uscita con ragazzi la cui massima aspirazione era stare con me per piangere sulla mia spalla e lamentarsi di quanto il mondo fosse ingiusto nei loro confronti. Per come sono fatta, mi sono presto resa conto che il camice da crocerossina non mi dona affatto e, per la prima volta, sono lieta di non indossarlo più.

«Penso che tu ti debba lasciar andare. Da quanto ho capito, sei una che ama l'amore e che non cerca uno qualunque, ma quello adatto».

«Ci hai visto giusto» asserisco decisa.

Mi piace come mi mette alla prova e mi piace ancora di più il tipo di risposte che suscita in me con le sue domande.

«È molto bella come cosa, molto» dice, vestendo ancora quel sorriso secondo lui seducente. Si gratta la barba, per poi riprendere il discorso: «Spero non ti dispiaccia» dice indicando la sigaretta che si sta accendendo.

Ah, fuma pure. Questo magari a papà non lo dico.

«Solo se non mi fumi nei capelli».

Daniele annuisce e copre la fiamma dell'accendino con una mano, poi aspira una boccata di fumo.

«A volte bisogna abbassare le difese per trovare quello che si cerca» continua imperterrito.

Sono curiosa di sapere cosa pensa di me.

«Fammi indovinare, pensi che quel *qualcosa* sia tu e vuoi che abbassi le difese con te, sbaglio?»

«In fondo, potrebbe essere così».

Improvvisamente mi balena in mente una scena a dir poco romantica: Daniele mi prende per una mano e mi tira a sé, accogliendomi tra le sue braccia, dolce e protettivo. Poi mi solleva il mento con un dito e mi costringe a guardarlo negli occhi castani, poco prima di prendersi le mie labbra appassionatamente, gustando ogni secondo di quel bacio.

«Potrebbe» rispondo arrossendo al suono dei miei pensieri.

Nel frattempo si è alzato il vento e la vicinanza con il mare lo rende ancora più aggressivo; così Daniele, accorgendosi del mio tremore sotto la giacca pesante, mi afferra per mano e mi riaccompagna verso casa. Una volta sotto il mio portone, il sole è già tramontato da un po', lasciando spazio alle prime luci notturne, tra cui i lampioni che hanno cominciato ad accendersi per le strade.

«Ti ringrazio per la serata. Sono stata bene» gli dico.

Daniele non mi risponde nemmeno. Si avvicina repentinamente, cogliendomi un po' alla sprovvista, e mi bacia. Comincia piano, come se volesse essere sicuro che è quello che voglio anche io, e nella mia mente ripenso alla scena che ho immaginato poco fa. Lo circondo con le braccia, ricambiando il suo bacio.

Con la coda dell'occhio vedo qualcuno imboccare la via di casa mia: noi siamo su quella stessa strada ma appartati, al buio, lontano dallo sguardo inopportuno dei pochi coraggiosi passanti che rientrano. Mi perdo e smetto di pensare, chiudo gli occhi e assaporo quello che sta succedendo.

Nella foga del momento, Daniele mi spinge contro il muro e mi afferra le braccia, incastrandole tra i nostri due corpi. Sento le sue dita affondare nella mia carne, quasi non fossero presenti tre strati di tessuto, e il bagliore di una lampadina nella mia testa comincia a brillare. Ma tengo a bada l'istinto di autodifesa che ho sviluppato nel tempo, proprio per darmi l'opportunità di uscire da quella famosa comfort zone dove, a quanto pare, sono imprigionata da anni.

Continuiamo a baciarci e Daniele decide di passare dalle mie labbra al mio collo, allentando il giro di lana della sciarpa e succhiando la mia pelle poco sotto il mento. Apro gli occhi di scatto, non tanto per la rapidità con cui ha deciso di cominciare ad andare oltre, ma per il fatto che una delle sue mani è salita al mio collo e sta cominciando a stringere sempre più forte.

Ansima una domanda di cui colgo qualcosa come: *Ti piace?*

E mi accorgo di volergli rispondere: *Assolutamente no.*

Ora la lampadina si è accesa completamente e, per quanto vorrei parlare, sento la voce mancarmi, mentre le sue dita continuano a mantenere la presa intorno alle mie corde vocali. Ho solo un braccio libero e con quello premo sul suo petto per allontanarlo da me. Per fortuna mi lascia andare, quasi come se non si fosse accorto di nulla.

«Cosa c'è?» domanda con il suo solito sorriso.

Da qualche minuto sento un vuoto nello stomaco e sono lieta che la figura scura in fondo alla strada si stia piano piano avvicinando a noi: stranamente ho bisogno di sapere che non sono sola, proprio ora che comincio a capire che quel vuoto assomiglia tanto alla paura. La paura dovuta alla consapevolezza che la forza di una donna non può niente contro quella di un uomo, soprattutto se spinto dagli istinti. Presa la cintura nera, mia sorella mi ha passato qualche insegnamento, ma non penso di assomigliarle nemmeno lontanamente, quindi so che non potrei difendermi.

«Non mettermi le mani addosso... nemmeno per gioco» lo ammonisco, sperando che le parole escano dalla mia bocca chiare e sicure.

«Non sto facendo niente che non ti piaccia, perché so che ti piace» bisbiglia Daniele al mio orecchio, mettendomi nuovamente la mano al collo.

Lo spingo ancora via, questa volta con più forza. «Non te lo ripeterò. A quanto pare non capisci bene le persone come pensi».

So che stuzzicarlo forse non è la strategia migliore ma, al contempo, non voglio che pensi che abbia paura di lui, anche se è così. Non riesco a smettere di pensare alle sue mani su di me, alla violenza con cui mi ha afferrata e al dolore che ho sentito su entrambe le braccia: niente che assomigliasse nemmeno lontanamente alla scena che avevo immaginato. Non mi è chiaro perché a certe persone piaccia questo tipo di sensazioni e per quale motivo il corpo di alcuni si ecciti in una condizione del genere, ma la cosa di cui sono assolutamente sicura è che io sono tutt'altro che eccitata e che l'unica cosa che vorrei fare in questo momento sarebbe spedirlo il più lontano possibile da me.

Ma Daniele è di nuovo sul punto di attaccare: forse è guidato dai tre cocktail alcolici che si è preso come aperitivo oltre alla birra, forse è solo in cerca di sesso sfrenato per vendetta nei confronti di quella famosa ragazza che lo ha lasciato, o forse è solo un uomo poco controllato che cede facilmente agli istinti. Qualsiasi sia la ragione, non mi interessa. Voglio solo che si tolga da me subito.

«Ti ho detto che non voglio niente di tutto questo» ripeto ancora, anche se il tono della mia voce comincia a tradirmi.

«Non ti credo. Vieni qui». Daniele mi afferra di nuovo e si struscia contro di me, questa volta stampandomi meglio sul muro, così che non abbia più la possibilità di liberarmi. Sento il fumo e l'alcol nel suo alito, cosa che, accecata come ero in un primo momento, mi suona del tutto nuova.

Sono pronta a lottare, costi quel che costi, e il mio ginocchio si trova anche in una buona posizione, se non fosse che inaspettatamente i nostri corpi si dividono e Daniele viene strappato da me violentemente, come se un tornado lo avesse preso tra le sue spire e lo avesse allontanato.

Sono troppo carica di adrenalina per capire subito cosa sia successo, ma poi vedo la sagoma del passante che avevo notato avvicinarsi a noi e ora ne riconosco il volto, nonché la voce.

«Metti giù le mani da lei!» esclama Emanuele infuriato.

Quando realizzo la dinamica degli eventi, il mio migliore amico tiene ancora il cappuccio della giacca di Daniele tra le dita e lo sta spingendo lontano da me.

«Sparisci» urla ancora, «e vedi di farlo in fretta!»

Daniele impreca nella peggior maniera, aggiustandosi la giacca e avvicinandosi nuovamente con fare impetuoso. Questa volta leggo l'ira nei suoi occhi arrossati, cosa che lo rende pericoloso di fatto e d'aspetto.

«Non ci provare nemmeno» gli intima Emanuele, parandosi davanti a me come un muro umano. Sembra più grande e più sicuro di sé come mai lo avevo visto prima, e finalmente ritrovo il controllo della situazione.

«Vattene, Daniele» asserisco, uscendo da dietro le spalle del mio amico, «e se non fosse abbastanza chiaro, non mi aspetto più messaggi da parte tua».

Daniele mi insulta, provocando scatti violenti nel braccio destro di Emanuele, che non lo pesta a sangue solo perché lo afferro prima che possa accadere; poi l'altro si volta e se ne va, sparendo nel buio.

Rimaniamo da soli davanti al portone del mio palazzo e piano piano comincio a sistemare i pezzi del puzzle.

«Stai bene?» domanda Emanuele. Ha un'espressione seria, così diversa da quella divertita e ciarliera che veste di solito, che quasi mi sembra di apparire come un'estranea ai suoi occhi.

«Sì. Ora vuoi spiegarmi che diavolo ti è preso?» Gli rivolgo la domanda con durezza: dopotutto è intervenuto all'improvviso, senza autorità, senza sapere chi fosse l'altro ragazzo, senza preoccuparsi delle sue azioni e delle conseguenze emotive che avrebbe potuto scatenare in me.

«A me? A te piuttosto! Chi era quel tizio?!»

Incrocio le braccia frustrata: come si permette di parlarmi così? Chi è, mio padre per caso?

«Uno di cui non ti deve interessare e che hai quasi preso a pugni».

«Beh, di certo non mi sono preoccupato di essere gentile con il tipo che voleva violentarti».

«Viol… ? Stai farneticando!» sbuffo spazientita, passandomi una mano tra i capelli. «Era tutto perfettamente sotto controllo».

«C'è chi giurerebbe il contrario» ribatte lui, alzando la voce.

Faccio un bel respiro per mantenere il controllo. «Credi che mia sorella sia l'unica a sapere come piazzare un bel gancio, quando serve?»

«Magari no, ma è evidente che sa riconoscere i momenti in cui è necessario farlo».

Questo non doveva dirlo. Sgrano gli occhi arrabbiata e lancio le braccia all'aria, guardandolo per la prima volta con aria di sfida.

«È proprio una delusione scoprire che dopo tanti anni ancora non conosci assolutamente niente di me» asserisco il più crudamente possibile. Ora come ora, Emanuele non si merita il mio rispetto, proprio come lui ha deciso di non portarne più a me. Sbaglierò, è possibile, ma non mi interessa; avrò tempo di pentirmene più tardi.

«Sai che ti dico? Hai ragione. Guardandoti così non assomigli lontanamente alla Gemma che conosco io, quella con cui sono cresciuto e di cui mi sono innamorato fin dal primo maledettissimo giorno. Quella Gemma non avrebbe *becciato*[24] così, cacciando la lingua in gola al primo sfigato incontrato per caso!»

Emanuele mi vomita contro tutto il suo disprezzo, in un moto d'ira che gli fa recuperare in un secondo tutti gli anni in cui non si è mai arrabbiato seriamente. Ma anche io ho qualcosa da dire.

«Da quale pulpito! Parli tu che ci hai messo diciotto anni per ammettere a te stesso quello che provavi, qualcosa che

---

[24] *Pomiciato*, in genovese.

tutti avevamo capito da tempo; tu che ti sei nascosto dietro l'amicizia per non affrontare la possibilità di un rifiuto! Beh, sai che c'è, Emanuele? Sei stato tu a spingermi tra le braccia di quello sfigato e insinuare il contrario è un insulto alla mia intelligenza, quindi non ti permetterò di farlo».

Emanuele sbianca come un cencio: forse non si aspettava di essere stato smascherato così tanto tempo fa e di essere uscito allo scoperto molto in ritardo rispetto alla tabella di marcia; eppure non mi lascia il privilegio dell'ultima parola.

«Non ne ho affatto bisogno, Gemma, ci riesci perfettamente da sola».

Ferito e abbattuto, recupera il bouquet di fiori che aveva in mano prima dell'infausto incontro con Daniele e che aveva appoggiato su un davanzale poco distante; poi lo getta in uno dei cassonetti dell'immondizia sul marciapiede, guardandomi dritta negli occhi senza battere ciglio.

Mi viene da piangere: quei fiori... quell'affetto... era tutto per me. Se solo non fossi stata così cieca prima e più coraggiosa dopo, magari ora non ci troveremmo a questo punto. Eppure non mi è piaciuto per niente il suo comportamento e non accetto di essere presa in giro ancora e ancora.

Emanuele fa per andarsene, ma prima di muovere anche solo un passo, mi punta un dito addosso e dice: «Un'altra cosa: ogni chiave ha bisogno di una serratura e quando capirai che tipi come quello non rispettano te ma quello che possono fare *con* te, non venire a piangere da me».

La punta delle dita prende a formicolarmi, mentre le lacrime bagnano le mie guance in maniera copiosa. Vorrei urlare, chiamare il suo nome mentre si allontana sempre di più da me, ma non mi esce la voce. Sono così impotente e ferita che a stento rimango in piedi. So che la rabbia porta le persone a limiti estremi e a pronunciare pensieri che dovrebbero rimanere sepolti nella mente, ma non mi è comunque facile accettare che quei pensieri vengano rivolti a me, soprattutto non da Emanuele Gardella, che conosco da sempre.

Tremo per il freddo, per la tristezza, per motivi che non capisco nemmeno e la borsetta mi sfugge di mano più volte prima che riesca ad aprirne la cerniera e afferrare le chiavi di casa per far scattare il portone. Salgo le scale appigliandomi al corrimano come fosse l'unico modo per rimanere in equilibrio. Entro in casa, accenno a un sorriso sbiadito ai miei genitori appollaiati sul divano davanti al televisore, e bofonchio un augurio di buonanotte soffocato. Imbocco il corridoio per raggiungere camera mia, ma mi fermo prima, davanti alla porta di mia sorella. Busso piano, nella speranza che non stia ancora dormendo. Poso l'orecchio sulla superficie di legno e sento Perla parlare rapidamente e dire qualcosa di indefinito a bassa voce.

«Avanti» risponde poi da dentro.

15. Tiberio

Traccia: *Yes* di Ben & Tan

Sono seduto sul davanzale della finestra in camera di Perla e osservo il povero fiore appassito nel vaso qui fuori.

«Che ne dici di dargli un goccio d'acqua?» le domando attraverso la vecchia radio con cui da piccola ascoltava i cd musicali di Barbie.

«Il mio è un pollice rosso, amore, lo dovresti sapere» risponde lei divertita. «L'acqua ricevuta da me non lo salverebbe comunque».

È seduta per terra, con la schiena poggiata al muro e i capelli biondi legati in uno chignon arruffato, e sta leggendo il suo primo libro dopo l'incidente. Già da un po', infatti, ha cominciato a studiare il Braille e Daria le ha proposto una breve lettura per tenersi in allenamento.

Sposta le mani da sinistra a destra, facendo scorrere le dita sui rilievi nella carta. Sorride e poi chiude il libro, tastando il letto per poggiarlo sopra le coperte. Le ho detto dove mi sono posizionato, così volta il capo a destra, verso di me, e domanda allegra: «Pensi che l'appuntamento di Gemma stia andando bene?»

«Come fai a sapere che si tratta di un appuntamento? Mi hai detto che non ti ha dato molti dettagli sulla sua uscita misteriosa».

«Beh, non ci vuole una laurea: era tutta civettuola nel parlare, indossava il suo profumo preferito e non è ancora tornata a casa. Questi sono segnali piuttosto evidenti».

Scuoto il capo confuso. Evidenti? Per me questi non sono nemmeno segnali, figuriamoci se posso considerarli evidenti!

«E comunque» riprende Perla, «Emanuele mi ha mandato un messaggio prima che Gemma uscisse per chiedermi dove fosse. Penso che sia giunto quel momento, Tiberio».

«Finalmente! Se vuoi saperne di più, posso sempre svolazzare a cercarli per spiare i loro movimenti» propongo.

Perla scuote il capo. «Non ci provare, piccolo Casper. Hanno bisogno della loro intimità».

Rimaniamo un'altra mezz'ora a chiacchierare, sempre se di conversazione si può parlare. Ancora non ho trovato un modo per farlo senza ponte sulla sua dimensione, il che è a dir poco limitante.

«Hai sentito?» domanda poi Perla, puntando gli occhi velati sulla porta di camera.

«Sì. Gemma deve essere rientrata».

Ascoltiamo la chiave girare nella toppa e poi una voce sommessa salutare i signori Saffi in soggiorno.

«*Uhhh*» riprende Perla, «sono proprio curiosa di sapere tutto!»

Batte le mani come una bambina e sorride felice.

«Posso rimanere o è una cosa per sole donne?»

«Ho scoperto che agli uomini piace il gossip più di quanto mi aspettassi. Se riesci a non farti vedere, per me puoi rimanere».

«Mi prendi in giro?» domando divertito da quell'affermazione ironica. È da un po' di tempo, ormai, che non facciamo più caso alle battute, alle frasi e ai giochi di parole che possono ricordare le nostre rispettive situazioni: farlo vorrebbe dire perdere il sonno ogni volta che si parla e abbiamo già abbastanza problemi per preoccuparci anche di questo.

Qualcuno bussa alla porta di camera.

«*Shhh*!» mi intima Perla con l'indice premuto sulle labbra, come se qualcun altro oltre a lei potesse sentirmi. «Non un fiato».

Mi zittisco all'istante.

«Avanti» risponde poi.

La porta si apre e Gemma entra nella camera a passo lento e timoroso, ancora avvolta nel cappotto invernale e con i capelli scompigliati. Dischiudo le labbra preoccupato: non sembra che stia bene, anzi, dall'aspetto sconvolto e dagli occhi lucidi pare proprio che abbia avuto una gran brutta serata.

«Gem? Sei tu?» Ovviamente Perla non ha idea di quello che vedo io e probabilmente non riesce nemmeno a immaginarlo, ottimista com'è.

Gemma borbotta una risposta di assenso e la vedo sforzarsi nel tentativo disperato di contenere altre lacrime. Fissa il soffitto per ricacciarle indietro, ma poi ricorre alle mani per asciugarsi le guance.

«Allora? Avanti, racconta» la incalza Perla, ancora ignara di tutto.

«Ecco... » comincia sua sorella. Ma non riesce a parlare con la voce rotta dal pianto. Tira su con il naso, consapevole che nascondere la verità più a lungo di così non sarà un'impresa facile. «Non è andata proprio come avevo sperato».

Perla ammorbidisce lo sguardo e, senza dire una parola, allunga le braccia, facendole segno di avvicinarsi e di sedersi accanto a lei. Gemma si srotola via la sciarpa e si sfila il cappotto, accettando l'invito.

Con il tono più dolce e inquietante che abbia mai sentito uscire dalle sue labbra, Perla domanda: «Come vuoi che lo punisca?»

Gemma ride, per poi scoppiare a piangere a dirotto, nascondendo il volto tra le sue braccia. Le racconta tutta la storia: dal primo appuntamento con un ragazzo mai visto prima, alle scuse per non avergliene parlato prima, fino a quanto dolce e premuroso fosse stato Daniele all'inizio, per poi rivelarsi un donnaiolo completamente idiota.

«Ma come... ? Io ero assolutamente convinta che fossi uscita con Emanuele» asserisce confusa Perla. Gemma si scosta da lei per qualche secondo con aria interrogativa e poi chiede: «Cosa? Sì, a un certo punto è arrivato anche lui, ma come facevi a saperlo?»

«Lascia stare. Cos'è successo?»

La voce di Gemma si incrina ancora di più quando le parla del pronto intervento di Emanuele, della sua reazione alla visione di quel bacio proibito, della rabbia con cui dopo anni ha finalmente dichiarato i suoi sentimenti (ed era anche ora, amico!) e della brutta litigata conseguita al tutto.

«Non volevo dirtelo, Perl, non volevo dirti niente» piange Gemma, «ma non sapevo che altro fare: mamma e papà avrebbero dato in escandescenza e... e...»

Ormai siamo spettatori di un groviglio informe di parole che esce dalle sue labbra come un fiume in piena e Perla aumenta la stretta intorno alle sue spalle, accarezzandole i capelli e asciugando le lacrime dal suo viso.

«Perché mai non avresti dovuto dirmelo? Lo sai che ci sono sempre per te».

In effetti sono curioso anche io di conoscere i motivi di Gemma.

«Lo so... lo so... ma Perl, tu hai... insomma, hai perso il tuo ragazzo in una maledetta tragedia quest'anno e non mi sentivo di sfogarmi proprio con te dei miei problemi d'amore. Parlarti di questo sarebbe stato come infilare un coltello nella piaga e non avevo intenzione di farlo... Solo che...»

Mi piange il cuore. Quasi avevo dimenticato di quanto Gemma e la sua dolcezza fossero incommensurabili. Perla afferra la sorella per le spalle e la costringe a guardarla. «Gemma Saffi, non pensarci nemmeno. Non ti devi preoccupare per me. Non permetterò mai che le cose belle o brutte della mia vita impediscano a te di raccontarmi le cose belle o brutte della tua. Mi sono spiegata? Sei l'altra metà del mio cuore e se stai male tu, sto male io. Quindi sentiti libera sempre di confidarti con me, qualsiasi sia l'argomento».

Non so se in un altro momento la sua voce sarebbe risultata tanto ferma nel pronunciare quelle parole, ma probabilmente la consapevolezza della mia presenza nella stanza permette a Perla di prendere coraggio e di riuscire a compensare le debolezze della sorella.

«È che non so proprio cosa fare» geme ancora Gemma.

«Non parliamo di *questo* Daniele, vero?»

Gemma scuote il capo.

«Cosa provi tu per Emanuele?» domanda allora.

«Non lo so... non ci ho mai pensato...»

Perla sorride e mi pare di cogliere un rapido movimento del suo capo nella mia direzione. «E se invece lo sapessi perfettamente, ma non te ne fossi ancora accorta?»

Gemma si asciuga il naso con un fazzoletto preso dal comodino. «C-che intendi?»

Perla si alza da terra e fa segno alla sorella di attendere. Poi segue il muro fino alla mensola sopra il letto, dove tiene tutte le sue palle con la neve, e prende una piccola scatolina di velluto blu. Poi torna a sedersi vicino a Gemma e le mette l'oggetto in mano.

«Questo è il tuo anello di fidanzamento» mormora lei aprendola.

«Non ho più avuto il coraggio di indossarlo dopo quello che è successo, ma è proprio lui. Ricordi la sera in cui Tiberio me lo diede?»

«Come dimenticarlo: è stato il momento più romantico a cui abbia mai assistito» dice Gemma.

Se fossi ancora vivo probabilmente piangerei. Quella notte è stata davvero magica come la ricorda Gemma, ma per me è stata molto di più: l'inizio di un percorso insieme alla donna che amavo, che amo e che amerò per tutta... l'eternità.

«Ancora non riesco a capire. Cosa c'entriamo io ed Emanuele?»

«C'entrate eccome. Pensaci, ricordi anche quello che successe prima di quella sera?»

Forse a Gemma è stato solo raccontato, ma io ricordo ogni singolo dettaglio di quei momenti: tre giorni in cui ho visto l'Inferno e il Paradiso mescolarsi in unico shot altamente alcolico.

***

24-26 giugno 2016

Ok, è arrivato il momento. Fra due giorni è il mio compleanno e compirò ventiquattro anni, una di quelle età in cui bisogna per forza prendere qualche decisione importante. Insomma, è d'obbligo. Ormai non mi va più di scherzare con la vita, soprattutto ora che c'è Perla nella mia.

Afferro una scatolina blu scura, tanto piccola quanto preziosa, e comincio a rigirarmela tra le mani, camminando avanti e indietro in cerca di qualcosa, forse del mio senno disperso. Quando ho parlato di questa idea ai miei genitori loro mi hanno guardato storto, molto storto, a differenza di Flavio che, invece, si è fatto una bella risata, mollandomi una pacca sulla spalla.

«Hai coraggio da vendere, fratello» ha commentato.

«Sei proprio sicuro che sia la scelta giusta?» ha domandato invece mia madre. Non che non me lo aspettassi, è ovvio: qualunque genitore di buon senso avrebbe cercato di fermarmi, ma anche io sono un figlio pienamente nella media e, come tutti gli altri, ho bisogno di camminare sul mio percorso. Ho dunque messo un freno a tutte le obiezioni, per quanto giuste potessero suonare, con il risultato che mia madre si è addirittura prodigata per ritrovare l'anello di fidanzamento di mia nonna, gelosamente conservato nello scrigno dei gioielli antichi.

«È sempre stato destinato a uno di voi due, al primo che avrebbe compiuto il grande passo, ma ho sempre saputo che saresti stato tu» ha sussurrato deponendo l'anello nelle mie mani. «Se questi sono i tuoi desideri, è giusto che sia *lei* a indossarlo da ora in poi».

Così ora mi trovo sul lungomare a pensare e a ripensare alle ultime ore, cercando di capire quanto pazzo io possa essere; e ogni volta che tento di darmi una risposta, sorrido felice, perché più passa il tempo più sono convinto della decisione che ho preso. Spero solo di non essere l'unico.

Perla dovrebbe arrivare da un momento all'altro e sono terribilmente combattuto in questi attimi di attesa: non vedo l'ora di vederla per godermi il momento o vorrei correre subito alla fine della giornata per sapere il verdetto finale?

Ogni mare ha una voce diversa: una ninna nanna consolatrice a cui potersi sempre affidare. Ecco perché torno sempre a lui, soprattutto quando ho bisogno di una voce amica che mi sostenga; anche se oggi si tratta di un vero e proprio *mugugno zeneize*[25]. Il sole sta tramontando e la luce arancione si riflette sulle onde che brillano come tanti diamanti. Poi finalmente intravedo il più bello: Perla incede elegantemente verso di me, con i capelli biondi che svolazzano nell'aria, e sorride. Lei sorride sempre e non c'è cosa più dolce che io possa desiderare di vedere per tutti i giorni della mia vita.

Quasi non mi saluta nemmeno e si lancia tra le mie braccia, baciandomi appassionatamente. Per qualche secondo mi scordo completamente dove sono e tutti quelli che erano i miei piani, perso nel suo bacio, mentre assaporo le sue labbra carnose e stringo il suo corpo a me.

«Allora, sei pronto per dopodomani?» dice in un sussurro affannato.

Annuisco e dico: «Flavio ha comprato quattro confezioni di palloncini».

«Ma è pazzo?! Gli dirò di buttarle tutte e quattro!» asserisce terrorizzata mettendo i palmi delle mani sul mio petto.

«*Uuuh*» ululo canzonandola, «iperacusia! Me ne ero dimenticato. Non ti preoccupare, me li rivendo».

«Con il tuo spirito venderesti gelati al Polo Nord…»

«E sarei *pin de vento*[26] sicuramente».

Perla ride lanciando indietro la testa, poi mi prende per mano e cominciamo a passeggiare. Nella tasca destra dei pantaloni sento la pressione della piccola scatolina che custodisco.

«Alla fine verranno anche mia sorella e il suo migliore amico» asserisce poi riprendendo il discorso.

---

[25] Modo di lamentarsi tipicamente genovese.

[26] Letteralmente *pieno di vento. Pieno di soldi*, in genovese.

«Sei riuscita a convincerla, eh? Sono contento. Non vedo Gemma da un bel po'».

«Già... e dove va lei, va anche Emanuele. Quei due sembrano una di quelle coppie che si conoscono da sempre e alla fine si sposano».

Distolgo lo sguardo per raccogliere tutto il mio coraggio e mi schiarisco la voce: «A proposito...» comincio. È imbarazzante il modo in cui mi tremano le parole in bocca. Forza, Tiberio. Perla volta il capo verso di me e mi guarda curiosa. «Stavo pensando che io e te non ci conosciamo affatto da sempre. Eppure è come se fosse così, almeno per me».

Faccio una breve pausa nella speranza di sentire le parole...

«Sono d'accordo».

Pff. E questo è già un passo avanti.

«Quindi non troverai strano il fatto che ti penso ad ogni ora di ogni giorno e che immagino di averti accanto tutte le volte che non ci sei».

«Wow!» esclama lei sgranando gli occhi, «è una visione di me piuttosto molesta».

Le accarezzo una guancia, negando con il capo. «Tutto il contrario, Perl. Sono dipendente da te, dai tuoi occhi, dal tuo sorriso, dalla tua voce. Sono un dannatissimo tossico, insomma».

«Sono le parole d'amore più belle che abbia mai sentito» afferma divertita.

«Spero di no. Spero che le più belle tu le stia per sentire ora...» La faccio fermare e tiro fuori dalla tasca la magica scatola in cui è simbolicamente confezionato tutto il nostro futuro. «Ormai mi conosci, sono un tipo all'antica». Mi inginocchio e apro la scatola davanti a lei. «Perla Saffi, se quest'anno che abbiamo passato insieme potesse diventare tutta la vita, accetteresti di passarla con me?»

Ora posso dire di aver dato ufficialmente fondo a tutta la mia scorta di ossigeno. Mi reggo in equilibrio sul ginocchio solo per inerzia o per gravità o per qualsiasi benedizione divina che mi impedisce di cadere a terra come una mela.

Perla scoppia in una fragorosa risata, volontariamente forzata. Ma quando si accorge che non seguo quel suo spirito ironico, sgrana gli occhi all'improvviso e ammutolisce. Prende a fissarmi come fossi un estraneo e ha gli occhi lucidi; eppure ho la strana sensazione che non siano lacrime di gioia.

«Perl...?»

«Sul serio? Mi hai appena chiesto d-di... sposarti?» ripete frastornata.

«Beh, sì, sono piuttosto convinto di aver fatto proprio questo».

Perla scuote la testa e si passa le dita tra i capelli, nervosa. Io mi alzo, chiudo la scatola e la ripongo, per poi afferrarle le mani. «Basterebbe che dicessi qualcosa».

Lei scuote ancora il capo. «Ed esattamente cosa vorresti sentirti dire?»

Ho il cuore a mille e mi sento in difficoltà, così ricorro all'ironia per far fronte all'imbarazzo. «Secondo alcuni film la risposta corretta dovrebbe essere una cosa come *'Sì'*».

Perla stringe gli occhi e si riprende le mani, infilandole in tasca.

«È una cosa seria, Tìbe» mi ammonisce, quasi spazientita, «e assurda, spero te ne renda conto».

«Cosa? Che stai dicendo?» domando. Ammetto di essere confuso, soprattutto perché la situazione è peggiorata all'improvviso, senza che potessi prevedere quanto grave sarebbe apparsa agli occhi della mia ragazza. «Ti ho solo chiesto di sposarmi, Perl, non avresti dovuto prenderla così male».

«Solo?! Tu mi hai solo...» si porta una mano tremante alla fronte. «Ho ventidue anni, Tiberio. Ancora studio, vivo a casa con i miei e... e... stiamo insieme da meno di un anno. Ti ho incontrato in un locale qualunque e... praticamente è come se non ti conoscessi affatto! Ma cosa pretendi?»

Sgrano gli occhi: altro che confuso, ora sono proprio arrabbiato.

«A me mancano due anni alla laurea. Credi che non lo sappia? E poi, cosa vuoi dire? Se mi avessi conosciuto in biblioteca invece che in un pub mentre bevevo con i miei amici pazzi, allora mi avresti sposato? Non ha senso».

«Certo, come tutte le cose importanti per me! Ci fosse una volta che provi a capire il mio punto di vista o che mi prendi seriamente. Siamo due ragazzini. Abbiamo entrambi appena cominciato a vivere e tu vuoi già fare il passo più lungo della gamba?»

Sento una vampata calda infiammarmi le guance e cerco di sfogare la mia rabbia chiudendo le mani a pugno e conficcandomi le unghie nei palmi. A stento mi accorgo dei passanti che si voltano per guardarci.

«*Cose ti ghe da mia*?[27]» sbotto contro un ragazzino impiccione. Quello sghignazza e poi continua lungo la strada. Torno a rivolgermi a Perla: «Come puoi dirlo? Pensavo che amassi me almeno quanto io amo te; pensavo che bastasse questo. Siamo ragionevolmente adulti per conoscere e scoprire insieme tutte le cose che ancora non sappiamo. Perché deve essere così impossibile?»

---

[27] *Che hai da guardare?*, in genovese.

Perla fa un passo all'indietro, raggiungendo il parapetto che costeggia tutta la passeggiata di Corso Italia, e vi si appoggia sconsolata, incrociando le braccia.

«Perché *è* impossibile, Tiberio. Ti amo, certo che ti amo. Ma non può essere sufficiente a reggere un matrimonio. Ci sono altre cose, moltissime altre. Per me non è un scherzo: è una promessa che si fa davanti a Dio e se non funzionasse… sarebbe un fallimento insopportabile per la mia fede, i miei principi e la mia morale».

Solo in questo momento mi accorgo di essere rimasto in apnea negli ultimi cinque minuti di conversazione. Non voglio accettare il fatto lampante che io e Perla siamo ancora estranei, quasi totalmente all'oscuro l'uno dell'altra, delle paure reciproche che i punti ciechi dei nostri due caratteri fanno emergere di volta in volta. Forse ho davvero sbagliato a pensare che saremmo potuti andare avanti nonostante tutto quello che ancora non sappiamo, che avremmo potuto affrontare qualsiasi tempesta la vita mettesse sul nostro percorso.

Ma sentirmi dire che per me questo è solo un gioco brucia come sale su una ferita.

«Ti ho presa talmente sul serio da chiederti di credere in noi due. Non lo avresti fatto da sola, saremmo stati insieme. Se per te questo è un gioco, allora sì, stavo scherzando».

Perla comincia a piangere e ancora una volta gira il capo verso il mare, distogliendo lo sguardo per qualche secondo. Poi torna su di me e, lapidaria, mi dice: «È un rischio che non sono pronta a correre e, sinceramente, non avresti dovuto pensare che lo sarei stata».

Annuisco una sola volta. Mi avvicino a lei per asciugarle la guancia e lasciarle un bacio sulla fronte e, dopo averla osservata ancora per un attimo, me ne torno da dove sono venuto, nella speranza improbabile di dimenticare tutto questo il prima possibile. Una volta in macchina comincio a prendere a sberle il volante, sfogando tutto il mio disappunto. Poi metto in moto e torno a casa.

Il giorno seguente mi alzo presto dopo una notte insonne e conto i secondi che mi separano dal compiere un altro anno. Quanto odio l'idea di diventare un ventiquattrenne senza essere riuscito nell'intento più bello in cui avevo sperato. Il nome di Perla rimbomba nella mia testa in modo così fastidioso. Sono terribilmente tentato di chiamarla, di sentire ancora la sua voce e magari di litigarci, pur di parlare con lei; ma non mi serve Flavio con le sue teorie sul mondo femminile per capire che l'unica cosa di cui ha bisogno ora è il suo spazio, il suo tempo e la giusta dose di distacco da me che le permetta di capire. Capire non solo se potrei essere davvero un buon marito un giorno, ma se addirittura sono ancora il ragazzo giusto per lei adesso, quello che ha sempre sognato e con cui dovrebbe sentirsi al sicuro e non spaventata per una proposta come la mia.

Sento Flavio parlare al telefono nella camera a fianco e colgo solo qualche parola della sua conversazione: «Sì, sono a casa dei miei... No, non c'è problema, ci penso io. Te lo porto stasera, sul tardi».

Sforzo la mente il più possibile affinché si concentri sul capire con chi potrebbe parlare mio fratello o su quali strani *manezzi*[28] stia confabulando con quelli che devono per forza essere i suoi amici; ma è perfettamente inutile.

La rabbia e la tristezza mi assalgono insieme impedendomi di ragionare e mi fanno sentire anche peggio di quanto non sono stato sul momento, quando Perla ha detto *"No"* a quell'unica domanda a cui bisognerebbe rispondere

[28] *Inciuci*, in genovese.

sempre *"Sì"*. Fortunatamente i miei genitori non hanno commentato l'accaduto, risparmiandomi una sfuriata praticamente assicurata. Sentirsi dire *"Era chiaro che sarebbe andata così"* oppure *"Lo dovevi immaginare"* non sarebbe servito, se non a farmi tormentare ancora di più.

Tanto sono concentrato sul ripercorrere tutti i miei errori, che non mi accorgo della porta che si apre.

«La dimenticherai» dice mio fratello senza peli sulla lingua ed evidentemente anche senza il minimo tatto.

«Ti avverto, Flavio» dico alzandomi di scatto e raggiungendolo, «attualmente ti trovi nel girone più profondo dell'Inferno e se vuoi uscirne vivo, ti conviene chiudere quella bocca».

Flavio ride, alzando le mani in segno di resa e convincendomi a tornare a sdraiarmi sul letto. «Stavo solo dicendo che è un naturale meccanismo di difesa per salvaguardare la tua sanità mentale. Per questo la dimenticherai... e comunque» aggiunge quando lo fulmino con lo sguardo, «ero venuto a chiederti un altro cd musicale dei tuoi».

Lo vedo appoggiarsi con un braccio sulla sedia, scostando riluttante con le dita uno dei miei pantaloni, lasciati lì dopo essermi spogliato ieri sera. Mi metto un braccio sul volto e gli faccio cenno di prendere ciò che vuole dalla colonnina espositiva vicina alla mia scrivania. Qualche secondo dopo, quando abbasso il braccio, Flavio non c'è più.

Che giornata inutile e noiosa. La passo interamente a sfogliare uno dei tanti tomi universitari, sottolineando qua e là qualche frase, senza nemmeno essere sicuro che sia davvero quella di cui devo ricordarmi all'esame.

Mi alzo. Mi siedo. Apro la finestra. La richiudo.

Le lancette corrono e io mi perdo nell'insoddisfazione, fissando lo schermo nero del cellulare: ogni volta che controllo rimango deluso dal vedere che non c'è nessun nuovo messaggio da parte di Perla. Vorrei lanciare quell'affare contro il muro e vederlo sgretolarsi in mille pezzi, lo schermo intarsiato di ferite nel vetro e i componenti elettrici che zampillano in tutte le direzioni. Ma la razionalità prevale sulla furia e opto per qualcosa di meno distruttivo. Dalla sedia afferro il paio di pantaloni che indossavo ieri e frugo nelle tasche alla ricerca di qualcosa, ma le trovo tutte vuote, tranne per un paio di euro e una graffetta. Che poi, perché vado in giro con una graffetta nei pantaloni non lo capirò mai.

Eppure deve essere qui, dove lo avevo riposto a seguito del rifiuto di Perla. Ma l'anello di mia nonna non c'è più e un'altra ondata di panico mi assale lasciandomi senza fiato.

Decido di tenere la cosa per me, almeno per un po', perché non sono proprio dell'umore per parlare dell'ennesima disgrazia emotiva. Se la mamma scoprisse che ho perso l'anello di sua madre, Perla scenderebbe al secondo posto nella classifica delle donne da temere in questo momento. Così, dopo una cena piuttosto silenziosa, mi ritiro ancora nella mia camera e piombo in un sonno profondo e senza sogni.

E non è la sveglia a darmi il buongiorno la mattina successiva.

Ventisei giugno, ventiquattro anni.

«Buon compleanno!» tuona mia madre, aprendo la finestra con entusiasmo. Spalanca le tende e tira su le persiane facendo entrare la luce potente del sole estivo. «Giù dal letto, dormiglione! Oggi si festeggia!»

Per un attimo sorrido, felice della sua felicità contagiosa; ma poi mi rabbuio e afferro il cuscino inculcandomelo in testa.

«Ah-ah» fa mia madre. Nascosto sotto le lenzuola me la immagino in piedi davanti al letto, mentre sposta l'indice davanti al volto a ritmo delle sue parole. «Niente muso: devi preparati per stasera».

«Mi hai appena svegliato. Non ti pare un po' presto?»

«Non è mai troppo presto per le cose importanti». Afferra il lenzuolo e lo tira via di scatto, costringendomi ad alzarmi. «E poi devi rendermi onore per la torta che ti ho preparato. Qualcuno dovrà pur mangiarsela».

Mi da' un bacio e se ne va, richiudendosi la porta alle spalle.

Rimango ancora qualche secondo a pensare, fissando il soffitto bianco della camera. Dopo ventiquattro anni ho ancora un'adorabile mamma che mi fa trovare pronta una torta di compleanno il giorno della mia nascita, che mi sveglia la mattina sbaciucchiandomi come fossi un orsacchiotto di peluche e che si assicura di essere la prima sul pianeta Terra a farmi gli auguri per il mio nuovo anno di vita. Pertanto, che Perla avesse ragione? Siamo troppo piccoli per il grande passo? Ma pensare che Adele Ferrari fa esattamente le stesse cose per il suo primogenito di ventisette anni, che convive con la sua ragazza già da due e che sulla carta dovrebbe essere il più indipendente, mi fa fermamente rispondere "*No*". Nessuno è mai davvero pronto per quel passo, nessuno è mai davvero grande per compierlo, così come nessuno è mai davvero maturo per gestire le condizioni che quella promessa porta con sé.

Un raggio di sole entra dalla finestra colpendo lo schermo del mio cellulare che ho lasciato per tutta la notte sulla scrivania, in un angolo. Accecato dalla luce, lo afferro insofferente: quest'anno non ho proprio voglia di rispondere alla solita marea di messaggi. Ma una scrollata veloce alle notifiche è sufficiente a farmi cambiare idea. Perla mi ha scritto e mia madre non sarebbe per niente contenta di sapere che lo ha fatto a mezzanotte e un minuto, aggiudicandosi la vittoria.

Un semplice: "*Buon compleanno!*", senza emoticons, senza fronzoli, senza *glitter* femminili. Un normalissimo messaggio d'auguri che a qualsiasi altro occhio apparirebbe completamente irrilevante. Ma non per me. Per me è sintomatico e vuol dire che forse non tutto è perduto.

Non avrei mai pensato che due semplici parole, palesemente colme di un amore celato, avrebbero potuto risvegliare l'entusiasmo in me. Sono tanto felice che, dopo aver risposto con un altrettanto semplice "*Grazie*", mi mangio quattro fette di torta, permettendo addirittura a mia madre di consigliarmi quale camicia indossare per la festa di stasera.

Poi i miei pensieri tornano alla mia ragazza: verrà? O troverà una scusa per non farsi vedere e continuare a tenermi il broncio? Potrei contattare sua sorella per indagare, ma decido di comportarmi nel modo giusto, accettando qualsiasi decisione Perla deciderà di prendere.

Poco dopo le nove di sera, il citofono suona per la prima volta, e intorno alle dieci tutti gli invitati sono dentro casa mia. Flavio passa una mano su una manopola dello stereo, alzando il volume della musica, poi torna a occupare il divano, invitando Antonella a sedersi sulle sue gambe, proprio mentre dall'altro lato Leonardo prende fra le braccia la sua Teresa.

Alcuni miei compagni di università si battono il cinque e un paio di ragazze del mio corso di Biologia ridono allegre alla battuta di una loro amica. Un'armonia perfetta, se non fosse che Perla ancora non c'è.

Riempio un bicchiere di plastica rosso con un po' di birra e la deglutisco senza nemmeno sentirne il gusto. Dalla poltrona su cui mi sono lasciato cadere, guardo Annalisa tirare per una mano una sua amica, costringendola a ballare con lei nella pista improvvisata nel mio salotto. I miei occhi si spostano da una parte all'altra della stanza, seguendo il via vai di persone che si ammassano al piccolo tavolo per cibo e bibite, oppure alla finestra per fumare una sigaretta all'aperto, dove in questo momento si trova l'unico altro elemento depresso della serata: Nicola, che ancora non ha fatto pace con l'idea di dover rinunciare a Teresa per sempre.

«Se ti deprimi così, nessuno vorrà più festeggiare il tuo compleanno» dice Flavio raggiungendomi. Ha un sorrisetto stampato in faccia che io proprio non riesco a decifrare.

«Da' loro un po' d'alcol e qualche tramezzino al prosciutto e si ricorderanno di questa festa come la più bella a cui abbiano mai partecipato nella loro vita» ribadisco distogliendo lo sguardo. Poi, con fare masochista, domando: «Come va con Antonella? Sembrate felici».

Questa volta Flavio sorride davvero. Punta gli occhi sulla sua ragazza che, dal divano opposto, lo saluta con una mano. «Lo siamo, e sto per dirti una cosa che non pensavo avrei mai detto… almeno non sinceramente».

Lo guardo curioso.

«Sono innamorato perso di lei» ammette, nascondendo naso e guance rosse nel bicchiere.

«Come fai a saperlo con certezza?»

«Perché è la prima donna di cui non riesco ad analizzare le mosse: riesce ogni giorno a sorprendermi e a rendersi totalmente ed innegabilmente indispensabile, tanto che mi sono trovato a chiedermi cosa farei se un giorno dovessi perderla per un qualsiasi motivo».

Questa volta sono io ad annegare nel bicchiere, non trovando risposta da dare a mio fratello.

«Non dirle che te l'ho detto, però» si raccomanda dopo qualche secondo di silenzio.

«Sai, Flavio, mi sono sempre chiesto perché mai non vuoi che le persone conoscano il tuo lato migliore. Nessuno più di lei dovrebbe incontrare questa tua personalità romantica».

«Un giorno, forse. Si è già presa il mio cuore; il resto sarebbe davvero di poco conto in confronto».

Stupito dalla sincerità di questo momento, sorrido all'idea di un fratello diverso rispetto a come l'ho sempre immaginato in fatto di donne; e penso a quanto vorrei stringere Perla tra le mie braccia, per potergli dimostrare di sapere esattamente di cosa parla.

«Hai sentito?» domanda Flavio.

«Cosa?»

«Il citofono» continua, mollandomi in mano il suo bicchiere ormai vuoto. «Penso che qualcuno abbia suonato».

Dalla playlist che ho preparato per stasera, Spotify sceglie un'altra canzone che richiama in pista molti ragazzi e ragazze, troppo impegnati a festeggiare al mio posto per accorgersi del repentino cambio dell'espressione sul mio volto. Vedo Flavio aprire la porta di ingresso, permettendo a tre nuovi ospiti di entrare in casa. Il primo, sistematosi i capelli scuri con le dita, saluta Flavio con una stretta di mano, per poi farsi da parte. Subito dopo di lui, una ragazza minuta e dai lunghi capelli biondi aggiusta la borsa sulla spalla, facendo attenzione a non far cadere il pacchetto infiocchettato che tiene tra le mani.

Gemma Saffi.

In un battito di cuore intravedo la terza e ultima figura della comitiva appena arrivata. Mi accorgo di lei ancor prima di guardarla in volto perché, come fosse una stella scesa direttamente dal cielo, brilla. Il sorriso che rivolge a Flavio, prima di abbracciarlo calorosamente, riflette una luce interiore potente, tanto da illuminare l'intero soggiorno. Seguo ogni suo piccolo movimento, mentre accompagna la porta alle spalle, mentre si sistema una ciocca di capelli biondi dietro l'orecchio, mentre entra nel salone dove sono tutti gli altri; mentre posa i suoi occhi su di me e incrocia il suo sguardo con il mio.

Perla Saffi.

Provo ad avvicinarmi a lei, ma gli invitati mi si accalcano addosso, impedendomi il passaggio. La vedo in difficoltà quanto me e poi entrambi veniamo distratti da Flavio che, facendo finta di tenere in mano un microfono immaginario, dice ad alta voce: «Attenzione, bella gente. Ora che ci siamo tutti, è giunto il momento di scartare i regali».

Qualcuno batte le mani, altri urlano parole a caso pur di fare un po' di confusione, e io mi sento tirare in avanti, ritrovandomi al fianco di mio fratello senza nemmeno essermene accorto. Cerco Perla tra la folla di amici, quasi per assicurarmi che non fosse stata un miraggio. La trovo lì, che mi incoraggia con un sorriso appena accennato.

Scarto un pacco dopo l'altro, incurante del contenuto, troppo distratto dalla curiosità di sapere che cosa mi ha regalato lei. Ringrazio gli invitati, ripetendo lo stesso copione con ciascuno. Poi, finalmente, ne rimane solamente uno, con su scritto un semplice '*Da Perla*': una busta rossa con una stellina ferma pacco bianca in cima. Da dentro mi guardano con dolcezza due occhioni grandi di un morbidissimo orsetto di peluche. Faccio per tirarlo fuori con spavalderia ma, prima che possa cadere, mi accorgo di un altro pacchettino incastrato tra le zampette dell'orso. Non c'è nessun bigliettino, così sciolgo il nodo e strappo l'incarto fino a trovarmi in mano la scatolina che conteneva l'anello di mia nonna.

«Ma che...» esclamo sotto voce. La canzone di prima continua con il suo ritornello, e tra la folla intravedo Gemma dare un buffetto con il gomito alla sorella, mentre Emanuele, al loro fianco, sorride divertito e mette un braccio intorno al collo della seconda sorella Saffi. Mi sento all'oscuro della mia stessa vita, come se tutti conoscessero un segreto su di me. Anche Flavio si avvicina a loro e, con fare furbo, mi incita a procedere con l'apertura del regalo.

Deglutisco nervoso prima di aprire la piccola scatola. All'interno trovo un biglietto ripiegato su se stesso. Con dita tremanti e sotto lo sguardo di una folla brilla di persone curiose, stendo il foglietto tra le mie mani. Sopra c'è scritto: "*Sì, lo voglio*". Alzo lo sguardo verso Perla, proprio nel momento in cui lei alza il braccio sopra la testa, mostrandomi il dorso della mano. Infilato nell'anulare sinistro indossa l'anello di fidanzamento di mia nonna.

Incurante di chiunque mi circondi adesso, mi faccio largo tra ragazzi e ragazze e la raggiungo. Prima ancora che possa dire qualcosa, le prendo il volto tra le mani e la bacio appassionatamente; poi l'abbraccio, sollevandola da terra.

Flavio e Gemma danno il via a un applauso esagerato che coinvolge subito tutti.

«Ti amo. Ti amo così tanto, piccola mia» le dico finalmente. «Nessuno può descrivere quanto ti amo».

«Anche io, Tiberio, da qui alle stelle e ritorno».

Rimaniamo a baciarci in mezzo al salotto per minuti infiniti, mentre intorno a noi gli altri invitati tornano a ballare e bere, inebriati dalla nuova e sorprendete piega che la festa ha preso.

«Ma come... ?» provo a domandare poi.

Perla mi mette un dito sulle labbra e mi prende per il polso, trascinandomi lontano dagli altri. Quando finalmente siamo soli, comincia a parlare: «È davvero un passo molto lungo per le nostre gambe, ma io voglio camminare con te, al tuo fianco, sempre e per sempre. Quindi non importa dove andremo o quello che faremo: una vita senza te non avrebbe senso, quindi preferisco viverla a pieno, purché lo facciamo insieme. Per non parlare del fatto che ritrovarsi in un ipotetico giorno nel nostro futuro non mi basta, perché io *quel* giorno potrei non esserci. Certi momenti vanno determinati subito, oppure tanto vale arrendersi. Quindi sì, Tiberio Ferrari, lo voglio. Ti voglio sposare e voglio rimanere con te finché morte non ci separi» asserisce con sicurezza, citando il giuramento che un giorno non troppo lontano faremo all'altare.

«Oh, no. Non sono disposto a mettere limiti a questo nostro essere *noi*. Ci ameremo anche dopo, e ti prometto che ti renderò felice».

«E io farò lo stesso» risponde. «Ma...»

Alzo gli occhi al cielo divertito. «C'è sempre un *ma* nascosto da qualche parte».

«Ci sposeremo solo quando entrambi avremo terminato i nostri rispettivi percorsi di studio».

Mi sistemo gli occhiali sul naso e allungo una mano. «Affare fatto, signora Ferrari».

Perla ride e la stringe, per poi baciarmi ancora. «Forse è il caso di tornare di là. I tuoi ospiti ti aspettano».

«Mhh... è proprio necessario? Se uscissimo dal retro?»

«Quale retro? Forza, forza, ragazzo, questa festa è per te».

La prendo per mano e torniamo nel soggiorno, dove i festeggiamenti sono andati avanti senza sosta. Ma c'è ancora qualcosa che non mi torna.

«Come hai fatto ad avere l'anello? Ero più che sicuro di essermelo ripreso».

Perla sghignazza. «I trucchi del mestiere».

«Andiamo, è il mio compleanno. Mi devi tutti i retroscena».

«Tuo fratello. Ieri sera l'ho chiamato per chiedergli di portarmi l'anello, se possibile».

Ora sì che è tutto chiaro: in quella conversazione telefonica così misteriosa Flavio non stava confabulando con i suoi amici, ma con la mia ragazza; e scommetto che non è piombato in camera mia per prendere un altro cd musicale. Geniale.

«Vado a prendere qualcosa da bere» dico una volta tornati alla festa. La musica continua a suonare più grintosa di prima e il mio corpo segue il tempo senza che io gli dica di farlo.

«Tutto è bene quel che finisce bene» tuona Flavio alle mie spalle, facendomi trasalire.

«Direi che è tutto merito tuo». Bevo un altro sorso di birra, continuando a fissare Perla che scherza con sua sorella.

«Che posso dire, sono semplicemente fantastico» ribatte ironico sistemandosi gli occhiali nello stesso momento in cui lo faccio anche io. Gli do una pacca sulla spalla. «Grazie».

Lui alza il bicchiere brindando a me e poi sparisce di nuovo tra la folla e io raggiungo di nuovo Perla e gli altri.

«Vi state divertendo?»

«Quei tramezzini al prosciutto sono stupendi» risponde Gemma chiudendo gli occhi sognanti.

«Sei una mangiona» le rinfaccia Perla divertita. Da quando ci siamo visti l'ultima volta sul lungomare sembra più tranquilla e consapevole, e leggo sul suo volto una maturità di pensiero che prima non aveva, come se avesse sbloccato un nuovo livello del gioco.

«Il tuo ragazzo dov'è finito?» domando poi alla sorella, non riuscendo a vedere Emanuele. Gemma arriccia il naso e sgrana gli occhi, rischiando di strozzarsi con l'ultimo pezzo di tramezzino.

«Come, prego?»

«Andiamo, Gem, siete fatti l'uno per l'altra. È ora che qualcuno ve lo faccia notare». Dopo quello che è successo stasera mi sento improvvisamente capace di dispensare consigli amorosi in giro, in modo del tutto gratuito e disinteressato.

Perla ride quando la sorella alza gli occhi al cielo.

«Non saresti il primo a ripetermi questa storia. E comunque no: siamo amici, i migliori che possano esistere. Non... non posso vederlo in nessun altro modo».

«Perché no? La vita è sorprendente e non esistono etichette che non si possano staccare».

«Davvero saggio da parte tua» dice Perla complimentandosi con me.

«*Manuale del Giovane Innamorato*, capitolo terzo».

Gemma torna a guardare la folla. «Le tue etichette dovranno aspettare, Tiberio. Emanuele è indaffarato al momento».

Ci voltiamo tutti per guardare in un punto poco distante da noi, dove Emanuele e Annalisa siedono comodamente su uno dei divani, particolarmente presi dalla conversazione che stanno avendo. Lui sorride, lei sorride.

Provo a inventarmi qualcosa di divertente da dire per smorzare la tensione, ma fortunatamente l'arrivo di Leonardo e Teresa mi permette di raggiungere lo stesso obiettivo.

«Ragazzi, vorrei presentarvi ufficialmente Perla Saffi, la mia fidanzata» dico alla combriccola, a cui nel frattempo si sono aggiunti anche Nicola, Flavio e un altro paio di miei amici. «E questa è sua sorella, Gemma».

«Perla e Gemma? Ma sono nomi stupendi!» squittisce Teresa affascinata.

«I nostri genitori sono orafi» spiega Perla.

«Noi però già ti conosciamo, signorina Saffi» si intromette Leonardo, circondando con un braccio la sua ragazza. «Non è vero, Nico?»

Nicola, fino a questo momento rimasto in disparte, alza il capo di scatto e sbuffa. «Non penso di ricordare molto» borbotta.

«Lo credo bene» continua Leonardo. «Dopo un gancio destro come quello che ti ha rifilato questa ragazza, penso che nessuno dei presenti riuscirebbe a ricordare».

Scoppiamo tutti a ridere, tranne Nicola. «Potrei essermelo meritato».

«In effetti, potresti» asserisce Perla in risposta. È decisa ma tranquilla, chiaramente disposta a mettere da parte l'ascia di guerra, e Nicola scrolla la testa, per la prima volta mostrando il suo sorriso. «Va bene, forse è il caso che ti porga ufficialmente le mie scuse».

«Non c'è problema. Abbiamo tutti imparato qualcosa» prosegue Perla.

«Ah, sì?» intervengo io.

«Certo: voi uomini a non sottovalutare sempre le donne e noi donne a non sopravvalutare sempre gli uomini».

Teresa si avvicina a Perla e l'abbraccia amichevolmente. «Da oggi lei è la mia migliore amica, sappiatelo».

***

Nel momento in cui Perla termina il suo racconto, io finisco di ricordare tutti i particolari di quei momenti.

«Ora ricordo meglio quella serata» asserisce Gemma. Le sue lacrime ormai si sono seccate e gli occhi lucidi ora sono arrossati, come la punta del naso.

«Vedi, Gem, io non ero affatto pronta ad affrontare una richiesta come quella di sposarmi, ma Tiberio ha sempre rischiato tutto per me e per noi, mettendo una relazione preziosa come la nostra sempre al primo posto, anche se ci conoscevamo da poco» prende a spiegare Perla. Io e Gemma pendiamo dalle sue labbra e per la prima volta sento le vere ragioni che la convinsero a cambiare idea sul matrimonio.

«Capisco, ma tu eri innamorata di lui e lo sapevi per certo. Io come faccio a capire quello che provo?»

«Ponendoti le giuste domande. Cosa provasti quella sera vedendo Emanuele chiacchierare con Annalisa? Ti avverto che la sincerità è d'obbligo in questo gioco».

Appollaiato sul comodino, seguo la conversazione dall'alto, particolarmente interessato alla seduta di psicologia femminile che si sta tenendo in casa Saffi: ogni ragazzo che conosco pagherebbe oro per avere le conoscenze che sto acquisendo io in questo momento.

«Penso di... ok, lo ammetto» confessa Gemma, «ero gelosa. Mi sono sentita esclusa dai suoi pensieri, così come mi succedeva ogni volta che incontrava una nuova ragazza. All'inizio non ci facevo caso ma... c'erano volte in cui mi chiedevo perché non rispondesse alle mie telefonate e non riuscivo a immaginarlo impegnato con altre».

«Perché lui è sempre stato con te, avete condiviso sempre tutto e avete costruito un rapporto unicamente vostro, o sbaglio?»

Mi sposto dal comodino alla cupola della lampada di Perla e appoggio i gomiti sulle ginocchia incrociate. Se solo Gemma sapesse che c'è un terzo individuo nella stanza...

«Questo è vero, Perl, ma allora perché ha frequentato le altre e non si è dichiarato subito? Perché tutta questa paura? Avremmo risparmiato tempo…»

«Forse, ma Emanuele era spaventato all'idea che potesse rovinarsi anche la vostra amicizia e da questo non si sarebbe ripreso tanto facilmente».

Gemma non risponde e allarga gli occhi come se avesse appena realizzato una verità che era sempre stata davanti a lei. «Non ci avevo mai pensato».

«La paura blocca tutti, Gem, e hai appena dimostrato di averne avuta anche tu nell'ammettere i tuoi sentimenti per lui, così come è successo a me con Tiberio. Ma una cosa è certa: non potete continuare ad amarvi in questo modo».

«Cosa devo fare? Emanuele non vuole saperne più niente di me».

Perla scuote il capo e le da' un bacio sulla fronte. «Segui il tuo cuore: molto spesso sa essere più razionale della mente».

16. Ada

«Io lo ammazzo» borbotta Tommaso stringendo il pugno intorno al cuscino. Per come sono posizionata, con la testa sulla sua spalla e il suo braccio sinistro intorno alle mie, ringrazio il cielo che non stia stritolando me.

«Non affrettiamo i tempi» suggerisco saggiamente, «quando Gemma se la sentirà di parlarci della serata, provvederemo a mettere mano alle armi, che ne dici?»

Tommaso *mugugna*[29] irritato. «Nessuno tocca mia figlia, mi sono spiegato?»

«Ah, ora è solo tua figlia?» domando ironicamente, mettendomi a sedere sul divano. «Credimi, l'istinto da mamma tigre è più sviluppato in me di quanto credi».

«Se le ha torto anche solo un capello...» minaccia ignorandomi e buttando un occhio verso il corridoio dove ci sono le stanze delle ragazze.

«Non vivrà a lungo per raccontarlo, abbiamo capito. Ma per ora propongo di lasciarle spazio. Se vuoi, vado a controllare che vada tutto bene, così dormirai tranquillo».

Tommaso annuisce silenzioso e torna a guardare la televisione, sempre con il lembo del cuscino stretto tra le dita.

A entrambi è bastato meno di un secondo per capire che qualcosa nella serata di Gemma non era andata come sperato. Per quanto abbia provato a nasconderlo, occhi e naso rossi non passano inosservati, soprattutto allo sguardo attento di due genitori.

---

[29] *Si lamenta*, in genovese.

Ricordo quando da ragazza ebbi una delusione simile. Era ai tempi dell'università e il tipo in questione avrà avuto una decina di anni in più di me: mi tenne sulle spine per tempo infinito, professando il suo amore per me, ma non trovando mai il coraggio di chiedermi d'uscire. Quando ci riuscì, per ben quattro volte mi diede buca a qualche ora dall'appuntamento e nell'ultima occasione sparì del tutto, non facendosi più sentire e costringendomi a prendere la seria decisione di troncare ciò che in realtà ancora non c'era stato ufficialmente.

Relazione seria, diceva.

Garanzie, diceva.

Amore, diceva.

Mi resi presto conto che non conosceva il significato di nemmeno una di quelle belle parole. E oggi, sposata con un marito meraviglioso come Tommaso Saffi, mi ritrovo a dover affrontare quel dolore e quella tristezza provate a vent'anni attraverso gli occhi della mia figlia più piccola.

Proseguo lungo il corridoio a luci spente e raggiungo la camera di Gemma, che però è vuota. Le voci delle due ragazze provengono invece da quella di Perla, un paio di passi a sinistra. Busso piano e, quando in coro mi invitano ad entrare, infilo il capo tra l'uscio e lo stipite rimanendo sulla soglia.

«*Uelà, belle figgette*[30]» dico allegra. Gemma stringe le braccia intorno alle ginocchia mentre Perla segue il suono della mia voce con il capo. «Va tutto bene qui?»

«A meraviglia» risponde la prima con un sorriso tirato. Non piange più ma se ne riconoscono i segni. Mi taglierei via un braccio pur di prendermi io la sua sofferenza. «A voi come va?»

---

30 *Ciao, belle ragazze*, in genovese.

«Vostro padre è molto preso da "*Taken*"».

Perla scoppia a ridere divertita e cita le parole di Liam Neeson nel film: «"*Se lasciate andare mia figlia, la storia finisce qui. Ma se non lo farete, io vi cercherò, vi troverò... e vi ucciderò*". Avete scelto la serata ideale».

Io e Gemma ridiamo della sua imitazione ma questo non mi distoglie dall'indagare un altro po': «Qualcuno ha bisogno di un sostegno psicologico? Se volete tiro fuori la Nutella».

«Per ora ce la dovremmo cavare anche senza» risponde Perla scuotendo la sorella per le spalle. Gemma annuisce, anche se poco convinta, e poi mi sorride per farmi stare tranquilla. «Dì a papà che non deve preoccuparsi: non è successo assolutamente nulla di grave».

«Molto bene» asserisco. «Mi raccomando, non fate tardi».

Mi richiudo la porta alle spalle e torno in salotto, accoccolandomi di nuovo su Tommaso.

«Allora?» domanda burbero.

«Allora stavo pensando a quando ero incinta di Gemma» spiego, «quando immaginavamo il rapporto delle nostre figlie da grandi, la complicità fraterna e tutte quelle cose che stiamo sperimentando da genitori».

Tommaso ammorbidisce lo sguardo e mi da' un bacio sulla fronte. «Eri a dir poco ingombrante in quel periodo».

«Ehi!» lo ammonisco con un buffetto sul braccio.

***

8 dicembre 1996

Credo di poter dire ufficialmente che tutto è pronto per il compleanno di Perla: oggi la mia principessina bionda compie la bellezza di tre anni. Ammetto di essere un po' più lenta nell'organizzazione della sua festa rispetto allo scorso anno, ma il pancione è un ragionevole impedimento. Penso proprio che anche la piccola qui dentro sia emozionata per il compleanno della sorella, perché è da stamattina che non la smette di tirare calci. Guardandomi allo specchio vedo una piccola protuberanza sporgere da sotto la maglietta. Quando ci passo la mano sopra quella si ritira, per poi ricrearsi subito dopo.

«Tua figlia soffre di egocentrismo prenatale» esordisco entrando in cucina, dove Tommaso sta appendendo l'ultima striscia di festoni colorati. «Guarda qua».

Mio marito si avvicina rapido con gli occhi illuminati di felicità e si abbassa al livello della pancia per osservare meglio. «Ma quello è un piedino».

«A quanto pare...»

Tommaso mi dà un bacio sulla fronte e riprende il suo lavoro. Abbiamo invitato alcuni amichetti di Perla per farla festeggiare insieme a loro e abbiamo contattato una ragazza per animare la festa: è solita vestirsi da fata e indossa una parrucca blu con sopra un grosso cappello a punta, quindi direi che si divertiranno molto.

«A che ora vai a ritirare il cibo?» domando sedendomi sulla sedia a dondolo che Tommaso mi ha regalato per la prima gravidanza. Il solo pensare a quei deliziosi tramezzini con tonno e maionese e alle pizzette appena sfornate, con il piccolo cornicione appena abbrustolito, mi viene l'acquolina in bocca.

«Verso le tre e mezza. Sarà tutto pronto per l'inizio della festa, non dubitare» mi rassicura. «A proposito, dov'è la festeggiata?»

«Sta giocando in camera sua. Da quando mia madre le ha regalato il Cubo di Rubik, non esce quasi più dalla stanza».

«Abbiamo generato un piccolo genio».

«Perla è un ingegnere, te lo dico io; solo che ancora non lo sa».

«Ad ogni modo» continua Tom, «forse sarebbe il caso di prendere una decisione seria a riguardo». Si siede sul divano accanto a me e indica con l'indice il mio pancione.

«Avevamo stabilito che non avremmo deciso il nome fino all'ultimo, come con Perl».

«Dettagli irrilevanti. Io sono emozionato, donna, devi concedermi qualche sfizio! Almeno parlarne?»

Tommaso ridicoleggia un'espressione da cucciolo bastonato, nella speranza di intenerire così una donna già emotivamente instabile. Devo ammettere, però, che è adorabile.

In tre anni avevo quasi dimenticato quanto gli fosse piaciuto il periodo della mia prima gravidanza: l'idea di avere una bimba tutta sua lo eccitava da morire e quando nacque Perla spese i successivi mesi a coccolarla mattina e sera, senza smettere mai di ammirare la sua bellezza.

«L'ho fatta proprio bene, eh?» ripeteva a ogni piccolo starnuto, a ogni sbadiglio, a ogni battito di ciglia e a ogni movimento delle manine.

«È possibile che io abbia collaborato» scherzavo.

E ogni giorno che passava, con nostra figlia che cresceva, io mi innamoravo sempre di più di Tommaso, non solo perché è il completamento perfetto della mia anima, ma perché è un esemplare perfetto-imperfetto di padre; esattamente come lo avevo sognato per tutta la giovinezza.

Quando ho scoperto di essere di nuovo incinta, dopo la nostra scappatella romantica di primavera, ho visto di nuovo brillare quella luce negli occhi di mio marito. Un'altra principessa avrebbe presto raggiunto il regno e nessun re sarebbe mai potuto essere più felice.

«Va bene» accetto ridendo. «Come la vogliamo chiamare?»

«Ok, vediamo...» Si alza di scatto e prende un foglio scritto a mano dal primo cassetto del mobile alle nostre spalle.

«Non ci credo, hai già fatto una lista?»

«Naturalmente. Ah, ecco, questo qui ti piacerà». Spiega bene il foglio tra le mani e si concentra prima di dire: «Carolina».

Alzo un sopracciglio incerta. «Carolina?»

«Sì, senti quanto suona bene: Carolina Saffi».

«Non è male... ma Carolina era il nome della mucca della mia bisnonna».

Tommaso ammutolisce ripiegando le labbra all'interno della bocca, nel tentativo di non ridere.

«Cosa? Che c'è?» domando preoccupata.

«Non so bene se mi diverte di più il fatto che la tua bisnonna avesse una mucca o il fatto che si chiamasse Carolina».

«A me il fatto che me l'abbiano perfino raccontato» dico accorgendomi per la prima volta di quanto ridicolo possa apparire.

«Allora passiamo al prossimo» riprende scorrendo la lista con gli occhi. «Che te ne pare di Silvana?»

Mi porto una mano sugli occhi e scrollo l'altra davanti a lui, invitandolo a passare al nome successivo. Lui sbuffa e ne legge qualcun altro, ma nessuno riesce a conquistarmi veramente.

«Perché non troviamo un nome da associare a quello di Perla?»

«Che intendi?» domanda curioso, lasciando la sua lista sul tavolinetto di cristallo.

«Voglio dire, siamo entrambi orafi e questo fu uno dei motivi che ci invogliò a scegliere il nome della nostra prima figlia, ricordi?»

Tommaso annuisce. «Ora ho capito dove vuoi arrivare. Vuoi fare come Enrico e Filomena».

«Sì. Dopotutto anche tuo fratello è un orafo e anche sua moglie ha trovato l'idea geniale».

«Lui ha scelto *Giada* e Filomena ha proposto *Ambra* per la secondogenita».

Batto le mani divertita. «Pensa che belli i nomi delle quattro cugine: Giada, Ambra, Perla e...»

«Gemma. Chiamiamola Gemma» asserisce lui completando la mia frase.

A quella proposta, sgrano gli occhi ammirata. «Perfetto! Gemma suona proprio bene!»

Anche Tommaso sembra molto soddisfatto dell'idea. «Gemma Saffi. Mi piace».

«Aspetta, però, questa volta c'è qualcuno in più che ha voce in capitolo».

Tommaso intuisce subito a cosa mi riferisco, si alza e sparisce nel corridoio, tornando poco dopo con in braccio Perla. La piccola si sistema i capelli biondi sparsi per tutto il volto, cercando di capire perché il padre l'abbia distratta dal cubo colorato che ancora tiene fra le mani. Qualche ora fa le ho fatto indossare un vestitino azzurro con una fascia rosa pastello intorno alla vita, coronando il tutto con un paio di scarpette dello stesso colore.

«Ecco la festeggiata» esclamo alzandomi dalla sedia a dondolo e prendendo posto sul divano vicino a mio marito. «Come procede con il tuo nuovo gioco?»

«Non riesco...» dice girando verso l'alto una delle facce colorate. Tiene la lingua incastrata tra i denti, sintomo di quella professionale concentrazione che ha chiaramente preso da suo padre. Le afferro alcune ciocche di capelli tra le dita e le sistemo il cerchietto azzurro che le sta scivolando via.

«È molto difficile, Perlina, ma sono sicura che ci riuscirai. Tu non arrenderti e continua a provarci, promesso?» le domando.

Tommaso le bacia una guancia paffuta e la fa sedere sulle sue gambe.

«Sì, mamma» risponde lei senza distogliere lo sguardo dal cubo.

«Amore, sei pronta per l'arrivo della tua sorellina?» le domanda Tom.

La piccola alza finalmente lo sguardo. «Ce la fa ad arrivare per la mia festa?»

Io e Tommaso ci guardiamo prima di sorridere contemporaneamente. «Temo di no, Perlina. Ma l'anno prossimo festeggerete insieme. Sei contenta?»

Il viso della bimba si piega in un sorriso dolcissimo e annuisce.

«A proposito, ti piacerebbe se si chiamasse Gemma?»

«Sì, papà. Mi piace».

Perla si da una spinta e scende dalle gambe di Tommaso per riprendere a giocare seduta sul tappeto.

«Molto bene, allora è deciso. Sentito, piccolina?» domando rivolgendomi alla pancia. «Ti aspettiamo qui, Gemma».

Tommaso le da un bacio attraverso il tessuto della maglietta, poi bacia Perla e infine me.

«Vado a ritirare le pizzette. Ne ho ordinata una teglia in più solo per te, tesoro».

Come potrei non amare un uomo così attento alle mie voglie inespresse?

***

Tommaso si è addormentato mentre gli parlavo; penso di averlo perso dopo la mucca Carolina. Gli succede quasi sempre, ma ho imparato a prenderlo come un complimento alla mia splendida voce incantatrice, considerato che solo con me piomba nel sonno più profondo.

Sarebbe sicuramente più comodo dormire nel letto, eppure preferisco un divano diviso con Tommaso piuttosto che un comodo matrimoniale senza di lui. Così rimango accucciata tra le sue braccia, spengo il televisore ancora acceso e chiudo gli occhi, sperando di addormentarmi il prima possibile, battendo sul tempo i mille pensieri che ogni sera invadono la mia testa.

Vedere Gemma distrutta emotivamente, questa sera, è stato brutto come tutte le volte che vedo una delle mie figlie in questo stato, ma nulla in confronto alle lacrime spese qualche mese fa, quando Perla ci ha quasi rimesso la vita.

Ecco, è successo di nuovo. Mi basta anche solo ripensarci per ripercorrere ogni secondo di quel maledetto quattordici di agosto. Nessuna madre dovrebbe mai provare quello che ho provato io in quei momenti.

Tommaso ha sofferto come me, ne sono più che consapevole, ma ho sempre pensato di avere due aggravanti a mio sfavore rispetto a lui: l'essere donna e aver tenuto quella creatura dentro di me per nove mesi. Quel cordone ombelicale non si spezzerà mai e l'immedesimazione di una madre nelle gioie e nei dolori, nelle paure e nelle speranze della propria figlia è qualcosa che nessun altro potrebbe mai comprendere fino in fondo.

Più volte mi era capitato di sentirmi insicura sul ponte Morandi: posso perfino giurare di averlo sentito vibrare, sussultare e ballare sotto il peso di tutti i mezzi che lo attraversavano ogni secondo. Un giorno mi chiesi anche perché non ci fossero dei divisori di corsia più leggeri rispetto alle tre barriere Jersey di pesante calcestruzzo. Ma solo quando è venuto giù mi sono accorta di quanto ragione potessero avere quei miei dubbi.

"*Non ti fissare come sempre, Ada*" mi avevano spesso risposto in molti.

Eppure è stato più forte di me: quando Perla mi scrisse che lei e Tiberio avrebbero preso il Morandi per arrivare a Varazze, non potei fare a meno di metterla in guardia, tentando di farle cambiare idea. Non mi perdonerò mai di non aver fatto in tempo ad avvertirli. Nessun destino o Dio o fato maledetto potrà mai togliermi dalla testa e dal cuore la certezza che, in parte, ho tenuto in mano la vita di Tiberio e la vista di Perla. Ed entrambe mi sono sfuggite come sapone.

Quando cala la notte e gli impegni giornalieri trovano tregua, quando non rimane che abbandonarsi alla pace del sonno, ecco che i demoni escono a giocare. In quei momenti risento forte e chiara nelle mie orecchie la voce della conduttrice del telegiornale che da' la notizia: il ponte è crollato.

Genova è spaccata in due.

Una ferita nel cuore della città.

Il conteggio delle vittime.

Parole che tagliano e tagliano ancora il mio respiro.

Il cuore riprende a battere veloce almeno quanto quella mattina e sento il naso tapparsi mentre le lacrime prendono il sopravvento sulla razionalità. Ora vedo solo Tommaso che mi prende mentre crollo a terra, il cellulare che mi trema tra le mani mentre provo a chiamare Perla, più o meno consapevole del fatto che sicuramente non mi risponderà. Poi Adele Ferrari che telefona perché reduce della stessa orribile visione del notiziario e io che non riesco a parlarle; ci pensa

Tommaso a dirle che ne sappiamo meno di lei. E in quel momento comincia la corsa verso tutti gli ospedali possibili, senza sapere dove o se troveremo nostra figlia e il suo ragazzo.

Per quanto avrei preferito svenire per ritrovarmi un mese dopo nel lettone insieme a mio marito e alle mie bambine, come un qualsiasi sabato mattina, il mio cervello non aveva la forza di spegnersi, perché intenzionato ad avere una risposta a quella domanda che mi aveva già in parte anestetizzato corpo e anima. *È morta?*

Rimbomba prepotente il ricordo del sollievo che ho provato nel sapere che Perla era ancora qui, con me, con noi. Certo, le sue condizioni erano molto gravi, e non solo per alcune costole e il braccio rotto, ma per tutti i vetri che ancora aveva incastonati nel volto, come quelle bellissime pietre preziose che lavoro di solito alla luce di una lampada da laboratorio per trasformarle in gioielli. Non riesco a ricordare il viso o la voce del medico che ci disse che, nonostante se la sarebbe cavata, la cecità era assicurata. Però il petto di Perla si muoveva, su e giù, su e giù, con una lentezza impressionante; ma era lì, il simbolo della vita, il suo respiro. Lei era viva. Con il resto avremmo fatto i conti in un secondo momento.

Quando cinque minuti dopo scoprii che Adele Ferrari era nella stanza accanto, insieme al resto della famiglia, a piangere un figlio perché la rianimazione non era servita a nulla, ho egoisticamente pensato a quanto fortunata potessi essere come madre. Ed è proprio per questo che sarebbe spettato a me dire a Perla che il suo ragazzo non c'era più, che non era sopravvissuto come lei all'incidente. E io non avevo il coraggio di farlo.

«Ada, stai bene?»

Tommaso si è svegliato, forse scosso dei miei singhiozzi o dalle lacrime che cadono copiose come quasi tutte le sere da quel giorno.

«Bene, bene» mormoro. «Forse è il caso di andare in camera».

Faccio per alzarmi, ma Tom mi afferra per un braccio e mi attira a sé, accarezzandomi i capelli. E, come tutte le sere da quel giorno, il mio solidale pensiero materno vola veloce ad Adele Ferrari.

17. Perla

Traccia: *Follow Your Fire* by Kodaline

A Natale ognuno ha un ruolo preciso. Papà mette le luci e il puntale in cima all'albero, io e mia madre lo riempiamo di palline colorate e mia sorella gli avvolge intorno capelli d'angelo oro o argento, spruzzando poi la neve finta su tutti i rami; e anche quest'anno ho intenzione di rendere tutto perfetto come sempre. Certo, sarà un po' più complicato per me abbinare cromaticamente tutte le decorazioni della scatola, ma non voglio assolutamente perdermi questo rito di famiglia.

Dal 1993, in casa Saffi l'albero si addobba il 10 dicembre, per via del fatto che il tradizionale 8 viene usato per celebrare il mio compleanno. E solo ora che ho una pallina a forma di pacchetto infiocchettato in mano, mi accorgo di avere venticinque anni da due giorni, ormai. Più vecchia di un anno, con più pesi sulle spalle e una nuova, stravagante e improvvisata vita miracolosamente ancora davanti a me. Non ci sono dubbi, questo Natale sarà diverso; e il peso degli assenti al grande tavolo dei festeggiamenti si farà sentire più di quanto avrei potuto immaginare.

«Perla, questa devi metterla tu» dice allegramente mia madre spezzando i miei pensieri. La sento avvicinarsi a me e prendermi le mani tra le sue. Quando mi consegna la pallina da appendere, comincio a tastarla lentamente, in ogni suo millimetro, così da poterne riconoscere la forma.

«*Pi Greco*» asserisco divertita. La pallina che ho in mano ha infatti la particolare forma della lettera greca.

Gemma ride. «Quella pallina è stupenda. Ho tartassato Tiberio per giorni per farmi rivelare dove te l'avesse comprata, ma ha saputo conservare bene il suo segreto».

Improvvisamente tutti ammutoliscono, lasciando come unico suono predominante le canzoncine di Natale che vengono dalla radio. Ho la terrificante sensazione di essere osservata, come se l'affermazione di Gemma, del tutto spontanea e ingenua, potesse avermi ferita in qualche modo. Dopotutto, loro non possono sapere che Tiberio è ancora qui con me e che, per quanto io soffra terribilmente la sua assenza materiale, ci ho giusto parlato stamattina, tramite il vecchio lettore di cd che è ancora su un mobile in camera mia. Per questo motivo allungo un braccio verso Gemma, stringendole la mano che mi porge.

«La comprò da "*Christmas The Original*", un negozio di Natale aperto tutto l'anno in via del Corso a Roma. Ci andò in estate, poco dopo esserci messi insieme, e mi rivelò di averla conservata per due intere stagioni prima di potermela consegnare. Se la stava quasi dimenticando» rivelo ridendo. Parlare normalmente di Tiberio sta diventando più semplice di giorno in giorno e voglio che i miei genitori e mia sorella ne siano al corrente, senza doversi preoccupare continuamente per me.

Passiamo tutto il pomeriggio a riempire l'albero, e solo quando non rimane nemmeno più una pallina e la bomboletta di neve finta è finita, decidiamo di aver ufficialmente concluso il lavoro anche per quest'anno.

«Stavo pensando una cosa» asserisco. Raggiungo il divano e mi accomodo. «Mi piacerebbe invitare Annalisa, Teresa e gli altri per Natale. E... forse potrei invitare anche Flavio Ferrari».

Sento di nuovo un silenzio profondo intorno a me, ma questa volta non è di paura ma di speranza. Me ne accorgo dal fatto che nessuno ha smesso di respirare.

«Trovo che sia un'idea meravigliosa. Ho in mente una tovaglia stupenda da mettere per l'occasione e papà si occuperà di aggiungere la prolunga al tavolo in sala da pranzo, così ci sarà spazio per tutti a sedere. Se mi fai sapere precisamente il numero di invitati, comincio a organizzare il menù natalizio» dice mia madre.

«Sì, e potremmo comprare un paio di quei panettoni al cioccolato che vi piacciono tanto» aggiunge papà.

«Fantastico! Dovremmo essere dieci» dico pensando a noi quattro, Annalisa, Teresa, Leonardo, Nicola e Flavio con la sua Antonella. Spero solo che tutti loro accettino il mio invito.

«Undici» aggiunge Gemma timidamente. «Se sei d'accordo, c'è qualcuno che vorrei invitare anche io».

Trascorro la settimana successiva a ideare, comporre e infine a dettare a Gemma cosa scrivere sugli inviti di Natale. Sono una tipa all'antica e l'idea di una cartolina natalizia nella buca delle lettere continua ad affascinarmi, anche ora che la tecnologia è bella evoluta.

Cara Annalisa... Cara Teresa... Caro Leonardo... Caro Nicola...

Penso di non essermi comportata correttamente nei loro confronti. Ognuno di loro ha provato a contattarmi, chi con una telefonata, chi con un messaggio, chi perfino presentandosi di persona all'uscio della mia porta. Volevano sapere come stavo e darmi il loro conforto; ma io li ho respinti tutti, semplicemente ignorandoli. Fin quando non hanno smesso di cercarmi, forse per lasciarmi lo spazio che credevano volessi. Ora mi accorgo di non aver mai avuto bisogno d'altro che del loro affetto. Spero che ora non sia troppo tardi per recuperare.

Caro Flavio... Flavio.

Devo essere apparsa molto egoista ai suoi occhi: una ragazzina che piange il suo ragazzo. E lui che ha perso un fratello? Lui che non potrà più vedersi allo specchio senza rivedere in se stesso lo sguardo di quella sua copia più giovane? Perché non ho pensato a lui almeno una volta? O forse l'ho fatto, ma poi mi sono accorta che non riuscivo a sopportarlo.

«Pensi che accetteranno di venire?»

Sento Gemma mugolare qualcosa di indefinito in risposta; probabilmente è impegnata a leccare la busta di uno degli inviti per sigillarla prima di spedirla.

«Certo, perché non dovrebbero? Sono gli stessi amici di una volta» mi spiega poi, quasi intuendo i miei dubbi. Fa una pausa, infilando un altro invito nell'ennesima busta.

«Più che altro...» riprende, «... pensi che *lui* verrà?»

Tra gli invitati alla festa di Natale, Gemma ha pensato di includere Emanuele. Non si parlano da giorni, troppi davvero. Ma se solo avessero la consapevolezza di quanto tempo stanno sprecando inutilmente!

«Se non lo facesse, perderebbe una grande opportunità».

«Dipende da quanto gli importa ancora di me. *Se* gli importa ancora di me...» ribatte Gemma. «Sai, ci ho riflettuto: so che avrebbe dovuto parlarmi prima dei suoi sentimenti per me, ma è stata anche colpa mia. Se solo non mi avesse vista con Daniele, tutto questo non sarebbe successo».

«Sarebbe successo qualcos'altro, Gem. Prima o poi avreste dovuto mettere in tavola tutte le carte, non importa come. Andiamo, non potete più continuare ad amarvi senza sentire il bisogno di urlarlo al mondo».

Sigilliamo tutte le buste rimaste e nel pomeriggio mia sorella mi accompagna in macchina a imbucarle. Abitiamo tutti abbastanza vicini e, in un'ora, riusciamo a consegnare ogni invito. Non rimane che aspettare una risposta.

Annalisa non manca di farsi sentire quasi subito; da lei era più facile aspettarselo. Qualche giorno dopo il VoiceOver del cellulare mi legge il messaggio in entrata di Nicola, il quale, sorprendentemente, accetta di buon grado l'invito, e altrettanto sorprendentemente, lo fa senza domandare nulla in merito alla presenza di Leonardo e Teresa. Sinceramente non ho idea di come le cose tra di loro si siano risolte, ma quando ricevo la risposta di quest'ultima, diventa tutto più chiaro:

Teresa:
Io e Leo ci saremo sicuramente. Grazie dell'invito, Perl! Xoxo

Da Flavio, invece, ancora nessuna notizia. Aspetto ancora e ancora, sentendo i giorni scorrere veloci tra le mie dita e riempiendo il tempo con le sedute di riabilitazione di Sabrina e Daria e le letture in Braille.

«Ci sono ventiquattro Babbo Natale di ceramica da piazzare in tutta casa» esclama Gemma il ventidue dicembre pomeriggio, subito dopo essere rientrata. Ha appena cominciato gli studi per prendere il diploma di secondo livello all'Accademia di Belle Arti e il suo tasso di eccitazione per i corsi del biennio si respira in tutta casa da ormai due mesi abbondanti; e io non posso che essere estremamente contenta per lei. Mi piace il suo entusiasmo e confido di eguagliarlo il giorno in cui sarò pronta per riprendere i miei di studi.

«Preparati: a breve saranno venticinque» la informo, voltandomi nella sua direzione. La sento armeggiare con una scatola che, dal suono, penso proprio sia di cartone. «Ricordi? Papà ne regala uno alla mamma ogni Natale, da quando sono diventati genitori la prima volta».

«Ah, già. Beh, diamoci da fare allora» esclama travolgente, afferrandomi delicatamente per un braccio. «Abbiamo tanto lavoro da sbrigare prima della festa».

Controllo ancora una volta il cellulare, ma da parte di Flavio Ferrari ancora nulla. Gemma, invece, ha ricevuto la risposta di Emanuele qualche giorno fa.

Emanuele:
Grazie per avermi invitato. Ci sarò. Ringrazia anche tua sorella da parte mia.

Mi aveva piazzato il suo cellulare in mano con tanta foga affinché leggessi la risposta del ragazzo da dimenticarsi completamente del mio piccolo problema visivo. Imbarazzata lo aveva poi ripreso, scusandosi, e me lo aveva letto tre volte a voce alta. Per tutto il pomeriggio aveva poi zompettato a destra e a manca, canticchiando canzoncine natalizie e tirando fuori tutti i vestiti che possedeva, alla ricerca della *mise* ideale per la festa.

Alla vigilia di Natale è tutto pronto per il giorno dopo, quando finalmente riaprirò le porte della mia vita ai miei amici più cari. Nel frattempo, però, mi godo il pranzo del ventiquattro dicembre a casa di zio Enrico e zia Filomena, che ci hanno invitati per riunire la famiglia Saffi. In effetti, non trascorrevo del tempo con loro e con le mie cugine da troppo tempo ormai. Io, Gemma, Ambra e Giada siamo praticamente cresciute insieme, dopotutto, e solo ora che sono di nuovo con loro, come ai vecchi tempi, mi accorgo di quanto mi siano mancate.

Quel clima familiare riaccende in me i ricordi di quando invitai per cena Tiberio. Voleva conoscere la mia famiglia per sentirsi coinvolto pienamente nella mia vita, per presentarsi ufficialmente ai miei genitori ma soprattutto, cosa ancora più importante, per scoprire da chi avessi preso il gene biondo. A quell'affermazione risi per giorni. Amavo quel suo spirito ironico e l'entusiasmo che poneva in ogni singola cosa, anche quella apparentemente più sciocca.

No, amo. Io amo ancora questo di lui, e lo amerò per sempre.

Spero proprio che Tiberio stia fluttuando da qualche parte qui intorno, in questo momento: chissà se sta ripensando alle stesse cose a cui sto pensando io. Quasi, quasi lo sento ridere.

Lasciamo gli zii che ormai si è fatto buio e quando arrivo a casa mi corico sotto le coperte felice. Punto per qualche secondo lo sguardo sul cellulare che posiziono sempre nello stesso punto sul mio comodino, ma la suoneria *Let Her Go* non suona. Non ho ancora ricevuto risposta da Flavio e anche Tiberio sembra non essere disponibile per una breve chiacchierata prima di addormentarmi. Non importa: so che lui è qui con me e che avrà le sue ragioni per non avermi contattata nella vigilia di Natale. Sicuramente mi avrà vista troppo impegnata con la mia famiglia.

Scocca la mezzanotte.

«Buon Natale, amore mio» sussurro nel silenzio della camera.

«Buon Natale, sorella!» esclama Gemma tuffandosi sul mio letto qualche secondo dopo. In realtà è già passata tutta la notte e in cucina qualcuno ha preparato il caffè. Devo essermi addormentata quasi subito e molto profondamente.

«È già mattino?» biascico ancora assonnata.

«Così pare! Ci sono tanti regali da scartare di là. Forza, andiamo!»

Gemma mi strattona per il pigiama di pile, costringendomi a uscire dal letto.

Facciamo colazione insieme ai nostri genitori e poi ci dedichiamo all'apertura dei regali. Non posso vederne tutti i colori, ma anche il solo sentire la carta che si strappa o i ricci dei nastrini che si impigliano tra le dita è comunque un modo per avere la magia del momento nelle vene. È un bel Natale, lo è davvero; e tra poche ore potrebbe addirittura migliorare.

Poco dopo le nove mia sorella schizza via dal salotto come una pallina del Flipper, annunciando di doversi cominciare a vestire. Non c'è voce che possa trattenerla, nemmeno quella saggia di mia madre che le ricorda che il pranzo è tra ben tre ore.

«Non importa, ho bisogno di tempo. Devo essere perfetta; e poi c'è comunque la Messa prima, per cui devo prepararmi a dovere».

Mio padre ride, mentre mia mamma scarta il suo ultimo regalo: un adorabile venticinquesimo Babbo Natale di ceramica.

Raggiungo la camera di Gemma e le domando: «Mi aiuteresti a scegliere qualcosa di carino da mettere?» C'è profumo di cosmetici e smalto e anche qualcosa che assomiglia tanto a cannella.

In tutta risposta, lei mi afferra per la mano e mi accompagna davanti al mio armadio, per poi cominciare a trafficare con i vestiti che più l'aggradano.

«Tu intanto assaggia questo biscotto» mi dice infilandomi in bocca uno dei pasticcini alla cannella che avevano impregnato l'aria della sua stanza. «Mamma ne ha fatta una teglia intera per oggi. Gliene ho rubati un paio».

Masticando il dolcetto, la sento adagiare al mio fianco un abito niente male, a detta sua, che farebbe morire di invidia chiunque.

«Te lo ricordi? È quel vestito rosso scuro, con delle sottili rifiniture argentate su tutta la lunghezza. Quello che lascia scoperte le spalle» me lo descrive. Io annuisco e poi apro la scatola delle scarpe che ha scelto per me, tastandone il contenuto: i miei stivali neri alti fino al ginocchio.

Nel frattempo Gemma è passata ai capelli, usando la sua piastra per allisciarli accuratamente, e poi si da' da fare con il trucco.

Non so quanto tempo passi prima di poter definire conclusa la sua opera, ma data la sua nota bravura nel campo della moda e del make-up, non ho dubbi che sia davvero tale.

«Grazie, Gem».

«Ma ti pare! Sei uno schianto» esclama allegra. Poi aggiunge: «Beh, ora ti devo lasciare. Devo andarmi a mettere in ghingheri!» Mi lascia un bacio sulla guancia e sparisce alla stessa velocità di un vortice impazzito.

Rientriamo dalla Messa di Natale che manca ancora un'ora alla grande festa e io avrei davvero tanto bisogno di parlare con Tiberio. Mi sento elettrizzata e allo stesso tempo in ansia, come quando si torna a scuola dopo il lungo periodo dell'estate. Prendo in mano il cellulare, nella speranza di sentirlo suonare. Ma ancora una volta, esattamente come ieri, Tiberio non chiama. E se il miracoloso varco tra le nostre due dimensioni avesse improvvisamente cessato di esistere? Potrei non sentire più la voce di Tiberio e, in quel caso, non gli avrei nemmeno detto addio. Non gliel'ho detto quel giorno sul ponte, non sopporterei l'idea di aver perso di nuovo questa opportunità, ammesso e non concesso che sia realmente pronta per farlo.

Davvero pessimi pensieri per un pranzo di Natale, Perl. Non è il caso di affogarci dentro. Forse è per questo che passo la successiva ora a leggere, spostando le dita lungo la superficie tempestata di *pallini*, come ancora si ostina a chiamarli mio padre; almeno fin quando lo squillo del primo citofono della giornata non mi fa sobbalzare.

Gemma mi oltrepassa in stile *Velociraptor*. Tolto il tacchettio delle sue scarpe sul pavimento, la riconosco dal profumo che ha indossato e dal fatto che so per certo che entrambi i miei genitori sono ancora in cucina per definire gli ultimi dettagli.

«Tranquille, ragazze, non appena abbiamo terminato il pranzo, io e vostro padre andiamo a farci una passeggiata sul lungomare, così avrete tutto lo spazio che volete per stare con i vostri amici» dice mia madre raggiungendoci nel salotto, dove Gemma ha intanto aperto la porta ai primi ospiti.

La prendo a braccetto ringraziandola con un cenno del capo e poi mi concentro sulle voci che sento. Si tratta di un uomo e di una donna. Per un attimo spero che possano essere Flavio e Antonella, ma poi mi rendo conto che se così fosse avrei risentito la voce di Tiberio; e non è questo il caso.

«Ciao, Perla» dice la ragazza. Fa una pausa e con un po' di imbarazzo nella voce, prosegue: «Perl, io sono...»

«No, no, non me lo dire» mi affretto a interromperla.

Nell'ultimo mese, Sabrina mi ha confermato che l'aver perso la vista ha in qualche modo acuito i miei altri sensi e che, per questo motivo, posso usarli per identificare oggetti e persone intorno a me, senza aver bisogno di aiuto. Per ora ho potuto fare pratica solo con la mia famiglia, riuscendo perfino a distinguere mio padre da mio zio. Ho fatto un po' di confusione tra Giada e Ambra, ma loro sono molto simili fisicamente, quindi non conta.

Affido il mio bastone bianco a Gemma e poi allungo le mani davanti a me, con i palmi rivolti verso l'interno. La ragazza appena arrivata intuisce tutto, senza dover chiedere, e si avvicina a me. Comincio a tastarle il volto, come mi ha insegnato Sabrina, alla ricerca di quei tratti familiari che ho ben dipinti nella mente. Prima o poi troverò la corrispondenza perfetta. Già l'aver sentito la sua voce mi è stato particolarmente di aiuto, ma quei riccioli... scommetto che sono neri.

«Teresa Repetto» sussurro poi, sorridendo. Sono convinta al cento per cento che sia lei, perché tatto e udito mi hanno davvero permesso di fare di Teresa un identikit mentale a dir poco perfetto. Tra i miei pensieri ricompare la sua immagine, precisa e chiara come non la vedevo da tempo.

«Sì, sono io». Teresa è quasi commossa, mentre mi abbraccia dolcemente come fossi una sorella persa da tempo.

«Questo mi porta a dedurre che tu devi essere per forza Leonardo» dico poi rivolgendomi al secondo ospite.

«No, sono Nicola. Finalmente sono riuscito a conquistare il cuore di Teresa; lei non poteva più resistere al mio fascino» risponde.

Rimango per un secondo spiazzata: avrei giurato che fosse lui per diversi motivi, ma il primo e il più importante è che la coppia *Teresa-Leonardo* è sempre stata una di quelle a prova di bomba. Tempeste e terremoti non avrebbero mai potuto nulla contro il loro amore e nemmeno la furia sentimentale dell'intrepido Nicola, eppure...

«Sei proprio un idiota» esclama Teresa facendo frusciare l'aria intorno a sé. Credo proprio che abbia colpito il compagno con una bella gomitata secca. «Ti pare il caso di fare questi giochetti? Imbecille».

Sento Gemma ridere al mio fianco e poi la voce di Leonardo-Nicola tentare di difendersi: «Hai ragione. Scusami. Perla, hai indovinato. Sono Leonardo e penso che ora mi tocchi scappare molto lontano, prima che Tess mi disintegri. Scusami ancora».

Comincio a ridere anche io. Sto imparando ad apprezzare sempre di più quei piccoli momenti in cui le persone si dimenticano della mia situazione, trattandola come qualcosa di normale e non come una grave privazione. Attiro Leonardo a me e lo abbraccio fortissimo, cercando di imprimermi quella bella sensazione fin dentro le vene.

«Sono contenta che siate venuti» dico poi a entrambi.

Facciamo accomodare gli ospiti nel soggiorno, ma poco dopo ecco un altro citofono squillare.

«Vado io» annuncio.

«Perla Saffi, bella e splendente come sempre».

Questa volta non ci sono dubbi: è arrivato Emanuele ma, tanto per continuare a migliorare i miei sensi, gli spiego tutto e allungo le mani anche verso il suo volto.

«Questi sono per te... per voi, insomma, ce ne sono per entrambe in realtà» farfuglia il nuovo arrivato, assicurandomi tra le mani due grossi bouquet di quelle che dal profumo sembrano rose.

«Sei molto gentile, ma non dovevi».

«Sì, in realtà dovevo proprio. Spero anzi che bastino. Gemma... è sempre stata tutta la mia vita e non posso perderla. Anzi, devo andarle a chiederle scusa per quello che è successo». Pronuncia queste parole in un miscuglio di speranza e timore, quasi cercasse da me una qualche approvazione.

«Non perdere tempo con me. Lei ti sta aspettando».

«Vado» dice. Ma poi ci ripensa e mi afferra dolcemente i polsi per farmi capire che ha ancora bisogno di parlarmi. «Un'ultima cosa. Una grossa multinazionale mi ha contattato qualche giorno fa. Pare che un loro reclutatore fosse presente alla fiera a cui mi hai convinto a partecipare e abbia adocchiato le mie idee di robotica».

«Ma è straordinario!» esclamo ammirata.

«Ed è tutto merito tuo. Quindi... grazie, davvero».

«Avevi solo bisogno di qualcuno che ti aprisse gli occhi. Chi lo avrebbe mai detto che sarei stata proprio io?» Ridiamo insieme e poi lo spingo verso il corridoio. «*Anemmu a fa bisboccia*![31]»

Non appena Emanuele si allontana da me, faccio per chiudere la porta, quando una voce dal pianerottolo richiama la mia attenzione: «Non chiudere!»

Con il mio nuovo metodo sperimentale riconosco a tatto Nicola, anche se un po' ad esclusione, lo ammetto, e Annalisa, arrivata insieme a lui.

Li faccio accomodare e, quasi senza accorgermene, rimango ancora qualche secondo sull'uscio, facendo mentalmente il conto di quanti invitati mancano ancora. Solo due. Flavio e Antonella. Vorrei chiudere questa porta, ma poi mi dico: *"Ancora qualche secondo, Perl, stanno arrivando."*

Un altro paio di respiri e poi faccio un passo indietro, questa volta per chiuderla sul serio, mentre nel salotto le voci degli altri cominciano a farsi sentire. *"E se magari stessero parcheggiando?"* Un altro minuto passa, senza che nessuno, però, si faccia avanti.

«Perla, tutto bene?» domanda qualcuno alle mie spalle.

Annuisco e decido che è arrivato il momento di godersi la festa che attende me per cominciare. Ma proprio in quel momento, sento dei passi salire le scale del mio piano. Ho dei vicini, ovviamente, ma è possibile una tale coincidenza? La speranza si riaccende nel mio cuore come una lampadina e istintivamente le mie labbra si piegano in un sorriso.

I passi si sono fermati e ora non sento più nulla, se non la sensazione che qualcuno mi stia osservando. È terribile trovarsi in questa stanza buia che sono i miei occhi, dove

---

[31] *Andiamo a festeggiare*, in genovese.

cerco in tutti i modi di accendere la luce, come se in realtà fossero solo chiusi.

«C'è qualcuno?» domando poi disperata. La figura davanti a me non emette fiato, ma ormai sono sicura che non sia solo frutto della mia immaginazione. Respira, lo sento.

«Chi c'è?» domando ancora. Questa volta faccio un passo in avanti, allungando una mano verso la figura. «F-Flavio? Sei tu?»

Per la terza volta non ottengo risposta, ma l'aria davanti a me si sposta e gli stessi passi di prima scendono veloci le scale, sempre più lontani da dove sono.

Mi richiudo la porta alle spalle senza sapere cosa sia appena successo.

Questo pranzo di Natale è il più bello a cui abbia mai partecipato fino ad oggi. Mia madre ha curato nei dettagli ogni elemento della tavola e ogni pietanza servita, che mi viene rigorosamente descritta da Gemma, sedutasi al mio fianco per aiutarmi silenziosamente qualora ne avessi bisogno. Sono tutti allegri e lo sono anche io in un modo che non ritenevo più possibile. Ridiamo e scherziamo come se nessuno di noi si fosse mai allontanato dall'altro, mentre la soffusa musica natalizia scelta da mio padre si diffonde tutto intorno. Arrivati al dolce, innalziamo i calici verso l'alto, brindando a Tiberio, brindando a me, brindando a noi, e ad un'amicizia che supererà intemperie e dolori, ritornando di volta in volta sempre più forte.

«A proposito di amicizia» interviene Emanuele. Prima di cominciare a mangiare, Gemma mi ha detto che ha preso posto vicino a lei. Ora il rumore di una sedia che si sposta sul pavimento mi porta a credere che il ragazzo si sia alzato in piedi. «Qui ci conosciamo tutti da tempo, alcuni più di altri, ma siamo amici. Eppure a questo tavolo c'è qualcuno che è ben più di questo per me: un'amica che conosco praticamente da sempre, da quando ero un bambino iperattivo che, invece di fare lo scivolo come tutti gli altri, cercava i difetti nelle forme delle viti che lo tenevano in piedi; un'amica che, invece di giudicarmi, si metteva a cercare quei difetti insieme a me. Ebbene, senza togliere nulla a tutte le donne qui presenti, quella bambina biondissima, con i fiocchetti rosa nei capelli, è oggi la ragazza più bella che abbia mai conosciuto nella mia intera vita, la più intelligente e la più tenace».

Sono senza fiato: sicuramente sono emozionata per le parole che Emanuele sta dedicando a mia sorella, ma diciamo che lei ha arpionato la mia mano sotto il tavolo e adesso la sta stringendo talmente forte da costringermi ad andare in apnea per non urlare.

«Gemma» riprende Emanuele, «ti ho amata dal terzo secondo che ti ho vista; nei primi due ero indeciso se prestarti attenzione o se finire il mio cono gelato. Me lo ricordo». Tutti scoppiamo a ridere. «Vorrei avere avuto il coraggio di dirti tutto questo molto prima, senza arrivare all'ultimo secondo e senza aspettare che qualcun altro fosse più scaltro di me nell'apprezzare chi sei. Ma non commetterò mai più quell'errore. Voglio stare con te perché ti amo, e voglio chiederti scusa per averci fatto perdere tanto… troppo tempo. Puoi perdonarmi?»

Voglio vedere. Voglio vedere, voglio vedere. Uffa. E va bene, immaginerò tutto quello che sento accadere intorno a me: Gemma che lascia la presa sulla mia mano per alzarsi di scatto, quel *"Sì"* pronunciato con gioia dalle sue labbra, e poi il silenzio assordante di quei pochi secondi che precedono un entusiasmante applauso da tutti noi spettatori.

Gemma ed Emanuele si stanno baciando, e ne sono sicura perché l'emozione che aleggia nell'aria è la stessa che ho sentito quando Tiberio mi ha sfiorato i capelli avvicinando il mio volto al suo e mi ha baciata per la prima volta, come fossi sempre stata sua, davanti a quella vasca dei delfini. Questo è ciò che ho sempre sognato per me e per mia sorella, e questo è quello che ci è stato concesso.

Vorrei tanto vederli. Soprattutto vorrei vedere la faccia di mio padre dall'altro capo del tavolo: sono quasi sicura che si sia strozzato con il vino.

«A Gemma e a Emanuele!» esclamo vivace, dopo essermi asciugata una lacrima di commozione.

«A Gemma e a Emanuele!» ripetono tutti gli altri. I calici tintinnano e lei mi stampa un bacio sulla guancia, ringraziandomi.

Nel pomeriggio, come promesso, i miei genitori salutano tutti e si congedano per concedersi un momento a due sul lungomare; così la casa rimane tutta per noi.

Sono così inebriata dall'atmosfera di calore e affetto natalizio che, spostando il mio sguardo vuoto in giro per casa, riesco quasi a intravedere la forma dell'albero illuminato a festa, con tutte le lucine colorate che brillano allegre come tante piccole lucciole; le ghirlande appese ai cornicioni sopra le porte, i fiocchi rossi e oro, e la Stella di Natale che ieri zia Mena ha regalato a mia madre, per ore da lei descritta come la più bella che avesse mai visto.

Mi accomodo sul divano, vicino ad Annalisa che mi prende sottobraccio allegra.

«Insomma, non vorrete dirmi che nessuno di voi ha delle novità da raccontare» esclama Leonardo. Ora riesco a distinguere molto bene la sua voce da quella di Nicola e non ho più paura di confonderli.

«Pensavo che l'amore tra questi due orsacchiotti fosse più che una novità!» ribatte Teresa, in chiaro riferimento alla nuova coppia formatasi oggi.

«Ma quale novità! Lo sapevamo tutti che era solo questione di tempo» intervengo io. «Andiamo, ammettetelo: era palese».

«Sul serio?» fa perplessa mia sorella.

«Ma certo. Solo voi due non ve ne eravate accorti» scherza Annalisa. Scoppiamo tutti a ridere e chiacchieriamo a lungo. Emanuele decide di rivelare pubblicamente la proposta di lavoro ricevuta, Nicola racconta della nuova ragazza che ha cominciato a frequentare e io illustro ai miei amici tutti i progressi fatti da quando ho perso la vista. Nonostante le proteste delle loro compagne, sfido Leonardo ed Emanuele a mettermi alle prova sulle mie *nuove abilità*, così da soddisfare la loro evidente curiosità a riguardo.

«Avanti, chiedetemi di fare qualcosa che secondo voi non potrei più fare senza vista». Conoscendo il loro cliché di ironia, mi affretto ad aggiungere: «Naturalmente parliamo di cose umanamente possibili e non di letture della mente o previsioni del futuro, questo è chiaro».

«*E belìn, ma*[32] *ste* cose *mica* le sapevi fare quando ci vedevi!» esclama Leonardo ridendo.

«Chiaro» ribatto, «ma con voi non si può mai sapere. Era comunque meglio specificare. Ogni tanto mi ricordate Tiberio: sono sicura che avete preso il vostro *sense of humor* da lui».

«Io l'ho sempre detto» si intromette Teresa.

«Dunque, vediamo...» Emanuele si interrompe per pensare a qualcosa da chiedermi e, nel frattempo, io mi alzo in piedi, pronta a eseguire i suoi ordini.

Ma Annalisa, seduta ancora al mio fianco, mi prende per un braccio invitandomi a girarmi leggermente verso di lei, mostrandole la schiena.

---

[32] *E che cavolo* (più incisivo), in genovese.

«Un momento...» dice curiosa, «questo cos'è?»

«Questo cosa?»

«Perl, hai un tatuaggio dietro la spalla destra?» domanda retoricamente e con tono appassionato.

«Un tatuaggio?»

Sento l'aria spostarsi e qualche fruscio d'abito, chiaro segno che si sono tutti alzati dai loro posti per venire a indagare. Qualcuno posa una mano sul mio braccio per vedere meglio, altri sulla mia schiena.

Mai visto un tatuaggio?

«Sì, è proprio un tatuaggio» conferma Nicola. «Sai, non pensavo fossi il tipo».

«Non ne sapevo niente!» esclama Teresa in preda all'allegria. «È bellissimo!»

«C'è mancato poco che mia madre la strozzasse quella sera» si intromette Gemma, probabilmente l'unica a non essersi alzata o stupita in alcun modo.

«Avevo perso una scommessa contro Tiberio. Dovetti pagare pegno facendomi un tatuaggio, a cui comunque stavo pensando già da un po' di tempo. Quella però fu l'occasione ideale».

«A questo punto voglio sapere tutti i dettagli» prosegue Emanuele. «Avanti, racconta».

«Molto bene». Mi accomodo di nuovo sul divano e torno indietro di un anno.

***

26 dicembre 2017

Fra cinque minuti Tiberio citofonerà al mio portone. Ha promesso che mi avrebbe portata al *Winter Park* di Piazzale

Kennedy, qui a Genova Foce, vicino casa mia. La verità è che gli ho strappato questa promessa tra un calice di champagne e l'altro, un paio di giorni fa, quando è venuto a casa nostra per festeggiare il Natale insieme alla mia famiglia. Lui non ama le altezze e sicuramente le giostre adrenaliniche su cui ogni volta perdo il mio spirito di conservazione non sono il suo forte. Eppure non rinuncerebbe mai pur di stare con me; e io rinuncerò volentieri al *Rocket Emotion* e alla trepidazione di finire a testa in giù, pur di stare con lui.

Ad ogni modo, è una tradizione di famiglia fin da quando ero piccolina. I miei genitori mi portavano ai *baracconi*[33] per pescare qualche paperella di plastica e vincere un adorabile peluche; e Tiberio ha subito capito quanto importante fosse per me.

Quando scendo le scale del palazzo e lo trovo fuori ad aspettarmi con i suoi occhiali sempre ben inforcati sul naso, non lo saluto nemmeno, lo bacio direttamente. È irresistibile alla mia vista e cercare le sue labbra mi è necessario per colmare tutto il tempo della giornata che non abbiamo speso insieme.

«Ciao anche a te, piccola. Allora, sei pronta?»

«Prontissima! Ti farò provare certi brividi che non riusciresti nemmeno a sognare».

Trema tra le mie braccia e si sistema gli occhiali. «Signora Ferrari, lei è pericolosa, lo sa?» asserisce giocando con l'anello di fidanzamento che porto all'anulare sinistro.

Gli stampo un bacio sulla guancia. Poi ci incamminiamo a piedi verso il Winter Park. «Non immagina nemmeno quanto, signor Ferrari».

A differenza delle aspettative di Tiberio, trascorriamo una serata molto divertente. Lui vince un enorme unicorno di

---

33 *Giostre*, in genovese.

peluche al tiro al bersaglio e prontamente me lo regala, piazzandomelo in braccio e affermando di aver notato una certa somiglianza tra noi. Io, invece, riesco ad accaparrarmi un piccolo lettore mp3 di quelli mediocri e di funzionamento incerto, riuscendo a incastrare perfettamente tre cerchi colorati intorno a un parallelepipedo di plastica.

«Tieni» dico consegnandolo al mio ragazzo. «Tu sei un assiduo ascoltatore di musica, ti potrebbe tornare utile... sempre che non si rompa prima di accenderlo».

Tiberio ride. «Mai sottovalutare la potenza di un oggetto del genere: magari nasconde un qualche artificio magico. Potrebbe essere un portale per un'altra dimensione!»

«Non rendermi partecipe, in quel caso».

Ci avviciniamo al *Tagadà* proprio mentre la piattaforma circolare comincia a girare vorticosamente e lo speaker annuncia di reggersi saldamente alle maniglie di supporto. Lì vicino c'è un carretto che vende crêpes alla Nutella. Ne compro due e ci accomodiamo su una panchina di vernice verde, in un angolo.

«Ma come?» domanda Tiberio, mentre gli pulisco con un dito un piccolo sbaffo di Nutella sulla guancia. «Non ti piacerebbe entrare in una dimensione parallela alla nostra?»

Per qualche secondo mi ero dimenticata di cosa stavamo parlando, ma poi riesco a tornare sui miei passi. «Sinceramente sto bene qui dove sono. Non posso sapere cosa troverei dall'altra parte e non penso che valga la pena scoprirlo e rischiare così tanto».

«Eppure ti arrischi a credere a qualcosa di cui non hai prova alcuna» ribatte Tiberio, continuando a mangiare la sua crêpe. Io addento la mia e cerco di non sentirmi colpita nel vivo.

«Tu parli di questo, non è così?» domando afferrando il crocefisso che porto al collo.

«Sbaglio?»

Scuoto la testa. «No. Ma è proprio per questo che si chiama fede, giusto? Troppo facile credere in qualcosa di cui puoi essere certo».

«Te ne do atto».

Tiberio addenta l'ultimo pezzo rimasto di crêpe e si passa il tovagliolo sulle labbra.

«Però di concedermi il beneficio del dubbio non se ne parla, vero?» ribatto divertita. «Mi domando una cosa: dato che non posso provarti l'esistenza del mio Dio, se non con prove di fede che comunque non riusciresti ad accettare, saresti tu in grado di dimostrarmi che invece non esiste?»

Tiberio si passa la lingua sul labbro inferiore e deglutisce, poi, dopo averci riflettuto un po' su, si alza e mi porge la mano.

«Dove andiamo?»

«A dimostrare che è il caos a gestire tutto, che non esiste un percorso predefinito, che non è l'uomo a scegliere ma il caso, la statistica, che è tutto un gioco di numeri e matematica; non può esistere nessuna entità superiore a guidarci nella nostra vita, a meno che essa non sia pura scienza. Vuoi?»

Rifletto anche io per qualche secondo, squadrandolo intensamente, combattuta tra la curiosità e l'incertezza. «Certo, perché no».

Usciamo dai *baracconi* mano nella mano e proseguiamo sul lungomare ammirando il sole che tramonta all'orizzonte. Mi conduce a passo svelto fino a un piccolo negozietto di cianfrusaglie, uno di quelli piccolissimi ma pieno zeppo di cose meravigliosamente inutili che senti il bisogno di possedere a tutti i costi. Senza parlare, zigzaghiamo tra gli scaffali dove si accavallano post-it colorati, penne di tutti i tipi, portachiavi, statuette di ceramica, peluche e altri mille oggetti messi alla rinfusa.

«Ah-ah, trovati!» esclama Tiberio all'improvviso, distogliendomi da una palla di neve con una lucina che cambia colore ogni secondo. Il mio ragazzo si mette a rimestare in un cesto di vimini sul fondo di uno scaffale vicino alla cassa e ne estrae una coppia di dadi.

«E quindi?» domando confusa.

«Adesso vedrai». Tiberio paga i dadi e usciamo dal negozietto, ma non prima che io abbia acquistato a mia volta quella splendida palla con la neve. La voglio mettere sulla mia mensola insieme alle altre.

«Dunque, Perla, ti vuoi fare un tatuaggio? Ora, in questo preciso momento?» domanda lui, rigirandosi i dati tra le dita.

Sgrano gli occhi stupita. «Ma che stai dicendo? Un tatuaggio... ?!»

«Tu rispondi e basta».

«Ho un'idea a riguardo, ma non lo farei mai adesso. È una cosa importante, su cui devo riflettere bene. Per non parlare del fatto che i miei genitori probabilmente mi diserederebbero».

Tiberio ride, poi torna serio. «Bene, quindi la tua risposta è no. Magari in un futuro ipotetico ma sicuramente non ora. Giusto?»

«Giusto. Si può sapere dove vuoi arrivare?» domando incrociando le braccia e facendo tintinnare la palla di neve nel sacchetto.

«Ci arrivo». Tiberio apre il palmo della mano davanti ai miei occhi: i due dadi mi fissano con aria malvagia. «Ora li lanceremo. Se esce pari, ci faremo entrambi un tatuaggio stasera...»

«Cosa?! Ma sei matto?!»

«… Se esce dispari, non lo faremo. Se è vero quello che dici, suppongo che tu abbia già cominciato a pregare che esca dispari e, sempre secondo la tua fede, il tuo Dio dovrebbe volere solo il meglio per te, difendere il tuo libero arbitrio, ascoltare le tue preghiere. Non permetterebbe mai a una coppia di dadi di farti fare qualcosa che non vuoi. Sei d'accordo?»

«Beh… non penso funzioni esattamente così. Non sono io a stabilire cosa dovrebbe fare Lui per me».

«Ma sei sua figlia e gli stai chiedendo qualcosa che ti renda felice. Ho concettualmente detto tutto in modo corretto?»

«Diciamo…»

«Allora sei disposta a scommettere che uscirà dispari?»

Non mi sono nemmeno accorta di aver cominciato a stringere tra le dita il crocefisso. Non penso proprio che Tiberio stia facendo la prova giusta. Non è così che funziona, non per me. Eppure il suo punto di vista mi incuriosisce da morire, come tutto di lui in effetti. Forse è per questo che annuisco e scommetto. La mia fede religiosa contro la sua fede scientifica.

Come se stessi seguendo un film a rallentatore, vedo Tiberio sorridermi affabile e lanciare i dadi in aria. Salgono, salgono, sempre più su, per poi ricadere e rimbalzare rumorosamente sul marciapiede. I nostri occhi si incontrano.

«Numeri, bellezza, tutta questione di numeri» sussurra lui raccogliendo da terra un quattro e un due. «Spero tu abbia in mente un bel disegno».

Questo non prova niente. Se dicessi a Tiberio che nel lancio di quei dadi io ho visto Dio più che mai, un segno che avrei dovuto fare quella cosa che temevo tanto di fare in un altro momento della mia vita, lui non mi crederebbe. È perfino probabile che dubiti ancora di più della mia fede, e non potrei dargli torto. Alcune cose, come la religione, vanno maturate nel profondo e non si possono semplicemente spiegare. Negli anni mi sono relazionata con essa, sperimentandola, scovandola nei luoghi e nei momenti più impensabili e vedendone l'effetto nei modi più sorprendenti. Solo così ho potuto apprezzarne quegli aspetti che nessuno sarebbe mai stato in grado di insegnarmi.

Tiberio, differentemente, prova per essa un astio ben fondato, che per certi versi posso anche capire. Ha scelto un percorso di studio che lo mette a confronto con realtà di dolore e di sofferenza ogni giorno, tutti i giorni. Ricordo quando mi disse che lui voleva salvare quante più vite umane possibili, perché un ipotetico Dio non era chiaramente in grado di stare dietro a tutti quanti. In quel momento, ho capito che il suo non era disprezzo nei Suoi confronti, ma piuttosto un rancore inconscio per tutto quello che accade in questo mondo. Riuscire a capire chi ha torto o ragione quando un bambino muore non è facile, e in quei momenti è sicuramente più semplice incolpare chi viene definito *onnipotente*. Me ne rendo conto e lo rispetto.

Eppure, ogni volta che l'argomento viene fuori, mi domando: siamo sicuri che Tiberio e tutti quelli come lui non credano? O forse sono coloro che credono di più, ma non riescono ad accettarlo?

«Una chiocciola, dietro la spalla destra» rispondo alla domanda del mio ragazzo. Lo prendo per mano e incrocio le mie dita con le sue. Voglio che si senta a suo agio nel professare la sua fede, così come io mi sento a mio agio nel professare la mia. «Sai, la chiocciola è determinata. Non ragiona sul *se*, ma sul *quando*. Per lei tutto è possibile, basta farlo con calma, ragionevolezza e volontà. È un bel modello di vita, non ti pare? Avrei voluto tatuarmela già al primo anno di università».

«Senza dubbio. Chi non ha mai desiderato essere una chiocciola?»

Gli tiro un buffetto sulla spalla e poi gli domando: «E tu, sapientone? Cosa ti farai tatuare?»

Tiberio gioca con i dadi che ha ancora in mano. «*Alea iacta est*, disse un mio antenato. Mi farò fare una riproduzione perfetta di questi due gioiellini; e dato che io e te siamo due anime gemelle, talvolta speculari ma sicuramente gemelle, me lo farò dietro la spalla sinistra».

Diretti verso la nostra meta, non riesco comunque a trattenermi dal domandargli: «Quindi, secondo te, chi avrebbe creato la tua profetica matematica?»

***

«Ci credete che non ho mai fatto caso al tatuaggio di Tiberio?» domanda Annalisa colpita dalla mia storia.

«Sì, beh, non che lo sventolasse ai quattro venti» le rispondo per consolarla.

Nicola prende la parola: «Ora che mi ci fate pensare, io lo vidi quando andammo in spiaggia, qualche giorno prima del…»

«… Sì, del crollo del Morandi» completo io. E per la prima volta, mi sento di dire quello che non ho mai detto a nessuno, rimasto sepolto dentro di me per mesi. «Sapete dopo il quattordici agosto ho strappato via dal mio collo il crocefisso. In realtà penso di averlo sradicato dalla mia vita come una pianta marcia. È in un cassetto da quel giorno».

«Perché, Perla?» domanda Teresa.

«Perché quel giorno ho avuto la vera prova che Tiberio aveva ragione. Lui non me lo ha mai detto, ma l'ho visto tirare i dadi in macchina, prima di assecondare la mia decisione di attraversare il ponte. Uscì dispari, quindi non lo avremmo dovuto fare. I suoi numeri gli avrebbero salvato la vita; la mia fede cieca, invece, lo ha ucciso. E questo non me lo perdonerò mai. Non lo perdonerò mai a Lui».

18. Perla

Il pranzo di ieri è stato strepitoso. Non mi divertivo così da tanto tempo. Anche quel momento in cui ho avuto un crollo emotivo davanti ai miei amici è stato importante per me e loro lo hanno reso prezioso e liberatorio.

Ora sto molto meglio e mi sono fatta accompagnare a Boccadasse, dove abitano i Ferrari.

Non lo posso vedere, quindi immagino il gozzo *Adele* poeticamente accasciato su un lato, lungo la spiaggetta. Nessuno l'ha mosso di lì e lì rimarrà in attesa che, un giorno, le onde lambiscano nuovamente il suo legno.

Adele. Adele Ferrari.

In questi ultimi giorni ho pensato spesso a lei e a suo marito. Mi sfioro l'anulare sinistro e sento la pelle liscia al tatto. Sono mesi ormai che non indosso più l'anello di fidanzamento, e ora giace al suo posto nella scatoletta con cui mi è stato consegnato da Tiberio quando mi chiese di sposarlo.

Che stupida sono stata a non dirgli subito *sì*, a mettere una distanza tra noi che non aveva motivo di esistere. Come ho potuto pensare di vivere senza di lui anche solo per un istante? Ora essere sua moglie mi appare la cosa più logica del mondo. Dopotutto io *sono* sua moglie; mi sento tale da quella sua festa di compleanno quando mi resi conto che la mia esistenza era strettamente collegata alla sua.

Sorrido, mentre il vento gelido dell'inverno mi agita i capelli. Da quando ho ricontattato i miei amici per Natale mi sono resa conto di quante cose avessi lasciato in sospeso dopo l'incidente; stare con loro mi ha permesso di chiudere una parentesi che era rimasta aperta senza ragione, come se frequentare quegli stessi amici che io e Tiberio condividevamo potesse riaprire una ferita dolorosa. Invece non è stato così, anzi. E ora non faccio che riflettere sul fatto che c'è un'altra importante parentesi ancora da chiudere, prima di poter davvero proseguire il mio cammino senza timore. Solo che non credo di avere ancora il coraggio per farlo.

La vibrazione del cellulare nella tasca della giacca mi allontana dai miei pensieri, facendomi sobbalzare. *Let Her Go* suona e il mio cuore sobbalza. Avvicino il telefono all'orecchio con mano tremante.

«Perla, ci sei?» chiede la sua voce al di là dell'apparecchio.

«Per te sempre, amore».

«Sai, non mi sono mai fidato di questi aggeggi elettronici» spiega lui allegramente. Non averlo sentito per un po' mi aveva quasi fatto dimenticare di quanto fosse bello parlare con lui e sentirlo ancora vicino.

«Sembra di sentire mia nonna» ribatto divertita. Poi corruccio la fronte e ripenso alle feste appena trascorse. «Ma dov'eri finito? Mi sei mancato. Ho temuto che...»

«Si fosse spezzato il vincolo?» completa lui. Io annuisco, convinta in qualche modo che possa vedermi, qualsiasi sia la dimensione in cui si trova.

«Hai ragione, scusami. Forse avrei dovuto avvisarti che avevo intenzione di andare a trovare i miei genitori per Natale. Dopotutto, quando mi hai detto che volevi organizzare il pranzo del 25 con Annalisa e gli altri, mi sono sentito tranquillo nel lasciarti per qualche giorno».

«Non ti devi preoccupare. In effetti anche io sono stata molto occupata con l'organizzazione della festa e tutto il resto. Hai avuto un pensiero molto dolce a venire qui» e con gli occhi velati mi direziono istintivamente verso casa Ferrari, dove so esserci la famiglia di Tiberio. «Come... come è andata?»

«Diciamo che è stato... particolare».

Tiberio fa una pausa e improvvisamente balena nella mia mente il ricordo di quando si portava la mano tra i capelli, scompigliandoseli, mentre cercava di trovare una risposta a un quesito o la soluzione a un problema; e così lo immagino ora.

«Voglio dire» riprende poi, «non mi era mai capitato di entrare in casa mia senza poterla più definire tale. Tutti i miei oggetti sono ancora lì, le fotografie anche; anzi, forse ora ce ne sono alcune in più che mi riguardano. Lo sai che ne ho trovata una nostra sul mio comodino?»

«Cosa?» domando sorpresa. «Tu non mettevi mai nostre foto in giro. Dicevi sempre che preferivi tenertele nel cuore, perché volevi che il nostro amore rimasse solo *nostro*».

«Ma è così infatti, è sempre stato così. Non l'ho messa io lì. Credo sia stata mia madre».

Mi sistemo una ciocca bionda dietro l'orecchio, sempre tenendo saldo il cellulare fra le dita dell'altra mano.

«Tua madre ha incorniciato una tua foto... con me?»

«Sì, ne sono convinto. È molto bella. Avrei scelto anche io quella».

«Non credevo che i tuoi... io pensavo che...»

«C'è qualcosa che non va?»

Scuoto la testa, pensierosa. «No, nulla di importante».

«Mhh» mormora diffidente. «Puoi parlarmene se vuoi, lo sai?»

«Certo che lo so. Ma non ha importanza, davvero. Comunque, hai visto i tuoi genitori? Come stanno?»

«A mia madre sono spuntati i capelli grigi e mio padre ha qualche ruga in più» dice ridendo. «Ma, a parte questo, direi bene. Li ho visti brindare a me, ieri a pranzo. Avrei tanto voluto abbracciarli, sai, e dire loro cose che mi sono piombate in mente tutte insieme. Ho perfino provato a contattarli tramite il cellulare, poi attraverso la radio di cucina e anche usando il televisore del salone, ma non ha funzionato. In quel momento mi sono sentito perso. Ma poi è successo qualcosa di estremamente consolatorio».

«Che cosa?»

«Li ho ascoltati mentre parlavano. Raccontavano aneddoti su di me e sulla nostra famiglia. Mi sono improvvisamente accorto che loro sapevano già tutto: l'amore che provo per loro, la mia stima nei loro confronti, la mia riconoscenza per ciò che hanno fatto per me durante la mia vita, beh ecco, loro sanno già tutte queste cose... le hanno sempre sapute in realtà. Quel peso che mi sentivo dentro per non essere riuscito a parlare con loro un'ultima volta prima di morire è improvvisamente sparito. Mi sono sentito finalmente libero di poter dire: anche se ora stanno soffrendo la perdita di un figlio, un giorno i miei genitori supereranno tutto questo, perché hanno la forza del mio ricordo a tenerli saldi in questa difficoltà. Posso lasciarli andare, capisci? Anzi, *devo* lasciarli andare, affinché riprendano in mano la loro vita».

Il racconto di Tiberio mi commuove, ma al contempo mi riempie il cuore di amore e speranza, quella di riuscire finalmente anche io a chiudere la parentesi che mi porto dietro da agosto.

«Sono contenta che tu abbia passato il Natale con i tuoi genitori».

«Piccola mia, io sono molto orgoglioso di te invece. Stai risorgendo dalle tue ceneri e questo Natale ne è stato la prova».

«Grazie. Se ci fosse stato anche tuo fratello, sarebbe stato ancora più importante».

Sento Tiberio sospirare, sicuramente in accordo con il mio pensiero. «Posso solo dirti che l'ho incontrato ieri per un soffio. Stavo uscendo da casa dei miei genitori, quando lui è entrato dalla porta principale all'improvviso, passandomi attraverso. Non nego di essermi preso un colpo» racconta.

Scoppiamo entrambi a ridere, prima che Tiberio aggiunga: «Era tutto imbacuccato e trafelato, come se si fosse fatto Boccadasse - Genova Foce di corsa. Chissà dove era stato fino a quel momento».

«Forse da Antonella».

«Oh… non te l'ho detto, giusto» dice Tiberio.

«Cosa? Che altro è successo ora?» faccio preoccupata. Non penso proprio di essere pronta per una cattiva notizia in questo momento.

«Flavio e Antonella si sono lasciati. O meglio, lui ha lasciato lei dopo… dopo che me ne sono andato da questo mondo. L'ho scoperto ieri».

«Ma non è possibile, stavano così bene insieme. Ero convinta che si sarebbero sposati. È incredibile: si forma una coppia e ne scoppia un'altra».

«Che intendi? Mi sono perso qualcosa?»

«Già, anche io ho delle novità. Gemma ed Emanuele…»

«Non mi dire».

«Ti dico».

«Finalmente!»

Sento un piccolo schioppo nelle orecchie, segno che probabilmente Tiberio ha appena battuto le mani entusiasmato per la notizia.

«È un peccato per tuo fratello e Antonella».

«Sì, sono d'accordo. Per di più, non sopporto l'idea di essere la causa della loro rottura. D'altronde però non tutti affrontano la realtà allo stesso modo».

Annuisco ancora una volta, priva di parole. Se Flavio ha lasciato Antonella perché stare con lei gli ricordava i tempi in cui Tiberio era ancora in vita, allora la situazione è ancora più grave di quanto avessi previsto facendo gli inviti per Natale. Forse io posso fare qualcosa però... Se solo riuscissi a trovare il coraggio per affrontare l'argomento targato "*Famiglia Ferrari*".

«Ad ogni modo, devo riconoscere che senza Alessio non avrei mai avuto la forza di rientrare a casa mia e incontrare i miei genitori».

«Alessio? Cioè l'altra Apparizione che hai conosciuto?»

«Precisamente. Un giorno mi disse: *"Sta vicino a chi ami; a tutti coloro che ami. L'amore è sempre la soluzione"*» cita imitando la voce del soggetto in questione. Poi riprende: «Tu e la mia famiglia siete sempre stati le due metà del mio cuore e, da quando è successo tutto questo, ne stavo trascurando una».

Entrambi rimaniamo in silenzio per qualche secondo, godendo per quanto possibile della presenza reciproca. Data l'ora, il sole dovrebbe essere sul punto di tramontare, anche se il pomeriggio è ancora nel vivo. Ma non si può fare niente contro l'inverno padrone che termina le giornate prima del tempo.

«Quel tipo ti guarda» dice poi Tiberio, ricordandomi la sua presenza.

Premo più forte il telefono contro l'orecchio e domando: «Come?»

«Dico che pare proprio che quel ragazzo stia venendo da questa parte e ti tiene gli occhi fastidiosamente puntati addosso».

«Tiberio, dovresti essere un po' più specifico. Sai com'è...» gli ricordo portandomi un dito a indicare i Ray-Ban che mi coprono gli occhi. Ma poi sento qualcuno chiamarmi alla mia destra. «Perla!» esclama da lontano per attirare la mia attenzione. Ne riconosco la voce: penso di sapere di chi si tratta.

«Quel ragazzo che mi fissa... credo proprio che sia don Simone. Sai il prete che mi sta aiutando?»

«Ma non è possibile. Perla, aspetta, credo proprio che...»

Prima che il prete riesca a colmare la distanza che ancora ci separa, sento la voce di Tiberio gracchiare.

«Tiberio?»

«Perla, ascoltami, lui è...»

«Amore, non riesco a sentirti!»

Ma poi percepisco don Simone sempre più vicino e Tiberio sempre più lontano, fin quando la sua voce non si spegne del tutto e la comunicazione tra noi si interrompe.

«Ti amo» dico frettolosamente nella speranza che mi abbia comunque sentito, giusto poco prima di udire di nuovo la voce di don Simone, stavolta a pochissima distanza da me.

«Perla, ero sicuro fossi tu. Mi fa piacere incontrarti ancora» dice.

Allargo le labbra in un grosso sorriso e ricambio il saluto. «Don Simone, è passato del tempo dall'ultima volta. Come mai da queste parti? Pensavo che sotto le feste natalizie avesse molto da fare in chiesa».

«Diciamo che don Pietro ha preso il mio posto».

«Quindi può godersi di nuovo il tramonto e l'aria fresca come faceva un tempo».

«Non pensavo ti ricordassi di quando te l'ho raccontato» dice allegramente sorpreso.

«Come potrei dimenticarlo. La sua storia mi ha colpita più di quanto immagina». Faccio una pausa e poi riprendo incuriosita: «A proposito, non le ho mai chiesto se è più riuscito a parlare con Monica e a chiarirsi con lei».

Don Simone soffia una risata dal naso e attende qualche secondo prima di formulare la sua risposta: «Ammetto di averci provato, anche più di una volta. Ma Monica non mi sente più ormai. È completamente focalizzata su suo figlio e sinceramente preferisco che si occupi di lui piuttosto che di me, soprattutto ora che è finalmente guarito».

Alzo le sopracciglia felice. «Ma questa è una notizia straordinaria! Sono davvero contenta!»

«Ho pregato tanto affinché Michele stesse di nuovo bene e sono stato ascoltato».

Sento dolcezza e gioia diffondersi nel mio cuore. Ma nella voce di don Simone persiste comunque un leggerissimo strato di amarezza che, per quanto possa provarci, non riuscirà mai completamente a nascondere; almeno non a me.

«Forse non è questo il momento giusto, sa?»

«Per cosa?» mi domanda il prete.

«Per risanare il rapporto con Monica. Forse deve solo pazientare ancora un po'. Parlando con Tiberio ho scoperto che quello che non riusciamo a fare noi riesce a farlo il tempo. Ad esempio, guarire una ferita molto profonda. Io non ci riesco completamente da sola, ma so che con il passare dei giorni, dei mesi, degli anni... tutto si risolverà. Bisogna solo avere la forza necessaria a sostenere il peso dei ricordi passati, in attesa di costruirne di nuovi ancora più felici».

«Sbaglio o stai cambiando la tua prospettiva?»

Questa volta sono io a sorridere. «Forse sto solo provando a mettere da parte la rabbia. Dopotutto non porta a niente».

«Sono contento che tu la veda così».

L'aria è diventata ancora più fredda, quindi probabilmente il sole è tramontato. In sottofondo sento le onde infrangersi contro gli scogli.

«Deduco che tutto stia procedendo per il meglio con l'Apparizione del tuo ragazzo» riprende poi don Simone.

«Oh, sì. Penso che averlo e non averlo vicino contemporaneamente stia aiutando entrambi ad accettare quello che è successo, anche se non so con precisione cosa succederà quando si interromperà il legame. Non so se riuscirò mai davvero a vivere senza di lui» ammetto con un filo di voce. È terribilmente difficile riuscire a capire cosa sarei in grado di fare e cosa no e, come mio solito, senza certezze non riesco a guardare oltre ciò che ho davanti.

«Tu puoi, Perla. E ti dico di più: non solo puoi, ma devi. Devi vivere *anche* per lui. Quello che chiami vincolo in realtà non si interromperà mai. Sì, magari non potrete più comunicare, ma lui sarà sempre con te. Vivrà attraverso di te, nel tuo cuore, e attraverso ciò che racconterai di lui».

«Probabilmente è questo il vero segreto dell'immortalità, eh?» commento sentendo crescere in me un senso di benessere, dettato forse da un rinnovato spirito di speranza.

«Non dubito che possa essere così». Don Simone si interrompe per un attimo. «E poi tu non sei sola».

«Già...» sospiro, e immagino il mare davanti a me. Una volta venni investita da un'onda proprio mentre io e Tiberio ci stavamo facendo una foto su un pontile. Ho ancora quello scatto, dove le nostre facce imbarazzanti mostrano tutta la sorpresa di riceve una secchiata d'acqua fredda e salata in pieno volto. Tutti i vestiti bagnati e i crampi allo stomaco per le risate, neanche a dirlo.

Ogni volta che penso a lui mi accorgo di quanto Tiberio sia stato tutto per me dal primo secondo e di quanto rimarrà tutto per me fino all'ultimo secondo.

«Quando pensa che succederà? Intendo, quando non potrò più parlare con lui?»

«Questo non lo so, Perla, e forse non è veramente importante che tu lo sappia. Però sicuramente c'è una ragione per cui lui è ancora qui con te».

«La prego, me la dica».

«Siete stati strappati l'uno all'altra troppo rapidamente, nel cuore pulsante della vostra storia d'amore. Avevate ancora bisogno di stare insieme per avere la certezza reciproca che vi sareste appartenuti per sempre, anche dopo la morte».

«Finché morte non ci separi» sussurro, pensando a una promessa che non ho mai avuto l'opportunità di fare davvero.

«Come hai detto?»

«Niente. Prosegua, la prego».

«Forse vi manca ancora qualcosa per completare insieme questo percorso. Quando lo avrete trovato, tu riuscirai a lasciare andare lui e lui te; e a quel punto troverete la pace di cui avete bisogno».

Sento gli occhi bruciare al solo pensiero. Don Simone ha ragione.

Ricordo una citazione di Albus Silente, il saggio preside della scuola di magia di Hogwarts, che in *Harry Potter e la pietra filosofale* afferma: *"Non serve a niente rifugiarsi nei sogni e dimenticarsi di vivere"*. E se fosse anche il mio caso? Mio malgrado, per quanto concreto possa sembrare, Tiberio comincia comunque ad assumere sempre di più le sembianze di un sogno che ormai non potrò più raggiungere.

«La ringrazio. Mi ha sempre supportata, anche se non ho voluto riconoscerlo subito. All'inizio pensavo che lei fosse troppo collegato a quella fede che ho messo da parte, ma forse era proprio di un uomo di fede che avevo bisogno maggiormente».

«Siamo tutti strumenti di Dio, e penso che tu riuscirai ad aiutare me più di quanto io abbia fatto con te».

Annuisco, anche se non sono sicura di capire fino in fondo le sue parole.

«Spero che lei e Monica risolviate tutto» dico sinceramente coinvolta.

«Mi basterebbe farle sapere che, nonostante io abbia scelto di dedicare la mia vita a Dio, lei possiederà sempre il mio cuore e che continuerò ad amarla nello stesso modo, così come amerò suo figlio. Quando lo saprà, anche io troverò la pace».

Mi volto nella direzione in cui credo che sia. «Credo che lei ne sia già a conoscenza, ma se è quello di cui ha bisogno per vivere la sua vita in tranquillità, allora sono sicura che riuscirà a dirglielo lei stesso. Anche lei non è solo, padre, se lo ricordi».

Quasi non mi accorgo di come la mia mano scatti verso il collo, nello spazio di pelle sotto la sciarpa di lana che lo avvolge. Ah, già, è vuoto.

«Personalmente comincio a sentire un po' di freddo. Non vorrei sembrarle maleducata, ma penso che tornerò a casa. Ho deciso di prendere in considerazione l'idea di chiudere una faccenda ancora in sospeso».

«Ti auguro buona fortuna, Perla, e che Dio ti benedica».

«Lo sa che ancora non l'ho perdonato del tutto, vero?» ricordo, forse più a me che a lui.

«Tu lo sai».

Passo tutta la serata con le parole di Tiberio e di don Simone che mi rimbombano nella testa, come grosse campane che suonano. Quanti pensieri che ho in questo momento, davvero troppi per poterli risolvere tutti. Ma forse la risposta a ogni domanda sta proprio in questo.

Dopo cena mi metto a letto e stringo il piumino tra le mani per conciliare il mio sonno con il tepore delle coperte, ma… Un momento: sbaglio o anche don Simone si è riferito a Tiberio chiamandolo *Apparizione*?

19. Perla e Tiberio

Traccia: *Dear God* di Lawless, Sydney Wayser

Perla

Eccoci alla fine dell'anno. Non so con certezza se sia un bene o un male, ma sicuramente è un modo pratico per dire che ho camminato in avanti per arrivare fino a qui; e allo scoccare della mezzanotte inizierà un nuovo capitolo.

Attualmente, però, sono ancora le nove di mattina e il mio unico pensiero fisso da mezz'ora è: cosa ci faccio con questa scatolina che ho in mano? L'ho trovata mettendo in ordine le mensole sopra il mio letto. Tra una pallina con la neve e l'altra, eccola lì, silenziosa al suo posto. La tasto ancora con le dita, sfiorandone gli angoli smussati e tondeggianti. La conosco così bene che quasi ne riesco a vedere il colore, anche senza vista. Ricordo perfettamente tutte le emozioni che questo blu notte suscitò in me nei primi momenti dopo la proposta di fidanzamento di Tiberio: smarrimento, confusione, rabbia… ma poi dolcezza, speranza, amore e una infinità di progetti futuri a cui pensare. Dato il patto stretto con lui in merito al tempismo del nostro matrimonio, ricordo anche di non aver mai desiderato tanto ardentemente la seconda laurea, in modo da poter subito passare alla parte in cui sarei diventata una moglie. Sua moglie. La signora Ferrari, come gli piaceva tanto chiamarmi.

Faccio scattare il piccolo coperchio e all'interno trovo l'anello di fidanzamento: piccolo, fragile, indifeso, e altrettanto bellissimo, questo oggetto rappresenta simbolicamente tutto il nostro amore. Ed è proprio in nome di questo amore che oggi, ultimo dell'anno, è bene che io trovi pace nei miei pensieri con cui questo anello è un ponte diretto. Respiro profondamente, lo inserisco di nuovo nella scatolina e la richiudo, infilandola nella tasca della giacca che indosso subito dopo. Metto velocemente chiavi di casa e cellulare nella borsa e mi muovo per andare in salotto; ma mi blocco all'improvviso come richiamata da qualcosa nella stanza. Camminando alla cieca, letteralmente e figurativamente, raggiungo la cassettiera della mia scrivania e allungo la mano destra verso l'ultimo cassetto, il più basso. Rovistando un po' alla rinfusa, spostando oggetti di vario tipo che probabilmente non so nemmeno più che aspetto abbiano, incontro qualcosa di freddo e metallico che mi si attorciglia intorno alle dita. Il ciondolo appeso alla catenella mi indica chiaramente che quest'ultima è d'argento e che si tratta del crocefisso che tempo fa ho esiliato dalla mia vita.

Sbuffo, ripensando per un momento alla conversazione avuta qualche giorno fa con don Simone, e, senza sapere bene cosa farci, me lo caccio nella tasca vuota della giacca. Poi riprendo la marcia verso il salotto.

«Vai a fare una passeggiata, Perlina?» domanda mio padre.

«Diciamo così. Gemma è in camera sua?»

«Sì, sta studiando per gli esami. Tua madre è in negozio, invece. Ti serve un passaggio?»

«Se non ti dispiace, dovrei tornare a Boccadasse» gli spiego.

«Nessun problema».

Mio padre non fa domande per tutto il viaggio di andata e, una volta a Boccadasse, mi accompagna fino alla mia meta per poi tornare alla macchina. Mi lascia detto che andrà a fare un giro qua intorno mentre mi aspetta, e di chiamarlo quando avrò finito.

Non ho affatto fretta di citofonare, così mi gingillo ancora qualche secondo respirando a pieni polmoni. Poi finalmente premo il bottone indicatomi da mio padre prima che si allontanasse. Per quante volte sono stata qui, probabilmente lo avrei riconosciuto comunque, ma ho preferito evitare eventuali brutte figure con gli altri inquilini della piccola palazzina.

«Sì, chi è?» risponde una voce metallica di donna.

«P-Perla Saffi». Mi trema la voce, ma cerco in tutti i modi di controllarmi.

Dal citofono non arriva nessuna risposta e io comincio a girare le prime scene del mio film mentale.

«Perla... tesoro, sali pure» riprende dolcemente la voce, aprendomi il portone.

Per quanto assurdo possa sembrare, in questo momento sono grata di non riuscire a vedere ciò che mi circonda. Avere la vista comporterebbe una pesante caduta nel fiume dei ricordi, con il rischio fondato di andare a sbattere contro qualche scoglio di depressione e tristezza improvvisi che non saprei come controllare.

Per quanto anche solo la lavanda dei deodoranti da interni del palazzo mi colpisca il naso con la stessa intensità di un pugno, riportandomi inevitabilmente all'ultima volta in cui avevo sentito questo profumo, perlomeno riesco ad evitare di controllare se c'è ancora la pianta di plastica nell'angolo a sinistra, subito dopo essere entrati; così come posso ignorare completamente l'esistenza delle pareti color crema che ogni volta mi si paravano davanti agli occhi. E cosa più importante: non vedrò la mia immagine riflessa in quello specchio da parete davanti al quale io e Tiberio ci siamo scattati pessime foto con il cellulare.

Con passo deciso ma lento, mando in avanscoperta il mio bastone bianco, casomai qualcuno avesse parcheggiato qualche passeggino gemellare nell'androne o messo qualche nuovo vaso in mezzo alla strada. Sai che divertente *imbelinarmi*[34] proprio mentre mi viene aperta la porta di casa? Assolutamente da evitare.

Ora sono davanti alla porta di ingresso e me ne danno conferma due mani che si posano sulle mie braccia.

«Ciao, Perla» dice la voce di prima, ma questa volta senza la deformazione metallica del citofono.

«Salve, Adele».

La donna, con tocco protettivo e materno, mi prende sotto braccio e mi conduce dentro l'abitazione. Poi Adele Ferrari mi fa accomodare sul divano nel salone e sparisce qualche secondo per chiamare suo marito. Al suo ritorno nella stanza, percepisco due paia d'occhi puntati su di me.

In questo preciso momento, qualcuno potrebbe dire che *perfino un cieco* sarebbe in grado di notare la tensione netta che si è creata fra tutti noi. Un filo così spesso che giusto un paio di forbici potrebbero tagliare. E io, che rientro in quella categoria di persone, gli darei ragione.

Incrocio nervosamente le dita delle mani, poi le libero di nuovo, mi gratto un braccio e mi sistemo il maglione prima di sentire la voce del signor Ferrari affermare: «Cara Perla, siamo molto felici di vederti».

Quelle parole così sincere giungono al contempo inaspettate e gradite alle mie orecchie, ma i miei molteplici sensi di colpa non fanno che ripetermi che quelle che

---

[34] *Inciampare e finire rovinosamente a terra*, in genovese.

riceverò oggi in questa casa non sono altro che frasi di circostanza, educate e composte.

«C-come stai?» domanda poi Adele, facendo eco al marito.

Come sto? E chi lo sa. Voglio dire, se fosse per me risponderei: *"Benissimo, finalmente. Grazie"*. Ma sarebbe giusto dirlo davanti ai genitori di Tiberio? E supponendo che io risponda in questo modo, che tipo di domanda dovrei rivolgere loro? *"Voi, state bene?"* Non lo so proprio.

«In via di recupero» decido, mogia ma con un piccolo sorriso piazzato a forza sulle labbra. Per fortuna, il buonsenso di una madre dolce e sensibile, come è sempre stata Adele Ferrari, mi impedisce di pormi dubbi su come continuare questa conversazione così difficile.

«Tesoro, possiamo offrirti qualcosa?»

«Un bicchiere d'acqua andrà bene, grazie mille» rispondo con sollievo.

Quando ritorna dalla cucina, probabilmente con l'intenzione di coprire quel vuoto assordante lasciato dal silenzio e dalla tensione, Adele domanda, quanto più allegramente la sua voce riesca a fare: «Come stanno mamma e papà? È un po' di tempo che non vado a trovarli in gioielleria».

«Oh, tutto bene, grazie. Hanno molto da fare con... beh, sapete, con i turni. Hanno deciso di organizzare il lavoro così da evitare che io rimanga sola a casa, soprattutto nei periodi in cui mia sorella è in accademia».

«A proposito, Gemma?» domanda il signor Ferrari.

«Sta bene anche lei, grazie».

«Mi sembra di ricordare che studia all'Accademia Ligustica, vero?» riprende Adele.

«Esatto» dico schiarendomi la voce. A volte mi capita ancora di sentirla nascondersi dietro le mie corde vocali, come se scappasse da frasi scomode o da conversazioni complicate; devo sempre invitarla a uscire, per evitare di tornare alla situazione di mutismo in cui mi sono trovata dopo l'incidente. «Ha appena cominciato il biennio per prendere il Diploma di Secondo Livello. È molto contenta delle sua scelta».

«Lo immagino, è sempre stata una grande artista» commenta il signor Ferrari, sinceramente ammirato.

«Tu, Perla? Che progetti hai per il futuro?»

Futuro. Che impressione sentire questa parola, in questa casa, da queste persone.

«Io...» comincio. Impiego qualche secondo a far pulizia nella mia testa, spostando i pensieri fuori contesto e cercando quelli inerenti allo studio. Mi butterò sull'università per evitare di dire la cosa sbagliata. «Quest'estate mi stavo preparando per prendere la laurea magistrale in *Internet e Multimedia Engineering* entro fine anno...»

«Sempre lì, all'Università di Genova?»

«Sì, esattamente, dove ho preso anche la Triennale». Bevo un altro sorso d'acqua prima di riprendere il discorso precedente. «Naturalmente questo non mi è stato possibile. Però», aggiungo con improvviso entusiasmo, prima che un normale senso di compassione possa avvolgermi come una coperta, «la mia ripresa sta avendo successo. Ho trovato una persona, Sabrina Ottonello, che mi sta aiutando davvero molto; e Daria, la sua assistente, è una ragazza fantastica che ha preso il mio caso a cuore fin da subito. Dicono che tutto quello che mi hanno insegnato, unito a un notevole sforzo per fare esercizio, mi permetterà di riprendere le mie precedenti attività, tra cui anche lo studio. Ho intenzione di laurearmi il prossimo anno».

«Ma questo è fantastico, Perla! Sono...» inizia Adele.

«Siamo» la corregge suo marito.

«... Certo, *siamo* davvero contenti e fieri di te. Sono sicura che anche Tiberio lo sarebbe».

Quelle parole mi colpiscono in pieno volto come il pugno che tirai a Nicola per difendermi in quel pub. Di sicuro non mi aspettavo una risposta così affettuosa. Educata sì, certo, ma non a questo livello.

«A proposito di questo» dico. Il mio tono di voce insicuro diventa improvvisamente calmo e serio. Tiro fuori dalla tasca della giacca la scatoletta con dentro l'anello di fidanzamento. «Credo che questo appartenga a voi».

La stanza piomba nuovamente nel silenzio più assoluto. Eravamo riusciti a trovare una parvenza di normalità, aiutata certamente dalle chiacchiere, ma adesso è tornato tutto come prima: quel filo si è teso di nuovo, più forte e resistente di prima.

«Cosa?» domanda Adele incerta.

Io allungo la mano per consegnare a qualcuno, che potrebbe essere chiunque di loro due per quanto ne so, il piccolo oggetto di velluto blu. Non l'ho nemmeno riaperto prima di liberarmene. Ha vissuto sulla mensola sopra la mia testa per tutto il tempo che ha seguito la morte di Tiberio, assumendo le sembianze di uno spettro. Questa è la mia parentesi ancora aperta. Non posso continuare a vivere sapendo di possedere un oggetto che non mi appartiene più, che non ha più motivo di essere mio e che non potrò indossare come avrei dovuto.

«Tiberio mi raccontò che questo anello lo aveva indossato sua nonna il giorno del suo matrimonio, che poi lei lo aveva donato a te, Adele, e che tu lo avevi dato a lui affinché potesse rappresentare la nostra promessa d'amore. Ma ora... ora è giusto che torni nelle mani della sua precedente proprietaria. Sarebbe poco corretto da parte mia tenerlo». Faccio una pausa, forse per cercare di capire dove ho trovato la forza di parlare così, senza titubare un solo istante. «Penso che Tiberio preferirebbe così» dico, anche se non penso di crederci molto.

Tiberio

«Mamma, per amor del cielo, non permetterglielo» urlo con tutta la forza possibile. «Non preferirei affatto così».

Sono preda dell'ansia e della disperazione. Ho seguito Perla passo dopo passo, fin dal primo attimo di questa giornata, fin da quando ho improvvisamente capito cosa voleva fare.

I suoi pensieri sono diventati così chiari che è stato come se riuscissi a leggerli: crede che i miei genitori possano avercela con lei. Perla si sente in colpa di essere in vita mentre io non lo sono; e portare quell'anello al dito, o anche solo tenerlo con sé, le fa pesare ancora di più l'idea di possedere un pezzo di me, a differenza dei miei genitori che non hanno più nulla. Pensa di non meritarselo e che la cosa giusta da fare sia riconsegnarlo alla mia famiglia. Ma si sbaglia. Dio, se si sbaglia. Ecco, appunto.

«Dio, dove cavolo sei? La mia ragazza sta chiaramente sbarellando e sarebbe il caso che facessi qualcosa, o no? Lei ha bisogno di te e ti ha sempre dimostrato di meritarsi la tua vicinanza. Intervieni!»

Parlo rivolto al cielo, quasi ci credessi sul serio. Beh, in realtà non penso che mi importi davvero in questo momento che Dio esista o meno: se esiste, però, farebbe bene a darsi una mossa, perché non c'è proprio più tempo da perdere.

Provo ancora, come ho fatto tutta la mattina, a contattare Perla, ma non c'è assolutamente niente in questa stanza che possa farmi da ponte verso la sua dimensione. Mio padre ha perfino levato il giradischi, elemento che evidentemente gli ricordava quei momenti in cui mi insegnava ad apprezzare la musica del *Re*, il suo amatissimo Elvis Presley, sotto forma di vinili. La televisione è nell'altra stanza, troppo lontana perché Perla possa sentirla, e la radio è in cucina, ugualmente fuori portata.

Il cellulare? Niente da fare: Perla lo ha infilato in una tasca interna della borsa che, ovviamente, ha lasciato all'ingresso di casa appena è arrivata. Santo cielo, e ora come faccio?

«Senti, ascoltami bene» esclamo parlando di nuovo con Lui. Alzo gli occhi e l'indice della mano destra al cielo. «Ammetto di non essere il tipo di figlio che probabilmente vorresti, ok? Ma Perla non è come me: lei ha sempre avuto qualcosa di più... qualcosa che io ho perso tanto tempo fa ma che le ho sempre invidiato. Lei crede in Te. Ma non come ci si aspetterebbe da una qualsiasi brava donnina di chiesa, sempre a messa la domenica. Perla crede che Tu possa starle vicino nei momenti di smarrimento completo, ed è arrabbiata perché pare che l'hai smentita in questo periodo. Dimostrale che non è così! Se non fosse abbastanza chiaro, io penso davvero che sia uno di quei momenti. Se proprio non puoi fare niente personalmente, almeno permettilo a me» dico abbassando la voce. «Io ti... io ti prego».

Davvero, non avrei mai immaginato di tornare a farlo. Pregare era una prassi prima della buonanotte, quando ero piccolo, che si è eclissata con la crescita e con la mia presa di coscienza del mondo.

Però, mai come ora, mi tornano in mente le parole che Perla mi rivolgeva spesso quando litigavamo: *"A volte bisogna fare un passo indietro e chinare la testa, anche se si è dalla parte della ragione"*. Lo ha fatto sempre e solo lei, causa il mio orgoglio smisurato. Forse in questo momento tocca a me: devo essere io a indietreggiare e probabilmente è l'ultima possibilità che mi rimane per farlo.

«Io ti prego» ripeto a chiare lettere, parlando di nuovo con quel Dio che credevo si fosse dimenticato dei suoi figli terrestri.

Perla è ancora lì, seduta sul divano del soggiorno, in casa mia. Ha appena allungato il braccio verso un punto indefinito tra mia madre e mio padre, sperando che uno dei due prenda l'oggetto che tiene in mano.

Né lui né lei sanno come reagire: sono sbigottiti e incerti sul da farsi e continuano a saettare lo sguardo dall'una all'altro e poi su Perla che attende paziente, senza sapere con certezza cosa stia succedendo al di fuori della coltre di buio che le occlude la vista.

«Per favore» aggiunge Perla con un filo di voce, stendendo ancora di più il braccio.

«Mamma non ti azzardare a prendere quella scatola» sibilo tra i denti, con un improvviso moto di rabbia che mi attanaglia lo stomaco. «Non posso permettere una cosa del genere».

Guardo mia madre in trance che non reagisce più agli stimoli esterni, come fosse schiava del suo corpo che si sta pericolosamente avvicinando all'anello.

«No» dico ancora perentorio e, con un gesto rapido del braccio, mi lancio tra di loro colpendo la scatoletta di velluto blu. Questa volta, a differenza delle precedenti, il mio tentativo va a segno e Perla lascia cadere l'oggetto per terra, dischiudendo le labbra sorpresa per quello che è appena successo.

Colta anche mia madre alla sprovvista, la vedo riprendersi dallo stato di ipnotismo in cui era piombata. Si asciuga le lacrime che le hanno bagnato il volto negli ultimi minuti e si china in ginocchio davanti a Perla. Raccoglie la scatola e gliela rimette tra le mani, chiudendole fortemente le dita attorno.

«No, Perla. Mio figlio voleva che fosse tuo, e così anche noi. Devi decidere tu se indossarlo o meno, ma sicuramente sarà tuo fin quando non avrai una figlia bella come te a cui affidarlo».

Fiu. Non credevo avrebbe funzionato, ma può essere che qualcuno abbia prestato un orecchio alla mia richiesta.

«Esatto, mamma. Questo è quello che voglio, e lo sapete entrambe. Solo che Perla è troppo umile per ammetterlo senza una piccola spinta» dico ad alta voce.

Ora so che tutto andrà per il verso giusto, così mi accomodo sul divano, fluttuando a mezz'aria come mio solito. Mio padre raggiunge la mamma vicino a Perla e le stringe una spalla affettuosamente.

«Sì, piccola» concorda lui, «Tiberio ti amava e sono sicuro che ti amerà per sempre. Non importa dove si trovi in questo momento».

«Sempre qui. Non vi libererete facilmente di me, gente» dico sorridendo, senza essere sentito.

Perla stringe ancora la scatoletta tra le dita e piange. Commossa, triste, felice, emozionata, ormai non riesce più a distinguere il motivo scatenante delle sue lacrime.

«I-io credevo che non v-voleste più avere niente a che fare con m-me» dice tra i singhiozzi, in un impeto di sincerità. «Mi dispiace tanto. Sono stata io a chiedere a Tiberio di prendere il Morandi quella mattina. Non dovevamo trovarci lì. È stata colpa mia, mi d-dispiace» ansima ancora.

«Non è vero, amore» le dico, volando davanti a lei e prendendole le guance tra le mani. Lei non mi sente, ma non importa: ha comunque bisogno che io sia qui per lei.

«Non è vero» conferma mio padre, senza saperlo. «È stata una disgrazia e tu non potevi farci niente, come non poteva Tiberio».

«Ma lui è... io invece sono ancora...»

Mia madre la interrompe prima che possa terminare. «Shhh» dice, sistemandole una ciocca di capelli dietro l'orecchio. «Perla, non pensare mai una cosa del genere. Mai. Tiberio ha scelto te come compagna di vita e da quel momento sei diventata parte integrante di questa famiglia. Abbiamo questo dolore fortissimo che ci accomuna, ma il fatto che tu sia ancora viva è una benedizione che non ha prezzo. È stato un miracolo per i tuoi genitori e per tutti quelli che ti vogliono bene, tra cui noi. Quella mattina abbiamo perso un figlio, è vero, ma la nostra figlia acquisita si è salvata. Non potremmo essere più grati per questo, e Tiberio per primo non avrebbe voluto niente di diverso per te, credimi».

Perla annuisce e scoppia di nuovo a piangere, e mia madre l'abbraccia esattamente come faceva con me quando ero triste. Papà circonda le due donne con le sue braccia possenti e io sorrido soddisfatto di quello che vedo. Da oggi Perla e la mia famiglia si prenderanno cura l'una dell'altra, senza timore, e a me non serve altro per sapere che, con queste premesse, tutto andrà per il verso giusto.

Quando comincia a farsi tardi, Perla decide che è il momento di tornare a casa.

«Devo aiutare mia madre a preparare la cena di Capodanno. Abbiamo i miei zii ospiti a cena, sapete» spiega recuperando il bastone bianco e alzandosi in piedi.

«Certo, tesoro. Hai bisogno di un passaggio a casa?»

«No, vi ringrazio. C'è mio padre».

Mamma annuisce e poi accarezza la guancia di Perla, abbracciandola ancora una volta.

«Torna presto a trovarci. Ci farebbe tanto piacere» dice papà, dandole un bacio sulla fronte.

«Lo farò».

I miei l'accompagnano entrambi alla porta, ma prima di aprire l'uscio Perla si volta verso di loro. «Mi domandavo se per caso vi andasse di venire a cena da noi, stasera. Sempre che vi piaccia il cotechino».

I miei genitori si guardano per un secondo e poi mia madre dice: «Sei molto dolce, davvero, ma aspettiamo Flavio per passare il Capodanno insieme. Credo che quest'anno ci faccia bene stare un po'... tra di noi».

Perla annuisce con un sorriso. «Certo, capisco. Salutatemelo, per favore».

«Naturalmente» risponde papà. «Buon anno».

«A voi».

Poi mia madre le apre la porta, guidandola teneramente. Nel momento esatto in cui il corridoio di casa mia si affaccia sul pianerottolo interno del palazzo, io e Perla ci arrestiamo all'unisono. Io perché vedo, Perla perché sente la presenza della figura che ci sta di fronte.

«Flavio» esclama mia madre alle nostre spalle. «Sei in anticipo».

Ma lui non l'ascolta. Rimane a fissare Perla con sguardo perso, sorpreso e incredulo allo stesso tempo.

«Perla, sei tu?» sussurra.

«E chi altri? Ti è caduto il cervello, genio» gli rispondo io ironicamente.

Ammetto di essere un tantinello irritato con mio fratello perché sono fortemente convinto che se lui si fosse presentato al pranzo di Natale di Perla, lei sarebbe riuscita a domare i suoi sensi di colpa e magari avrebbe evitato di conviverci tanto da esserne logorata così profondamente.

«Vi lasciamo da soli» asserisce mia madre, afferrando papà per un braccio e tornando in casa.

«Come stai?» domanda lei, più allegramente di quanto avessi previsto.

Lui, spiazzato com'è, non riesce a togliersi la faccia da pesce lesso che ha assunto da quando l'ha vista. Sveglia, fratello.

«Bene... io-io sto bene» balbetta imbarazzato, grattandosi dietro il collo come fa sempre quando è nervoso. «Perla, io credo di doverti delle scuse».

Tu dici?

«Avevo ricevuto il tuo invito per Natale, ma non ti ho risposto. Non so se lo sai, ma io e Antonella ci siamo lasciati. So che non è una scusa, ma...»

Ringrazio il cielo che sia Perla, la dolce e misericordiosa Perla, ad avere questa conversazione con lui, perché, se fosse stato per me, lo avrei già asfaltato. Non ci si comporta così con la mia ragazza, nemmeno se hai in comune con me la pancia di nostra madre!

«Non ti preoccupare» dice invece lei, «non devi scusarti».

«Invece sì, e non solo per questo. Sono venuto quel giorno a casa tua. Ero intenzionato ad accettare il tuo invito, nella speranza che potessi accogliermi anche se non ti avevo avvertita del mio arrivo. Ma non ce l'ho fatta. Quando ti ho vista sulla soglia, io... ho avuto paura. Eri così bella, nonostante tutto quello che ti è successo, così speranzosa di poter passare il Natale con i tuoi amici. Io non ho creduto di essere in grado di farlo e non volevo rovinarti tutto».

Fifone.

«Flavio, non hai davvero niente di cui preoccuparti. Ognuno affronta la vita e la morte in maniera completamente diversa. Non c'è colpa per questo e non c'è giusto o sbagliato».

Rimangono in silenzio per qualche secondo. Poi Perla posa il bastone bianco allo stipite della porta, vicino a lei, e allunga le mani verso mio fratello. Deglutisce nel momento in cui le sue dita gli sfiorano il volto.

«Permettimi di fare una cosa» dice a bassa voce.

Lascia che siano le sue dita a muoversi lentamente lungo i lineamenti degli occhi, del naso, passando sulle sue labbra e lungo le sue guance, proprio come mi ha detto di aver imparato al corso di riabilitazione. Gli sposta il ciuffo di capelli che ha sulla fronte, soffermandosi sulla sensazione che quel contatto le procura.

Flavio la lascia fare, fin quando Perla chiude gli occhi e una lacrima le solca la guancia. «Tiberio...» sussurra.

Anche se solo attraverso il tatto, lei mi riconosce nel volto di Flavio, così come accadeva quando ero ancora in vita. La prima cosa che mi disse dopo aver conosciuto mio fratello fu: *"Sembrate gemelli"* e io le ho sempre dato torto. Dopotutto io ero molto più bello.

«Perla...» geme ancora Flavio, chiaramente senza sapere cosa dire di più.

E in questo momento ho un'illuminazione divina. Mi torna in mente Alessio l'Apparizione mentre mi dice: "*Non sei ancora pronto per ritrovare ciò che hai perso in vita e di cui hai fortemente bisogno. Solo quando aprirai gli occhi, lo sarai»*.

E se si trattasse proprio di questo? Se mi mancasse giusto un po' di *fede*?

«Fermo lì, fratello» esclamo, «tu mi devi un favore, e poi saremo pari per la faccenda di Natale».

Guardo Flavio negli occhi, frapponendomi spiritualmente tra lui e Perla.

«Ti prego, fa che funzioni. Sento che questa è l'ultima occasione che ho di parlarle. Ti supplico di concedermela» dico rivolto ancora a qualcuno in alto, sopra di me.

Espiro profondamente e chiudo gli occhi, appoggio le mani sulle spalle di Flavio e mi avvicino a lui, sovrapponendo il mio corpo immateriale al suo.

Perla

Riconoscere Tiberio nel volto di suo fratello mi ha sempre fatto effetto. Anche quando era in vita, sono state strane le prime volte che ci capitò di incontrarci. La somiglianza tra i due è sempre stata indiscutibile per tutti, tranne che per Tiberio: lui asseriva sempre fermamente di essere *il più bello* tra i due. E io, di certo con tutto il rispetto nei confronti del fratello, non avrei mai potuto dargli torto.

Da quando ho tolto le mani dal volto di Flavio mi sembra passata un'eternità, che entrambi abbiamo speso in religioso silenzio, fermi sull'uscio di casa Ferrari. Se non fosse che lui ha un po' di affanno nel respiro, forse dovuto ancora alla sorpresa di avermi trovata sulla soglia di casa sua, penserei che se ne sia andato. Le sue parole e le sue scuse sono state preziose per me, anche se non ho voluto dirglielo per non metterlo in difficoltà.

«Flavio, va tutto bene» asserisco, rompendo di nuovo quel ghiaccio che nei momenti di pausa si è rigenerato.

«Perla» dice lui.

«Sì».

«Perla, mi senti?»

Sbianco.

Istintivamente cerco con la mano destra lo stipite della porta a cui sorreggermi, sentendo che le gambe sono improvvisamente diventate molli per l'emozione.

Tiberio.

«Sei tu...» sussurro con quel poco di forza che trovo nella voce.

«Non ci credo, Perlina, riesci a sentirmi davvero!»

«Certo... io ti sento, ma come è possibile?»

Tiberio ride. «Forse faremmo meglio a smettere di chiedercelo».

Scuoto la testa e dischiudo le labbra incredula.

«Ma come è possibile» dico quasi in trance. Cerco nuovamente il volto del ragazzo che mi sta davanti e ora non solo riesco a *vedere* il volto del mio Tiberio, ma posso anche associargli la sua voce.

«Vuoi sapere come, Perl?»

Annuisco.

«L'ho semplicemente chiesto».

«Chiesto?» La mia domanda suona terribilmente spaesata e senza profondità, come se non fossi più padrona del mio corpo. «Credevo che potessimo comunicare solo se un oggetto ci faceva da tramite».

«È stato così, fin quando non ho avuto necessità di parlarti al di fuori di quella limitazione» risponde lui con una dolcezza disarmante. La mano di Flavio-Tiberio mi sorprende con una carezza sulla guancia e io abbandono il volto a quel contatto tanto familiare.

«Quanto sei bella, Perla» dice ancora, questa volta più sommessamente, come se stesse dando voce a un pensiero di un valore incredibile. «Lo sei sempre stata, ma ora è tutto più evidente».

«Io sono sempre la stessa» rispondo con un sorriso.

«No, amore, sei molto di più».

«Come puoi dirlo?»

«Perché ti ho seguita in questo periodo. Sono rimasto al tuo fianco sempre».

Mi viene di nuovo da piangere e per un attimo maledico i miei canali lacrimatori così sensibili e fragili. Però preferisco trattenermi. Piangere e godermi il momento allo stesso tempo sarebbe troppo complicato per me.

«Non mi starai dicendo addio, vero? Io ho ancora bisogno di te. Io avrò sempre bisogno di te e vivo nella paura che questo nostro contatto possa finire da un momento all'altro e che io non possa più parlare con te, dirti tutto quello che provo in ogni momento della mia vita, condividere con te le mie esperienze…»

«Perla» mi interrompe dolcemente. Il suo pollice si posa sulle mie labbra. «Se c'è una cosa di cui non hai più bisogno è proprio la mia Apparizione fluttuante».

Scuoto il capo. Ci siamo già passati: riprendere la mia vita è un conto, ma rinunciare a lui no, questo non posso. Mi domandavo se un giorno sarei stata in grado di farlo. Beh, la risposta è chiara. No e poi no. Non se ne parla.

«Non ricominciare, per favore. Sai perfettamente che non è assolutamente vero quello che dici» affermo facendo trasparire un filo di irritazione nella voce.

«In realtà» risponde ridendo, «nessuno più di me sa che ho ragione. Amore, ti ho vista crescere in questi mesi che ci sono stati concessi, capisci? Insomma, guardati: non sei più la ragazza con tanti numeri nella testa e una fede incondizionata nel cuore. Hai messo in dubbio tutto questo con una maturità da far invidia a qualsiasi adulto; per la prima volta nella tua vita hai rimescolato quelle carte sul tavolo che credevi già perfettamente sistemate e vincenti».

«Sono stata costretta a combattere».

«Sì, ma tu hai scelto di farlo. Hai scelto di credere che c'era ancora tanto da scoprire e hai accettato il fatto che avessi ancora questa possibilità. Non tutti hanno questa forza dentro. Molti si lasciano andare e basta».

Scuoto di nuovo il capo. «Se davvero ci sono riuscita, è stato solo merito tuo. Grazie a quella tua prima e miracolosa telefonata sono tornata a parlare; grazie al fatto che ti sapevo vicino a me ho accettato di incontrare Sabrina e cominciare la riabilitazione. Solo grazie a te ho capito che i nostri amici erano ancora preziosi come prima dell'incidente, e certo è grazie a te che ho trovato il coraggio di incontrare la tua famiglia. C'eri sempre tu in tutto questo e nel resto, e anche se gli altri non lo sanno e potrebbero pensare che sia tutto frutto del mio sacco, io so che non è così. Non riuscirei mai a vivere senza di te, lo sai».

Tiberio usa il corpo di suo fratello per accarezzarmi i capelli e asciugarmi con un dito una lacrima che alla fine è riuscita a sfuggire al mio controllo.

«Può essere vero solo fino a un certo punto. Forse questo nostro contatto era mirato proprio a questo: avevamo ancora bisogno l'una dell'altro perché non eravamo pronti ad affrontare da soli quello che ci è successo. Troppo giovani? Troppo presto? Non importa quale sia il motivo, ma qualcuno ha pensato che ci avrebbe aiutati».

Tiberio si interrompe per qualche secondo, forse aspettandosi una mia reazione. Ma io non parlo.

Riprende: «Anche io sono riuscito ad accettare questa condizione solo grazie a te, Perl. Pensi sia stato facile sapere di non avere più un corpo vero con cui interagire? Sapere che i miei genitori e mio fratello non mi avrebbero visto, anche se ero davanti ai loro occhi? Non poterti toccare, baciare... stare con te? Ci serviva una piccola spinta per imboccare la giusta direzione. Alessio, l'altra Apparizione, mi disse che se ero ancora qui ci doveva essere un motivo, forse qualche cosa che ancora dovevo mettere in ordine, prima di lasciare questo posto per sempre».

«Ti prego, no» mormoro tra le lacrime, immaginando quello che sta per dirmi.

E questo non dovrebbe sembrarmi un addio?

«Ascoltami, Perla» mi supplica Tiberio. «Tra le cose da sistemare, tu eri la più preziosa e fondamentale, come è sempre stato in vita. Non ti avrei mai potuta lasciare da sola in questo mondo, sapendo che non eri ancora pronta per affrontarlo. Ma quando ho visto che in qualche modo avevi trovato la forza necessaria per farlo e che qualsiasi passo tu avessi fatto da quel momento in poi sarebbe stato in avanti, verso un nuovo futuro, ho capito che io avevo compiuto la mia missione».

«Non riesco a stare senza di te» ripeto. Voglio che sia ben chiaro questo punto.

Tiberio soffia una risata dal naso. «Tu, Perla Saffi, meravigliosa e splendida donna, sei la cosa più bella che mi sia mai capitata nella vita; e rifarei tutto daccapo fino alla fine, senza dubbio alcuno. Ti sei realizzata ancora meglio di quanto avrei voluto per te, mi hai stupito ogni giorno che abbiamo trascorso insieme e continui a stupirmi ogni giorno che passa. In una difficoltà come la tua hai comunque fatto cose per te, e soprattutto per gli altri, che meraviglierebbero chiunque».

«Assolutamente niente di eccelso» rispondo con uno sbuffo.

«Tu dici? Hai salvato Emanuele dal rimanere bloccato in un negozio di occhiali da sole a vita, facendogli trovare un lavoro che gli permetterà di mettere in pratica quello che lo appassiona; hai aiutato tua sorella a concretizzare un sogno d'amore che rischiava di rimanere tale per paura e incomprensione. Hai dato speranza ai nostri amici, che nel vederti ancora piena di vita hanno pensato a me come a una delle tue gioie e non a uno dei tuoi rimpianti. Hai appena risollevato la mia famiglia, promettendo loro tacitamente quel supporto che io non potrò più dare. E cosa più importante, hai permesso a me di sentirmi libero di lasciare questa vita in pace, senza vedermi come una semplice vittima colpita dal fato. Anche senza vista, hai guardato più lontano di tutti noi. Tu mi hai aiutato in tutto quello che potevi e io ho cercato di fare lo stesso con te. Ormai non hai più bisogno di me, ti basta il mio ricordo».

Quante lacrime. A ogni parola una lacrima per occhio. Non posso più farci niente, è inutile.

«Non lasciarmi» mormoro mogia. «Ti prego».

«Mai» risponde lui con decisione. «Sarò sempre qui, anche se non mi sentirai. Non dubitare mai del fatto che vivrò accanto a te ogni secondo, e che ti vedrò risplendere come una di quelle meravigliose stelle che vedemmo insieme sul gozzo dei miei genitori».

«Non mi ci far pensare che mi viene nausea» dico ridendo e tirando su con il naso. Incrocio le braccia per tenermi in equilibrio, perché nonostante tutto le gambe continuano a darmi segni di cedimento.

«Non sei sola, Perla Saffi. Ricordati questo».

«Io ti amo come non potrò mai amare nessun altro nella mia vita».

Tiberio mi bacia la fronte. «Anche io ti amo, piccola mia. Ma ti auguro di trovare qualcuno che ti renda felice e che ti regali quella vita che avevo iniziato a progettare per noi due. Mi assicurerò personalmente che la persona in questione non faccia passi falsi. In quel caso, potrei sempre chiedere una piccola intercessione per un calcio volante invisibile, anche se penso che con i tuoi ganci destri il mio intervento sarebbe totalmente inutile».

Ridiamo insieme, immaginando la scena. Poi Tiberio mi prende delicatamente per le braccia e mi trascina verso di sé, stringendomi in un abbraccio così intenso che non riuscirò a dimenticare mai. Vedo con gli occhi della memoria tutta la nostra storia, di stima, di amicizia e d'amore.

Quando ci allontaniamo, sento il peso della malinconia appostata dietro i miei occhi, ma il mio cuore è leggero come una piuma. Chiunque abbia operato a nostro favore mi ha concesso di trasmettere al mio ragazzo tutto quello che tenevo stretto nel cuore. Pensavo che non esprimere ciò che avevo dentro mi avrebbe protetta dal dirgli addio per sempre, ma ora ho capito che non farlo mi avrebbe costretta a una vita di rimorso che mi avrebbe distrutta; cosa che stava succedendo dopo l'incidente. Qualcuno che mi vuole bene me lo ha impedito, dandoci un'ultima possibilità extra. E anche nel rispetto di tutte quelle persone che non hanno questa occasione, per mancanza di fede o di coraggio, sono lieta di essere riuscita a cogliere questa possibilità.

Fede.

Le parole di don Simone tornano a tuonarmi improvvisamente nelle orecchie: *"Siamo tutti strumenti di Dio"*. Forse dovrei davvero lasciarmi travolgere dalla Sua onniscienza, di nuovo e ancora, permettendogli di affiancarmi in questo viaggio che chiamano *vita.*

«Tiberio» lo chiamo puntando il mio sguardo vuoto davanti a me. «A chi ti riferivi quando hai detto che *lo hai chiesto*?»

Sempre tenendomi abbracciata, mi risponde con un'altra domanda: «Non ti viene in mente nessuno?»

Istintivamente abbasso un braccio verso la tasca della mia giacca dove so esserci il crocefisso.

«Ma tu hai sempre detto che...»

«Lo so» mi interrompe. «Alessio mi ha fatto capire che Lui era una delle mie altre questioni in sospeso. Senza accorgertene, tu mi hai insegnato molto in merito; e quando mi sono reso conto che da solo non sarei mai riuscito a sopportare il peso che stavo portando, ho pregato l'unico che mi avrebbe potuto dare una mano. Pensavo che il mio atteggiamento negli ultimi anni Lo avesse offeso. Io non mi sarei aiutato se fossi stato in Lui. Ma per fortuna, io non sono Lui. Il tuo Dio, Perla, il mio Dio, il Dio di tutti coloro che sentono di aver bisogno di un Padre sempre presente, mi ha ascoltato subito, senza pensarci un secondo. E lì ho capito che se non ci viene concesso immediatamente ciò che vogliamo, anche se lo desideriamo con tutte le nostre forze, è perché Lui sa che possiamo raggiungere quell'obbiettivo in un altro modo. Non avevo mai compreso questo Suo aspetto e ignorarne l'esistenza mi aveva condotto quasi a odiarlo. Eppure non ti abbandona mai, anche se noi lo facciamo spesso».

«Io l'ho abbandonato» ammetto con vergogna. «Ho egoisticamente tradito quello in cui credevo più fermamente».

«Non penso tu abbia fatto niente di male. Eri in bilico, Perla, e hai avuto bisogno dei tuoi spazi per un po'. Penso sia normale, e credo che anche Lui lo sappia. Dopotutto sei Sua figlia, no? Chi conosce meglio di Lui le tue forze e le tue debolezze? Questo me lo hai insegnato tu».

Serro il pugno intorno al crocefisso nella tasca. Poi torno ad abbracciare Tiberio per quella che ormai so essere l'ultima volta. La differenza tra prima e ora è che sono pronta a lasciarlo andare.

«Ti amo» mi sussurra lui all'orecchio. «Ti amerò per sempre».

«Da qui alla luna e ritorno» rispondo.

Aggancio il moschettone della collana al mio collo e quando sento di nuovo la voce del ragazzo davanti a me, so che Flavio ha ripreso possesso del suo corpo.

Tiberio

Ora so cosa vuol dire aver trovato la pace. Posso andare.

20. Perla

In questo gelido primo giorno di gennaio, rannicchiata sotto le coperte morbide del mio letto, non riesco a smettere di sentirmi… *viva.*

Ho palesemente ignorato il suono della sveglia, rimanendo a crogiolarmi nel tepore di camera mia. Non che i miei genitori e mia sorella abbiano fatto diversamente. Ieri siamo andati a dormire tutti molto tardi. E come non avremmo potuto, con mia zia Filomena che non smetteva di ridere alle barzellette di mia madre e zio Enrico che continuava a riempirsi la pancia di Amaretti e Pandolce? Tutti, comprese le mie cugine, si sono congratulati con la mamma per la splendida cena organizzata, e tra lo champagne di mezzanotte e il lancio di qualche lenticchia portafortuna qua e là, mi sono addormentata che era mattino inoltrato.

Rimango a occhi chiusi ancora qualche secondo. Ieri è avvenuto un miracolo ed è una di quelle cose che non ti capitano tutti i giorni. Già sentire la voce di Tiberio andava oltre il comprensibile ma ricevere un suo abbraccio, la sua mano che accarezza la mia guancia… mi viene la pelle d'oca al solo pensarci. Eppure, per quanto sia intrappolata tra un altalenarsi di angoscia e nostalgia, intravedo comunque la gioia; di sapere che Tiberio ha trovato la pace e che quindi sono autorizzata a trovarla anche io.

Proprio per questo non posso indugiare oltre, perché devo assolutamente tornare in chiesa per incontrare don Simone: devo raccontargli ciò che è successo e ringraziarlo. Senza la sua guida e il suo supporto non sarei mai riuscita ad affrontare la situazione.

Mi spazzolo i capelli, nella speranza di averli resi davvero lisci, e poi scelgo una tenuta che faccia trasparire il mio stato d'animo finalmente sereno; poi mi infilo il cappotto. Non mancano all'appello i miei Ray-ban, lo sciarpone rosso intorno al collo e il mio anello di fidanzamento, che ho deciso di far brillare al dito, piuttosto che lasciarlo chiuso in una scatolina a invecchiare triste e solo.

Mentre aspetto mia sorella per quelle che sembrano ore eterne, cioè in pratica il tempo che le serve per ricordare la sua identità, capire in che pianeta si trova e preparare le sue belle gambette lunghe a uscire, ricevo una telefonata. Nei primissimi secondi in cui sento il cellulare squillare, il cuore mi salta in gola. Ma poi focalizzo l'attenzione sulla suoneria e, una volta sentito *Between The Bars* di Elliot Smith invece di *Let Her Go* di Passenger, torno a respirare normalmente. Ammetto la delusione che un po' mi ha colpita nel sapere che non sarà più Tiberio a palesarsi nella sua versione Apparizione su questo telefono o in altri.

«Sì, pronto?» domando, accettando la telefonata notificata dal mio VoiceOver.

«Perla, ti disturbo? Sono Antonella Rebora, la ragazza di Flavio Ferrari».

«Ciao!» Cavolo, forse non mi dovevo mettere il cappotto e lo sciarpone così presto, sapendo che Gemma ha la rapidità organizzativa di un bradipo addormentato. «Come stai?» domando cercando di sciogliere il nodo della sciarpa con una mano sola.

«Tutto assolutamente alla perfezione!» esclama cogliendomi piuttosto di sorpresa. «Ti chiamo appunto per questo».

Rimango in ascolto senza dire una parola, anche perché non avrei comunque fatto a tempo a formulare una frase, tanta è la velocità con cui Antonella riprende a spiegare: «So che ieri hai incontrato Flavio; me lo ha raccontato lui. Io non so davvero che cosa tu gli abbia detto o con quale minaccia lo abbia convinto, ma stamattina mi ha chiamata!»

Provo a esprimere tutta la mia gioia, ma lei mi interrompe di nuovo: «Insomma, quando mi ha lasciata sapevo che non dovevo rimanerci troppo male perché non era colpa mia. Quello che è successo a suo fratello... insomma, tu puoi capirlo più di me, e intuivo che avesse bisogno dei suoi spazi. Così, anche se a malincuore, l'ho lasciato andare». Fa una piccola pausa per riprendere fiato e reprimere la commozione improvvisa che la sua voce rischiava di tradire. «Non mi aspettavo che mi chiedesse di vederci. Mi ha detto che gli dispiace e che è stato un vigliacco a gettarmi via così malamente. Ha detto che sono la parte più importante della sua vita, Perla».

Nel sentire quelle parole colgo un lieve pizzicore dietro gli occhi, riconoscendo in esse lo stile romantico e protettivo di Tiberio, ora chiaro marchio di fabbrica di *tutti* i Ferrari. La sorpresa per entrambe noi ragazze è che Flavio non si era mai, e dico mai, esposto così tanto per una donna prima d'ora. Non così come ha fatto con Antonella, almeno. Che abbia appreso da Tiberio più di quanto lui stesso ammetterà mai?

«Sono davvero molto contenta per te» le dico. «Tu e Flavio siete fatti per stare insieme, plasmati nell'amore come solo Cupido saprebbe fare. Non avevo dubbi che fosse solo questione di tempo».

«So che il merito è tuo. Flavio è un bravo ragazzo, questo lo so, ma so anche che ha paura di rimanere scottato... Agisce come un duro, ma è un pezzo di pane, e temevo che non avrebbe mai avuto il coraggio di farsi avanti; e io non avrei mai potuto farlo al suo posto, conoscendo la situazione che doveva affrontare. Lo avrei perso per sempre, se qualcuno non gli avesse dato una piccola spinta». Antonella si interrompe di nuovo, forse aspettandosi una mia confessione. Ma dopo qualche secondo in cui io non dico nulla, riprende: «Sei stata tu, vero? Hai sempre le parole giuste per tutti, Perl».

«Io…»

Non diciamo sciocchezze: Flavio è adulto e patentato e sarebbe tornato da Antonella da solo. Prima di andarmene da casa Ferrari, ieri, gli ho detto solamente di chiamarla perché avrebbe rischiato di pentirsene un giorno, e che se in futuro si fossero lasciati, sarebbe dovuto essere per un motivo davvero significativo e non per la falsa scusa di voler vivere il proprio dolore da solo. Anche perché diciamocelo: nessuno vuole *davvero* vivere il dolore da solo. Io ne so qualcosa.

Niente di che, insomma. So bene che Flavio era arrivato autonomamente a questa conclusione; come so perfettamente che non sono stata io, con il mio *"Tiberio non avrebbe voluto questo. Non sopporterebbe l'idea che vi siete lasciati a causa sua. Permetti anche a tuo fratello di saperti felice"*, ad averlo convinto definitivamente a recuperare il rapporto con la sua dolce metà. Flavio aveva già capito tutto questo: magari gli serviva giusto quella piccola spinta che ha menzionato poco fa Antonella. Ma non penso che questi siano dettagli che lei deve necessariamente conoscere, no?

«Io sono fermamente convinta che Flavio non riuscisse a vivere senza di te. È stata la sua voglia inarrestabile di te a ricondurlo tra le tue braccia. Nient'altro».

Antonella emette un suono gutturale poco convinto, confidandomi silenziosamente che accetta la mia risposta come valida, anche se probabilmente rimarrà per sempre certa del mio piccolo coinvolgimento nella faccenda.

«Ad ogni modo, hai tutta la mia gratitudine» aggiunge dolcemente. «Tiberio aveva scelto davvero bene la sua compagna».

«Ha sempre tirato fuori il meglio di me… e quel meglio mi piace» ammetto. «Grazie».

Ci salutiamo affettuosamente, promettendoci di riunire presto il gruppo per stare tutti insieme, e faccio giusto in tempo a sciogliermi definitivamente la sciarpa e a sbottonare un po' il cappotto, che Gemma sbuca nel corridoio con un sonoro: «Sono pronta! *Anemmu*[35]!»

E vai di nuovo: ricominciamo tutto d'accapo.

Dopodiché mi ritrovo seduta al suo fianco in macchina, verso la nostra meta e, come la prima volta, lei mi accompagna fin dentro la chiesa.

«Aspetta qui» mi dice a bassa voce. «Vado a cercare don Simone».

Annuisco e respiro a pieni polmoni il profumo di incenso e cera di cui è impregnata l'aria. A proposito, voglio accendere una candelina per Tiberio prima di uscire; sono sicura che l'apprezzerà.

«Perla» mi chiama mia sorella, tornata da me. «C'è qui don Pietro».

Alzo un sopracciglio sorpresa, ma poi la ringrazio.

«Fa' con calma e chiamami quando sei pronta. Io ti aspetto in macchina» dice. Poi mi lascia da sola con il prete.

«Cara» fa amorevolmente don Pietro, sfiorandomi un braccio per farmi capire dove si trova. Poi mi invita a sedermi, portandomi verso la panca più vicina. «Dunque, come stai?»

Don Pietro mi conosce da quando sono piccola. Ha sposato i miei genitori, ha battezzato me e mia sorella e ha

---

[35] *Andiamo*, in genovese.

dato a entrambe la Prima Comunione. Dopo l'incidente ricordo che è venuto a casa nostra per conoscere personalmente le sorti del mio futuro, anche se ho deciso di non incontrarlo, come con tutti gli altri.

«Tutto bene, la ringrazio. Ero giusto passata per parlare con don Simone. Mi è stato molto vicino nelle ultime settimane».

Don Pietro non risponde e per un secondo temo che non mi abbia sentita. Schiudo le labbra per ripetere la frase, ma lui mi precede: «Credo di non aver capito».

Lo sapevo.

«Don Simone. L'ho incontrato qui quando venni per confessarmi» minimizzo. «Mi è stato vicino e ha capito il mio... problema spirituale, mettiamola così. Vorrei ringraziarlo personalmente, dato che non l'ho fatto qualche giorno fa quando ci siamo incontrati l'ultima volta».

Don Pietro ammutolisce di nuovo e la sua mano destra si posa sulla mia spalla.

«Cara, io temo davvero di non...» Inspira rumorosamente e poi riprende. «Ti riferisci a Simone Alessio Piccardo?»

«Ehm, credo di sì» ammetto stupita di tutta questa incomprensione. «A meno che non ci siano altri preti in questa chiesa noti come *don Simone*».

Ma dove mi ha portata Gemma?

«Perla, io temo che ci sia un equivoco... non so come spiegartelo, ma in effetti quello che dici mi sorprende molto». Il prete si interrompe, come se davvero non conoscesse le parole adatte per dirmi ciò che si cela dietro le sue labbra.

Insomma, ma cosa c'è di tanto strano?

«Ecco vedi, don Simone ci ha lasciati qualche mese fa. È deceduto» specifica in un sussurro, come per paura che non comprendessi a pieno il significato di *"Ci ha lasciati"*.

«C-cos... ma non è possibile» dico con un briciolo esagerato di irritazione e sorpresa nella voce.

«È successo lo scorso 14 agosto, durante il crollo del ponte Morandi. In effetti, siete rimasti coinvolti nello stesso incidente».

I pensieri mi si annebbiano completamente e le mie mani scattano alle ciocche fuori posto che ho tra i capelli, cercando di tenersi occupate quanto possibile per nascondere il nervosismo.

«Quella mattina l'ho salutato per l'ultima volta mentre saliva sulla sua Visa rossa. Sarebbe dovuto rientrare quello stesso pomeriggio... poi ho ricevuto la notizia del crollo» continua don Pietro commosso.

Seppur completamente paralizzata dalla conversazione che sto avendo in questo momento, un flash di una macchina rossa sul ponte mi balena in mente all'improvviso. Le viaggiavamo dietro io e Tiberio che, preso dall'eccitazione del momento, aveva ingaggiato con lei una simbolica gara di velocità, tentando di restarle sempre in scia. Ricordo di averla vista sparire qualche millesimo di secondo prima di noi, che le volammo dietro quasi subito, trascinati giù dallo stesso oblio. Ho perfino speso un istante a immaginare cosa fosse successo al guidatore di quell'automobile che era atterrata nel Polcevera prima della nostra. Il rosso di quella macchina si confonde ancora con il rosso più intenso che impregnò i miei capelli poco dopo. Poi non ricordo più nulla fino al mio risveglio dal coma.

Con le labbra che mi tremano senza che io possa controllarle, domando: «Ha detto che si chiamava Simone Alessio?»

«Piccardo, sì. Era da poco in questa chiesa. Un ragazzo molto giovane, con una storia difficile alle spalle, ma comunque con una grande fede».

Simone... Alessio... Piccardo.

Don Pietro continua a parlare, ma ecco che i ricordi mi assalgono di nuovo e io smetto di ascoltarlo. In una delle conversazioni mistiche avute con Tiberio, lui mi raccontò di aver conosciuto un altro fantasma, colui che lo aveva definito per la prima volta *Apparizione*; e quello spirito si chiamava Alessio Piccardo. Mi disse che si era presentato con il suo secondo nome, per usarlo un po', dato che in vita non lo aveva mai adoperato in favore del primo. Lì per lì ci eravamo fatti entrambi una risata nel constatare che, forse, quell'Apparizione amica del mio ragazzo era tutta matta; ma ora, ogni cosa acquista improvvisamente un senso.

«Aveva una compagna, prima di diventare un prete, non è così?» domando diretta, interrompendo bruscamente don Pietro, senza nemmeno accorgermi di quello che stava dicendo.

Lui tentenna un attimo ma poi conferma: «Sì, Monica».

Esatto, come immaginavo.

«E lei ha un figlio che si chiama Michele».

«È così».

Don Simone me lo raccontò quando ci incontrammo sul lungomare. Seduti su una panchina, mi aveva confessato la storia d'amore perduto che si portava sulle spalle e che lo aveva successivamente avvicinato a Dio.

«Avrebbe voluto prendersi cura di lui...» asserisco ad alta voce, non distinguendo più i pensieri dalle parole.

«Come dici, cara?» domanda don Pietro compassionevole.

Scuoto il capo. «Stavo solo riflettendo sul fatto che don Simone sarebbe potuto essere davvero un buon padre per quel ragazzo; soprattutto ora che è guarito dalla sua malattia».

Anche di questo mi ha parlato il prete scomparso, l'ultima volta che ci siamo incontrati, qualche giorno fa. Ma ci siamo davvero incontrati? O sarebbe meglio dire che siamo entrati in contatto? Ecco perché proprio lui sapeva tante cose sulle Apparizioni... non avrebbe potuto, a meno che non fosse una di loro.

Ho la pelle d'oca e sento il panico avvolgermi la gola, come se qualcuno stesse cercando di strozzarmi. Devo controllare il respiro, per non far preoccupare don Pietro ma soprattutto per non svelargli quelle che ora so essere ben due esperienze paranormali.

Le parole di don Simone, la sua storia, i protagonisti della sua esistenza, prendono forma nei personaggi di cui mi aveva parlato Tiberio in merito all'altra Apparizione.

La donna di cui si era innamorato Alessio... *la Monica di Simone.*

L'uomo che aveva preso il suo posto nella vita di lei... *suo figlio Michele.*

I veri motivi della loro rottura... *la malattia del ragazzo.*

Tiberio diceva sempre che sicuramente il loro incontro era stato favorito dalle circostanze uguali della loro morte, ovvero il crollo del ponte; e quella sera del 26 dicembre, proprio Tiberio deve averlo riconosciuto mentre avanzava verso di me. Ecco cosa voleva dirmi con tanta urgenza, prima che si interrompesse la comunicazione: aveva riconosciuto Alessio nel don Simone di cui gli avevo parlato fino a quel momento.

Tutto torna, ogni puntino si collega agli altri perfettamente.

«Ti senti bene?» domanda don Pietro riportandomi alla realtà. Io annuisco, o almeno credo, anche se nel frattempo sono giunta all'ultimo elemento davvero importante, celato ancora una volta nelle parole di Simone Alessio.

L'ultima volta che ci siamo incontrati, lui mi disse: "*Siamo tutti strumenti di Dio, e penso che tu riuscirai ad aiutare me più di quanto io abbia fatto con te*". Ma non avevo capito cosa intendesse davvero, fino ad ora. Mi porto una mano al collo e, inconsapevolmente, stringo tra le dita il crocefisso: c'è una cosa che posso fare per lui. Qualcosa che devo fare per lui.

«S-sto bene, grazie...» rispondo a don Pietro e chino il capo prendendomi una pausa. Quando finalmente ritrovo una parvenza di autocontrollo, gli domando: «Lei sa dove posso trovare Monica?»

Don Pietro borbotta qualcosa del tipo: «Veramente... sarebbero informazioni private. Non credo sia il caso che...»

«Don Pietro, mi creda, non glielo chiederei se non si trattasse di qualcosa di veramente importante. Seppur per meno tempo di quanto avrei voluto, don Simone non è stato solamente il mio confessore. Lui è... è stato per me un amico importante». Faccio una pausa per domare l'affanno. «Lei non farebbe qualunque cosa per aiutare un amico, se ne avesse l'occasione?»

Dopo qualche minuto d'attesa seduta sulla stessa panca di legno, don Pietro mi mette in mano un piccolo pezzo di carta. Gli sorrido gentilmente e mi alzo, barcollando ancora scossa dall'emozione. Cammino ancora più lentamente del solito per raggiungere l'uscita della chiesa; prima però cerco a memoria una delle colonnine per le offerte e inserisco due monete. Non appena ne sento il tonfo sul fondo, so che due delle candeline elettroniche si sono accese e che posso dedicarne la luce a Tiberio e a don Simone.

Quando entro in macchina, aiutata da Gemma, le dico: «Prima di tornare a casa potremmo fare una piccola deviazione a questo indirizzo?»

«Certo» risponde lei con un misto di curiosità e sorpresa, prendendo il foglio. Poi mette in moto e partiamo.

Ora capisco perché né in chiesa né sul lungomare mia sorella e don Simone si sono mai incrociati o visti almeno una volta. Ora capisco perché durante le vacanze natalizie il prete si era potuto concedere il lusso di passeggiare per le vie di Genova senza impegni da portare a termine.

Forse anche nel mio caso, conoscere don Simone e poter interagire con lui è dipeso dalle sorti che abbiamo avuto condividendo lo stesso incidente; eppure non riesco a smettere di chiedermi se non ci sia altro che ancora non ho compreso.

Mentre Gemma cambia marcia per svoltare sulla destra, ecco che la voce di don Simone rievoca il ricordo di una delle ultime frasi che mi disse: *"Mi basterebbe farle sapere che, nonostante io abbia scelto di dedicare la mia vita a Dio, lei possiederà sempre il mio cuore e che continuerò ad amarla nello stesso modo, così come amerò suo figlio. Quando lo saprà, anche io troverò la pace"*.

21. Perla

Traccia: *Don't Let Me Go* di Raign

«Ci siamo» afferma Gemma all'improvviso. «È quel palazzo rossastro lì».

«In che zona siamo?» domando.

«Per intenderci, molto vicino al Centro di Orientamento e Mobilità di Sabrina». Gemma spegne il motore. «Perché siamo qui, Perl?»

«Devo riferire un messaggio a una persona, da parte di un amico».

Gemma non chiede altro prima di esclamare: «Allora forza, sorella, ti accompagno».

Mi prende sotto braccio e mi aiuta ad attraversare la strada, poi citofona al mio posto al cognome indicato sul foglietto che mi ha dato don Pietro: *Parodi*. Mi avvicino pronta a presentarmi, ma vengo sorpresa dalla voce di un ragazzo.

«Chi è?» domanda.

Forse è Michele. Mi schiarisco la voce e rispondo: «Salve, mi chiamo Perla Saffi».

«Se vende qualcosa non abbiamo bisogno di nulla, la ringrazio».

«No» mi affretto ad aggiungere. «Non sono qui per questo. Sono… ero un'amica di Simone Piccardo».

Dal citofono la voce non risponde. Mia sorella mi tocca una spalla, come per chiedere tacitamente cosa dobbiamo fare ancora qui. Ma poi la voce del ragazzo viene sostituita da quella di una donna.

«Conosceva Simone?» domanda.

«Sì, signora». Mi fermo un secondo per ragionare bene su cosa dire e poi proseguo: «Lei è Monica?»

«Sono io».

«Credo che Simone volesse farle sapere qualcosa che non è mai riuscito a dirle».

La voce si spegne di nuovo per lasciare spazio a un rumore proveniente dal portone. «Salga. Secondo piano».

Gemma si offre di accompagnarmi e io accetto di buon grado, non riuscendo a negare la tensione del momento. Mi sospinge delicatamente fuori dall'ascensore, indicandomi la direzione da prendere per raggiungere la porta aperta, sul ciglio della quale, mi bisbiglia mia sorella, c'è Monica in attesa.

«Salve» dico, una volta di fronte a lei. «Lei è mia sorella Gemma… era necessario che mi accompagnasse, sa». Indico il bastone bianco con un dito.

«Naturalmente. Capisco. Entrate pure».

La padrona di casa ci fa accomodare in salotto e poi chiama il figlio, presentandoci a lui.

«Michele, offri da bere, per favore» lo invita dolcemente. Il ragazzo ubbidisce silenzioso e sparisce in cucina per poi tornare con del succo di frutta, accomodandosi insieme a noi.

«Dunque, eravate amiche di Simone?» domanda Monica gentilmente, dopo qualche secondo di imbarazzo.

«Solo io. Era il mio prete confessore» ammetto d'un fiato. «È stato indispensabile nell'aiutarmi a ritrovare la fede che avevo perso, ed è riuscito a fare lo stesso con il mio ragazzo».

Gemma mi stringe una gamba come per dire: ma di che stai parlando?

So che anche lei, come Monica e Michele, non è a conoscenza delle Apparizioni di Tiberio e Alessio, del fatto che quest'ultimo e don Simone erano la stessa persona e di tutti gli annessi e connessi del caso; e di certo non sarebbe un punto a mio favore parlarne così esplicitamente in questo momento. Ma tutti loro, chi in un modo chi in un altro, hanno fatto parte della mia vita, e questo è ciò che racconterò. Nulla di più, nulla di meno.

Prendo la mano di mia sorella e la stringo a mia volta. Fin da ragazzine abbiamo contato sulla complicità reciproca: nessuna contesta ciò che l'altra dice in loco, le spiegazioni in privato dopo. Questo è il nostro patto e questo è ciò che convince Gemma a non dire nulla, permettendomi di proseguire.

«Sì...» dice Monica. «Aveva una capacità unica di dire le cose. Le faceva sembrare così semplici e naturali che ti sentivi sciocco a non vederla come lui. Sono sicura che fosse davvero bravo a portare avanti la sua missione».

«Lo era» confermo. «È stato lui a raccontarmi di lei e di suo figlio. Lo ha fatto perché voleva che qualcuno, di cui immagino si fidasse, vi riferisse quanto lui vi amasse. Ha dedicato la sua vita a Dio, ma non ha mai smesso di pregare per voi».

«Questo lo so bene» dice Monica con amara nostalgia. «Mi sono innamorata di Simone per questo motivo: metteva sempre noi davanti a qualsiasi altra cosa. Ma io non riuscivo a fare lo stesso con lui. Decidere di lasciarlo e troncare la nostra relazione è stata una delle cose più dolorose che abbia mai fatto» fa una breve pausa. «Non mi pento delle decisioni che ho preso, perché erano per il bene di mio figlio, ma... vivrò per sempre con il rimpianto di non essere riuscita a chiarire le cose con Simone quando ancora ne avevo la possibilità».

Sento Gemma muoversi: sicuramente ha preso il suo bicchiere per bere, perché quando torna a stringermi la mano la sento fredda e umida.

«Penso di essere qui proprio per impedire che questo avvenga. Solo ora mi accorgo che don Simone… voglio dire, Simone mi ha silenziosamente chiesto di dirle che non è stata colpa sua e che al suo posto avrebbe agito nello stesso modo. Lui era perfettamente a conoscenza delle motivazioni che l'hanno spinta a fare quella scelta e non avrebbe mai voluto che nulla ostacolasse il percorso di guarigione di Michele. Deve credermi: lui l'ammirava davvero per la forza d'amore e di sacrificio che ha dimostrato nei confronti di suo figlio».

Monica tira su con il naso e io ne immagino il volto imperlato di lacrime cristalline.

«Hai detto che ti chiami Perla?» domanda poi con un fil di voce.

«Sì, signora».

«Beh, Perla, penso che tu sia un angelo». Si interrompe per riprendere fiato e poi spiazza entrambe noi con una domanda non prevista: «Quindi come può un angelo soffrire le pene che stai soffrendo tu? Come fai a sopportare tutto questo con coraggio? Sei così giovane».

Per un attimo, come mi succede spesso ormai, mi ero dimenticata della mia condizione. Abituata da qualche mese a vivere la mia vita a occhi chiusi, non avevo considerato il fatto scontato che gli altri, compresa Monica, mi vedessero perfettamente come sono. Inoltre, dopo essere entrata in casa sua, ho levato gli occhiali da sole, mostrando le cicatrici che mi decorano il volto.

«Non lo faccio… In effetti, non penso esattamente di riuscirci. Ma immagino di doverci almeno provare, no? Dopotutto sono qui a parlarne con voi e di questo sono grata» spiego, con una saggezza che sinceramente non sapevo di aver acquisito. «Vede, io e Simone abbiamo condiviso ben più di qualche confessione. Abbiamo condiviso una parte di destino».

Con fermezza e determinazione parlo a tutti loro dell'incidente, di come ho perso la vista, di come è morto il mio ragazzo; racconto della macchina rossa, di come le parole del prete mi abbiano aiutata nel mio percorso, tralasciando ovviamente il fatto che le avesse pronunciate *post mortem*, e di tutto quello che ciò ha improvvisamente significato per me.

«Anche Tiberio lo ha conosciuto. Grazie a lui entrambi abbiamo capito che nessuno ci impone un percorso da seguire, ma sicuramente qualcuno ci accompagna nel percorrerlo. Forse non potremo comprendere sempre le ragioni di un dato avvenimento, ma prima o poi il cerchio si chiuderà, magari intorno a ragioni che non avevamo lontanamente preso in considerazione».

Ora sento anche Gemma tirare su con il naso al mio fianco e la sua mano stringere ancora di più la mia, commossa.

«Non so perché Tiberio sia morto mentre io no, e forse non lo scoprirò nemmeno in futuro; ma ormai so che non è questo il punto. Il punto è che esiste un perché, ne sono sicura; ho bisogno di credere che sia così».

Monica si soffia il naso, imitata prontamente da Gemma che sento armeggiare con la sua borsetta.

«Hai detto che il tuo ragazzo si chiamava Tiberio?» domanda Monica.

«S-sì...»

«Tiberio... Ferrari?»

Non so ancora il motivo, ma rabbrividisco al pensiero che questa donna, prima una completa estranea alla mia vita, adesso possa avere in comune con me più di quanto immaginassi.

«È lui. Lo conosceva?»

«No, no, io… non ho avuto questo onore. Ma una cosa è certa: è a lui che devo la vita di mio figlio».

«Mi scusi, io… io non credo di capire».

Monica si alza, spostando l'aria davanti a me, e raggiunge un punto indistinto più lontano. Poi torna e sento un rumore di carta. Senza farsi notare, Gemma mi bisbiglia all'orecchio che la donna ha preso una serie di fogli da un cassetto.

«Voglio essere io a dirglielo» dice Michele intervenendo per la prima volta nella conversazione.

Anche il ragazzo si alza e si accomoda sul divano proprio al mio fianco. Io seguo con il volto quello spostamento e direziono lo sguardo verso di lui, o dove credo che si trovi ora.

Michele mi prende entrambe le mani e le stringe con emozione. «Perla, io sono cresciuto con una Cardiomiopatia Ipertrofica. Negli anni le mie condizioni sono peggiorate molto e pareva che non ci fosse soluzione se non un trapianto di cuore».

Non so perché, ma ne ho già sentito parlare da qualche parte. Accantono il pensiero e mi concentro sulle parole del ragazzo.

«Mi hanno inserito in una lista d'attesa senza fine, fin quando, per miracolo, ho ricevuto la notizia: avevano trovato un cuore per me».

Come un fulmine a ciel sereno, mi torna in mente di quando mio padre mi lesse un articolo di giornale in merito a un diciottenne dimesso da poco dopo un delicato intervento al cuore. E come il tuono dopo il lampo, sento nelle orecchie la voce di Tiberio pronunciare una frase che mi ripeteva spesso quando era in vita: *Io voglio salvare le persone.*

Comincio a tremare per quello che sta per dirmi Michele. Le lacrime scendono ancor prima che pronunci quelle parole.

«Perla, Tiberio era un donatore d'organi. Il cuore che mi ha salvato la vita e che batte ora nel mio petto… è il suo».

Come una bomba che esplode nella notte mentre tutti dormono, mi sveglio all'improvviso e realizzo che è dunque questa la chiusura del cerchio intorno a un motivo a me prima incomprensibile. Tiberio era vissuto con l'obiettivo umano più altruistico e generoso che ci sia e, nonostante la nube oscura che lo ha avvolto inspiegabilmente e all'improvviso, è riuscito comunque a centrare il bersaglio facendo il massimo dei punti possibile, perdendo la vita ma regalandone al mondo una tutta nuova.

Dopo tutto questo, non so davvero come il mio cuore ancora riesca a reggere.

Avvicino le mani tremanti al volto del ragazzo: voglio conoscerlo, avere un'idea di che aspetto abbia. Ora non è più solo il figlio di Monica, per me, perché Tiberio vivrà dentro di lui, per lui e con lui.

Michele ha le guance bagnate, proprio come le mie. Con le dita disegno il profilo dei suoi occhi, sento gli zigomi e le labbra carnose. Scendo fino al collo dove avverto le pulsazioni; e come se i miei sensi fossero amplificati dall'emozione, sento il suo cuore battere nella stanza, intorno a me, nelle mie orecchie. È immediato e istintivo poggiare la mano sul suo petto: lo sento, il cuore di Tiberio batte ancora. È lì e ora batte per lui.

Sono felice.

Michele mi abbraccia dolcemente e mi sussurra: «Non posso ringraziare lui di persona, ma posso ringraziare te». Poi nasconde il volto nella mia spalla. «Te lo prometto: me ne prenderò cura io».

Epilogo

Traccia: *Fix You* di Coldplay

3 agosto 2020

Il citofono di casa Saffi trillò per l'ennesima volta e Gemma corse svelta nel corridoio per rispondere, rimanendo sul ciglio della porta per accogliere gli ospiti in arrivo.

«Ciao, ragazzi» disse invitando i neo coniugi Ferrari ad accomodarsi. Non si salutarono con baci e abbracci, costretti da una pandemia mondiale a mantenere almeno un metro di distanza gli uni dagli altri, ma Antonella e Flavio la salutarono allegramente da lontano. Mantennero le mascherine in volto, come tutti in quella casa, e raggiunsero Perla e i suoi genitori nel salotto, dove il televisore era già acceso da qualche minuto.

In cucina, Annalisa e Nicola stavano armeggiando con alcuni bicchieri e una bottiglia che, posti poi su un vassoio, depositarono sul tavolino in salotto.

Nel frattempo erano arrivati anche Monica e Michele Parodi, scortati allegramente lungo il corridoio da Tommaso, mentre Gemma si ritrovò ancora ad aprire la porta ad altri tre invitati: Emanuele, Leonardo e Teresa.

«Ciao, amore» esclamò la bionda Saffi, baciando il suo ragazzo. Dopotutto, loro due erano praticamente congiunti, ormai.

Il signore e la signora Ferrari giunsero poco dopo con un bouquet di fiori destinato ad Ada, che li annusò e li inserì in un bellissimo vaso con dell'acqua. I due salutarono il figlio e sua moglie e presero posto sul divano accanto ai ragazzi.

Dalle finestre aperte della casa non entrava un alito di vento, segno di un estate nel pieno della sua attività, anche se erano quasi le sei e mezza del pomeriggio.

«Manca solo mio fratello» disse Tommaso, avvertendo Ada del piccolo ritardo che portavano lui e la sua famiglia.

«Non c'è problema. Abbiamo ancora qualche minuto» rispose lei indicando con il capo il televisore. Nello schermo, un paio di giornalisti stavano attendendo il fatidico momento, come tutti i Genovesi che, in altre case della città, erano radunati insieme per assistere al grande evento.

Quando anche Enrico Saffi, sua moglie e le sue due figlie ebbero fatto il loro ingresso, non mancò più nessuno all'appello.

«Perla, potevi invitare anche Sabrina e Daria» le disse suo padre, posandole una mano sulla spalla.

«L'ho fatto, papà, ma non potevano venire. Avevano da fare con alcuni pazienti al Centro; penso che assisteranno all'evento da lì».

Alle diciotto e trenta, la trasmissione ebbe inizio.

«Giada, puoi alzare il volume, per favore?» chiese Ambra Saffi. Sua sorella si precipitò sul telecomando, giusto in tempo per sentire la voce femminile della giornalista pronunciare il nome del nuovo ponte che, grazie al progetto di Renzo Piano, aveva appena preso il posto dell'ex Morandi.

«Viadotto Genova San Giorgio» ripeté Emanuele subito dopo. «Non suona male».

«No, affatto» asserì Perla, che godeva della sola possibilità di ascoltare la cronaca e i commenti dei giornalisti in tv.

Chi in quella stanza ne fu in grado, osservò tutti i presenti alzarsi in piedi all'inizio della cerimonia per la commovente lettura delle vittime del crollo di due anni prima. Anche in casa Saffi venne osservato un minuto di silenzio per loro, e tutti ascoltarono la tromba suonare alla loro memoria.

Successivamente il sindaco di Genova si avvicinò al microfono e prese la parola, dando il benvenuto a tutte le autorità nazionali presenti all'evento.

«*Avete portato anche il sole*» disse, «*e di questo siamo estremamente felici*».

E come su quelle di molti, anche sulle labbra del giovane ingegner Perla Saffi si formò un sorriso.

Il sindaco proseguì nel suo intervento, partendo da un pensiero rivolto alle vittime del crollo e alle loro famiglie. Istintivamente i Ferrari, i Saffi e i Parodi abbassarono lo sguardo verso terra. Qualcuno si commosse, qualcuno sorrise al ricordo di chi non c'era più.

Vennero ringraziati tutti coloro che avevano lavorato senza sosta, superando problemi e difficoltà, e che avevano donato tutta la loro fatica a quella grande opera. Ci furono alcuni interventi di autorità giunte in loco, nonché quello del presidente del Consiglio, fin quando Gemma sussurrò all'orecchio della sorella: «Ora stanno benedicendo il viadotto».

Le venne descritta la scena: tutti i presenti riuniti davanti a un grosso nastro tricolore che antecedeva l'ingresso al nuovo ponte.

«Ecco le forbici» disse ad alta voce Antonella.

Gli occhi bui di Perla immaginarono l'importante momento del taglio del nastro, dopo il quale si fece il segno della croce. Molti dei presenti applaudirono insieme a tutte le persone inquadrate nella trasmissione.

Genova non era più isolata.

Genova poteva tornare a splendere di una nuova luce.

Genova e i genovesi ce l'avevano fatta.

Ada baciò Tommaso, così come Emanuele si strinse al petto la piccola Gemma. Teresa, seduta a terra, posò il capo sul petto di Leonardo al suo fianco, mentre Nicola abbracciava Annalisa che piangeva di gioia.

Le sirene del porto della Superba diedero il loro saluto al nuovo ponte, suonando forte, proprio mentre il veliero *Amerigo Vespucci* presentava il suo omaggio solcando le acque liguri. Al piano di sopra, le Frecce Tricolore tinsero di verde, bianco e rosso il cielo terso.

Nicola prese la bottiglia di Champagne vicino ai bicchieri e la stappò, cogliendo di sorpresa Perla che fece un salto a causa della sua iperacusia.

«Ops, scusa Perl!»

«Nessun problema» rispose lei ridendo.

Il ragazzo riempì tutti i calici e li distribuì, stringendo delicatamente la mano di Perla intorno allo stelo del suo. Poi ad alta voce declamò: «Un brindisi a Genova».

«A Genova» dissero tutti in coro.

Annalisa si alzò in piedi e aggiunse: «Un brindisi a noi».

«A noi» ripeterono ancora.

Flavio si avvicinò ai genitori e alzò il suo calice: «A mio fratello Tiberio».

«A Tiberio» dissero tutti. «A Tiberio» ripeté una seconda volta più silenziosamente Perla. Poi fu il suo turno. Con calma si alzò in piedi e sollevò il calice che aveva in mano.

«A Simone Alessio Piccardo e a tutte le vittime del crollo».

Monica si strinse al figlio.

«A loro» fece il coro di voci all'unisono. «Non vi dimenticheremo mai».

Da qualche parte, in un posto decisamente diverso dal loro, Simone e Tiberio si strinsero la mano come due amici di vecchia data.

«Che poi, non ti ho mai chiesto come facevi a parlare con Perla con tanta facilità. Io non ci sono mai riuscito... almeno fino alla fine».

Don Simone rise. «Tu non hai mai creduto di poterlo davvero fare... almeno fino alla fine».

«Ah, già» rispose Tiberio, «la questione della *fede perduta*».

«Quella è la vera chiave che apre le porte. Per questo per me è stato più facile parlare con lei».

Tiberio annuì e si voltò un secondo, guardandosi indietro.

«Tutto è bene quel che finisce bene» disse don Simone.

«Mi mancherà questo posto».

«Non preoccuparti. Saremo sempre qui con loro».

«Allora, andiamo».

«Dopo di te, *novellino*».

Fine

Ringraziamenti

Traccia: *Che Sia Benedetta* di Fiorella Mannoia

Grazie a Perla che mi ha concesso di renderle la vita difficile per poter dare voce a tutti coloro che, per un motivo o per un altro, sono sopravvissuti alla tragedia del ponte Morandi. Vorrei che Perla Saffi fosse il volto di tutti i familiari, amici, parenti e conoscenti delle quarantatré vittime della tragedia: la vostra rinascita dev'essere l'orgoglio più grande e la fonte di speranza per i vostri cari.

Grazie a Tiberio che, fin dal primo giorno di quel viaggio in Inghilterra in cui ci siamo conosciuti, mi ha insegnato che l'amore, quello vero, è soprattutto sincerità. Tramite queste pagine spero di essere riuscita a dirgli tutto quello che non ho avuto tempo di comunicargli personalmente quando era ancora qui con me.

Grazie ai miei genitori, fonte primaria del mio amore: solo per merito loro ho imparato cosa vuol dire amare e poter contare sempre sul sostegno di una famiglia disposta a fare per te qualsiasi cosa umanamente possibile (e non!) pur di vederti felice.

Grazie a Barbara Calcei e a Nadia Gartman che hanno studiato attentamente questo testo, trovando il modo migliore per *genovesizzarlo* opportunamente.

Grazie a Federica Silla, mia sorella di sangue diverso, che è sempre e costantemente presente per me e che mi sostiene con il suo entusiasmo e il suo spirito.

Grazie ad Arianna Buccomino, che si è appassionata a questo libro ancor prima di leggerlo e che lo ha vissuto a pieno con tutto l'amore possibile. Il suo meticoloso lavoro di prima lettura è stato di fondamentale importanza per me. Inoltre, ha ispirato molti degli elementi che caratterizzano Perla, quindi a lei dedico questo personaggio.

Grazie a Marco Ceccarelli, a Roberto Castellaneta e alla professoressa Enrica Garbini, che hanno preso in mano questo testo, analizzandone ogni punto e ogni aspetto, per aiutarmi a renderlo esattamente come me lo immaginavo.

Grazie a Eugenio Sgambati: nonostante la distanza, mi ha supportata e ha condiviso con me i significati più profondi che il testo cela tra le sue righe. Per merito suo ho potuto conoscere anche il parere del protagonista della storia.

Grazie a Martina Michienzi che mi ha dato il suo supporto tecnico ogni volta che ne avevo bisogno e che mi segue sempre da che ne ho memoria; e poi ad Andrea Tondi e a Francesco Somma, che mi dimostrano quotidianamente affetto e supporto per questa mia attività di scrittrice.

Grazie a voi, lettori, che avete affrontato questo viaggio insieme a me.

Infine, un grazie speciale va a Genova, una città stupenda e sorprendente che, seppur in piccola parte, mi ha vista crescere e che io ho visto rinascere dopo la disgrazia che l'ha colpita: da quel giorno, ancora di più, è diventata per me la seconda casa di cui sono fiera di sentirmi parte.

IN MEMORIA DI:

Tiberio Giorgi

e

Cristian Cecala

Dawna

Kristal

Mirko Vicini

Marian Rosca

Anatoli Malai

Andrea Vittone

Claudia Possetti

Manuele

Camilla

Roberto Robbiano

Ersilia Piccinino

Samuele Robbiano

Andrea Cerulli

Elisa Bozzo

Francesco Bello

Alberto Fanfani

Marta Danisi

Stella Boccia

Carlos Jesus Erazo Truji

Giovanni Battiloro

Antonio Stanzione

Gerardo Esposito

Matteo Bentornati

Giorgio Donaggio

Alessandro Campora

Giovanna Bottaro

Vincenzo Licata

Luigi Matti Altadonna

Angela Zerilli

Gennaro Sarnataro

Alessandro Robotti

Bruno Casagrande

Axelle Place

Nathan Gusman

Melissa Artus

William Pouza

Juan Ruben Figueroa Carrasco

Leyla Nora Rivera Castillo

Juan Carlos Pastenes

Admir Bokrina

Marius Djerri

Henry Diaz Henao

TRACCE

The Earth Prelude di Ludovico Einaudi
(capitolo 1)

Dancing With Your Ghost di Sasha Sloan
(capitolo 4)

Let Her Go di Passenger
(capitolo 5)

Summer Nights di Ben & Tan
(capitolo 7)

Starlight di Jai Wolf
(capitolo 10)

Someone To Stay di Vancouver Sleep Clinic
(capitolo 13)

Unsteady di X Ambassadors
(capitolo 14)

Yes di Ben & Tan
(capitolo 15)

Follow Your Fire di Kodaline
(capitolo 17)

Dear God di Lawless, Sydney Wayser
(capitolo 19)

Don't Let Me Go di Raign
(Capitolo 20)

Fix You di Coldplay
(Epilogo)

Che Sia Benedetta di Fiorella Mannoia
(Ringraziamenti)

TRACCE BONUS

Here di Lukas Graham
(Natale a casa Saffi)

Crazy di Alanis Morissette
(Il tatuaggio di Perla e Tiberio)

Between The Bars di Elliot Smith
(L'altra suoneria di Perla)

Hallelujah di FVR DRMS
(La verità su don Simone)

Should I Give It All Up di James Blunt
(Dedicata a Perla e Tiberio)

Lose Somebody di Kygo, One Republic
(Dedicata a Gemma, Monica, Emanuele e Flavio)

Year Of The Young di Smith & Thell
(Dedicata a tutti i volti di questa storia)

In Your Eyes di Robin Schulz, Alida
(Perla Saffi)

Run di Jasmine Thompson
(Tiberio Ferrari)

Oblivion di Bastille
(Simone A. Piccardo)

Courage To Change di Sia
(Gemma Saffi)

Used To di Sandro Cavazza, Lou Elliotte
(Emanuele Gardella)

La Distanza Di Un Amore di Alex Baroni
(Flavio Ferrari)

Whish You Were Here di Avril Lavigne
(Monica Parodi)

Perla Saffi e Simone Alessio Piccardo, così come le figure a loro connesse, sono personaggi di fantasia, la cui storia non è legata agli eventi realmente accaduti di cui si fa menzione nel testo, come il crollo del ponte Morandi. Loro non fanno parte delle vittime della tragedia, ma hanno lo scopo di richiamare e onorare la memoria di tutte e quarantatré le vite perse quel giorno.

Tiberio Ferrari si ispira a una figura realmente esistita ma che, egualmente ai personaggi sopra citati, non è realmente rimasta coinvolta nella tragedia del Morandi.

Printed in Great Britain
by Amazon

66685129R00194